Ángel Guardián

Ángel, Volume 1

NICK PACCINO

Published by NICK PACCINO, 2021.

ÁNGEL GUARDIÁN

First edition. August 9, 2021.

Written by NICK PACCINO.

Also by NICK PACCINO

Ángel
Ángel Guardián

Y cuando asomas suenan todos los ríos en mi cuerpo, sacuden el cielo las campanas, y un himno llena el mundo. Sólo tú y yo, sólo tú y yo, amor mío, lo escuchamos

Pablo Neruda, *La Reina*

La Chispa

"ESTO ES LO QUE SOMOS, una Chispa desordenada... la Chispa que se convertirá en llama... la llama que se manifestará en fuego y quemará a todos los jefes de este mundo. El fuego... que dará ese gran impulso, para la nueva revolución anárquica global. Sí, acabamos de comenzar. William Johnson, que es el representante del imperio fascista de los Estados Unidos en el espacio griego, ya debe saber que estamos en guerra con él y con sus mayordomos".

El embajador de los Estados Unidos en Grecia, con mucha ansiedad y preocupación, estaba leyendo en voz alta las últimas líneas de la proclamación del emergente y nuevo colectivo anarquista cuyo nombre era «**Chispa**». Tenía mucho miedo por él y por su familia. En este momento, estaba hablando por teléfono con el agente secreto de la CIA, George Miller. George era muy buen amigo del embajador y viejo compañero de clase. Oficialmente, trabajaba como director del departamento de economía en una compañía muy conocida, la cual se llamaba "Computer farm". Pero, esta compañía, era solo una fachada de la CIA.

—William, creo que no deberías preocuparte. En Grecia el fenómeno del antiamericanismo es muy popular entre algunas personas del pueblo griego. La mitad de los secretarios y de los diputados del gobierno en su juventud decían cosas parecidas. De todos modos, las autoridades griegas me garantizaron que se trataba de un par de adolescentes que escribían palabras sin sentido. Creo que no hay ninguna razón para que tengas miedo.

—George, no me interesa para nada lo que dicen las autoridades griegas. ¿Podrías arreglar algo extraoficialmente? ¿Podrías poner un grupo de agentes para que vigilen de cerca estos anarquistas? Verdaderamente estoy aterrado. En el Departamento de Estado me respondieron que oficialmente no iban a hacer ningún movimiento, porque simplemente es un caso de bajo riesgo y de baja prioridad, y por esta razón no pueden disponer de ni un solo agente para este caso. En pocas palabras me tomaron por loco y paranoico.

—No William, no pienses así con tanta negatividad. Simplemente... consideran que estos anarquistas son completamente inofensivos. Solo hacen amenazas huecas, ya sabes. De todos modos, debido a nuestra amistad, sabes que no puedo dejar que sigas con tu angustia. No es correcto lo que voy a hacer, pero lo haré por ti. Voy a mandarte extraoficialmente a un agente para que los tenga cerca, pero no un agente de campo, es sabido que ya no me involucro con esas cosas... además, si algo sale mal y los de arriba se enteran de la situación, me van a acribillar, me echarán de la agencia de una manera muy vergonzosa. Mandaré un agente a Grecia, él opera con monitores de vigilancia. Estarás tranquilo, créeme. Vamos a saber todo lo que planean esos anarquistas.

—Muchas gracias George, te lo agradezco, siempre he sabido que podría contar con mi mejor amigo.

William Johnson por fin se tranquilizó. Y la ansiedad que sentía empezó a apaciguarse poco a poco.

AL DÍA SIGUIENTE... Computer farm, Washington, USA

George Stiler estaba esperando que Pano Dale se presentara en su oficina. Él apareció de inmediato.

—¿Dime George, qué sucede?

—Pano, siéntate, por favor.

El agente griego-americano se sentó, mientras se preguntaba qué era lo que estaba pasando.

—Te traigo muy buenas noticias. Viajarás a Grecia y estarás allí durante unos meses. —Pano se quedó sorprendido... se puso muy contento. Hacía años que no viajaba a su querida patria.

—¿Pero cómo tomaste esa decisión George? ¿Te lo pidieron desde arriba?

—Escucha, nuestra conversación no es oficial, ¿vale? William Johnson me pidió que pusiera algunos agentes en Grecia para la vigilancia de unos anarquistas. Tiene miedo de que lo vayan a atacar.

—¿Por qué no hizo una solicitud formal al Departamento de Estado? Es un embajador.

—Claro que hizo la solicitud al Departamento de Estado, pero fue rechazada. Consideran que sus miedos son un poco injustificados. El cónsul de seguridad nacional de nuestro presidente, Howard Bold, presionó a las agencias para denegar su solicitud. Piensan que el embajador es muy paranoico y un poco exagerado.

—¿En serio es tan paranoico? —preguntó con asombro.

—Pues sinceramente, él siempre ha sido así de exagerado. Cuando lo asignaron a Grecia, se puso a llorar. Creía que se iba a liar con los talibanes. Pero ahora sus miedos no son completamente infundados. Hay una proclamación por parte de esos anarquistas que lo están acosando. Lo tendré como un peso en mi conciencia si algo le pasa, espero que me entiendas. Por todo esto... te enviaré a Grecia. Extraoficialmente. Para la CIA, formalmente irás a Grecia para entrenar nuevos agentes del Centro Nacional de Inteligencia de Grecia y para actualizar los sistemas electrónicos y los programas de monitoreo que posee su agencia. ¿Has entendido, Pano? Tienes que saber que los peces gordos no quieren que usemos ni un agente. Si por alguna razón se enteran de que he mandado a un agente a vigilar los griegos anarquistas, me despedirán de la CIA. Creen que este caso es una pérdida de tiempo. Ahora... acerca de los agentes griegos, ellos no sabrán que eres de la CIA, ni la verdadera razón por la que vas a estar allí. Solamente el comandante del CNI, del Centro Nacional de Inteligencia de Grecia, sabrá todo sobre ti... lo he ayudado mucho para que esté en la Agencia de Grecia. Te ofrecerá todos los medios necesarios. Trabajarás con total autonomía, y solo me informarás a mí... ¿Entendido? Debes saber que el CNI es casi una organización hermanada con la CIA y sobre todo que el comandante es de los míos. Hablando metafóricamente, ¿Has entendido? Sabe todo sobre la compañía que trabajamos la cual es una fachada de la CIA, sabe que los agentes disponibles van a ayudarte muchísimo para que vigiles a esa «Chispa». Pero, los agentes no van a saber tu identidad verdadera, como te dije antes. Se supone... que todo eso será parte de su entrenamiento. Viajarás a Grecia como un simple entrenador de agentes, como un científico en la informática de los ordenadores electrónicos. Vas a aprovecharte de ellos con la excusa de que los estás entrenando, para que te ayuden con la vigilancia. Esa es la única solución que pude encontrar.

No puedo encontrar más recursos humanos. Mis manos están atadas por los superiores. Le debo mucho al embajador, a William, ya que me ha ayudado mucho con mi carrera. Es un muy buen amigo también. Tengo que brindarle mi apoyo. Por eso, te quiero allí, Pano. Debes tener cerca a esos anarquistas. Construye un equipo que los monitoree las veinticuatro horas del día. ¿Está bien?

—Sí George, lo he entendido muy bien, no tienes nada de qué preocuparte. Oficialmente para nuestra agencia, entrenaré a algunos agentes griegos en los nuevos sistemas de monitoreo... pero extraoficialmente debo vigilar a los anarquistas, evidentemente, sin los agentes griegos se den cuenta de que soy un agente de la CIA. Y nadie de los nuestros deberá saber la razón verdadera de mi presencia en el CNI y en Grecia, por supuesto. Vale, entendido, solo una pregunta: ¿Nuestros superiores de la CIA no tienen ningún problema con el entrenamiento, pero sí lo tienen con la vigilancia de los anarquistas?

—Muy razonable tu pregunta. Es vital para la CIA infiltrarse en agencias extranjeras. Ya sabes, porque... el entrenamiento de agentes extranjeros nos ofrece exactamente eso: la infiltración y el control de las agencias fuera de nuestro país. Los de arriba aplauden acciones como esta. Pero no están de acuerdo cuando disponemos de nuestros agentes para casos de bajo riesgo, como es el caso de la «Chispa». De verdad, si se enteran de que dispongo de un agente para estos anarquistas, me van a cortar en pedazos. Una última cosa que te quiero decir... es que con nuestro embajador no tendrás ningún tipo de contacto. Existe jerarquía como sabes. Tú me informarás a mí y yo de vuelta a él.

—¿George, confías en mí?

—Completamente. Hace muchos años que estás en la CIA, pero ahora entiendes la verdadera dimensión que tienen las agencias secretas. Una combinación entre lo oficial y lo extraoficial... lo escondido, lo evidente... lo aparente y lo verdadero...

Un Sol Mágico

EL AVIÓN EMPEZÓ A PERDER su altura. Se estaba preparando para el deseado aterrizaje. El agente de la CIA, Pano Dale miraba encantado por la ventana el golfo Sarónico. Los rayos del sol se reflejaban en las olas del mar creando azulejos de oro en las que nadaban y saltaban como unos delfines, dentro del infinito color azul. También el cielo estaba del mismo color, azulado. El agente estaba entusiasmado con tanta belleza.

El piloto tenía unas manos mágicas. El avión aterrizó sin ningún temblor que afectara a los pasajeros. Nadie se dio cuenta que ya casi pisaba la tierra.

Nadie lo estaba esperando en el aeropuerto. Además, no tenía parientes en Grecia. Por esta razón, tardó tanto tiempo en regresar. Una vez recogidas las maletas, fue a la parada de taxis. Entró en un lujoso Mercedes color amarillo. Le impresionaron mucho los costosos asientos de cuero que llevaba. En América, por supuesto, los taxis eran más baratos. A los veintitrés minutos ya había llegado a su destino, al hotel Hilton ubicado en el centro de Atenas. No había tráfico por las calles, ya que en ese tiempo muchos se encontraban de vacaciones. Atenas estaba casi vacía el 27 de agosto de cada año. Prefirió pasar en el hotel los primeros días, hasta encontrar una casa para alquilar. Eran las cinco de la tarde.

Una vez que puso en orden su ropa y sus cosméticos, se duchó rápidamente. Todo esto lo hizo rápido, porque quería salir de inmediato y sentir el sol mágico que existía. No podía quedarse en la habitación del hotel. Atenas le parecía simplemente increíble. Quería vivirla, explorarla, saborearla y conocerla.

Se puso una camisa blanca de algodón, un pantalón azul y sus sandalias. Verdaderamente, parecía un turista. Un turista vestido de los colores de la Selección Griega de fútbol. Bajó la avenida de Vasilissis Sofias, con un paso lento y relajado. Le gustaba todo a su alrededor, se sentía feliz.

Se detuvo fuera de una pequeña cafetería, que se encontraba en el área del Sintagma. Notó que hoy ofrecían el "freddo expreso" solo por un euro. Se desconcertó un poco, nunca había probado ese tipo de café. No sabía que el café favorito de los griegos, en los últimos años, era el expreso frío. Claro que esto era un descubrimiento griego, ya que en ningún lugar del mundo bebían expreso frío, solamente lo toman caliente. Pero los griegos son coherentes y correctos porque respetaron el país de origen del expreso y le dieron un nombre italiano... "Freddo". Así que, dado que Pano sabía italiano, entendió que era un expreso frío. Decidió hacer un intento y probarle. La experiencia de este café era fascinante, era apocalíptico. Exclamó un «wow» bastante fuerte. Lo hizo en el momento que pasaba frente a él una mujer muy bella y creyó que lo decía por ella.

—¡Piérdete! —le dijo con enfado. Pano no entendió la razón de este ataque verbal.

Camino durante casi cinco horas y descubrió muchos lugares. Paseó por la calle Dyonisiou Areopagitou, por el barrio de Monastiraki, alrededor de Thissio y visitó el museo de la Acrópolis, miró unos escaparates de ropa en la calle de Ermou y exploró los callejones de Plaka. Todo era fantástico, más allá de toda expectativa.

LLEGÓ AL HILTON UN poco antes de la medianoche. Estaba exhausto. Se quitó la camisa

tirándola en la mesita de noche y cayó como si estuviera muerto en su cama doble. Durmió hasta la madrugada.

A LAS 7:35 ESTABA LISTO. Se lavó, se afeitó y se vistió. Como siempre puntual, formal y organizado, con su característico bigote y su característica raya del pelo. Ya había llamado a un taxi y se dirigía al Centro Nacional de Inteligencia. Llegó a las 7:44. Se quedó fuera, observando el espléndido edificio del servicio. Contó muchos pisos, ya que le impresionó la altura del mismo.

En la entrada dio su pasaporte. Se presentó como invitado entrenador de los recién llegados agentes. Su profesión oficial, su fachada, era la de programador de ordenadores electrónicos, pero también como «probador de infiltración» de "Computer Farm". Claro que todos esos entrenamientos internos se acompañaban con un contrato confidencial. Todo lo que pasaba en el CNI se quedaba en el CNI.

—El comandante le está esperando en el tercer piso —dijo la cariñosa policía que se encontraba en la entrada—. Es la primera oficina que encontrará, señor, afuera del ascensor.

A las 7:54, Pano informó al secretario del comandante que tenía una cita con él a las ocho. El secretario avisó al comandante de inmediato. El comandante salió afuera de su oficina para dar la bienvenida al agente griego-americano. Era muy cariñoso y afectuoso.

—Serafim Drivas, un placer, pasa a mi oficina Pano —dijo, apretándole la mano. Pano se quedó de pie, estaba muy tenso como si estuviera en el ejército. El comandante intentó que se relajara tuteándole.

—Pano, aquí no eres mi subalterno. Estás trabajando para mi amigo del alma, George Stiler. George me pidió muy amablemente, que te dé todos los medios necesarios para que lleves a cabo tu vigilancia electrónica. Aquí eres tu propio jefe. Solo quiero dos cosas de ti. Primero, que te relajes... y segundo, que me tutees.

—Vale, Serafim, como desees —le respondió y se sentó en la silla.

—Bueno, eres un genio en el sector de la informática y trabajas en Computer farm, de Washington. Te hicimos una oferta para que entrenes a nuestros agentes nuevos, porque el año pasado habías ganado el primer premio a una competencia del **3C telecommunications** en los Estados Unidos, sobre el rastreo de fallas en los programas de Android de los teléfonos inteligentes. Entiendes que... esa es tu historia. ¿Sabes de lo que te estoy hablando, no?

—Quédese... ehhhh... quédate tranquilo Serafim.

—Con referencia a estos anarquistas y el grupo que han construido, la «Chispa», he recolectado toda la información relevante. En este gran archivo se encuentra todo lo que debes saber sobre ellos. Los he registrado uno por uno y una por una. Te voy a hablar con sinceridad... creo que estos jóvenes son totalmente inofensivos. Todos son muy jóvenes y no han preocupado a las autoridades durante mucho tiempo. Son un poco creídos y se creen grandes revolucionarios. El único al que tienes que investigar un poco más, es a su "líder", si puedo usar esa palabra para un colectivo anarquista. Su nombre es

Epaminondas Martinis, encontrarás su perfil en el sobre. Es el mayor de todos, en cuanto a edad se refiere y ha estado 4 años en prisión, por robar un banco. Desde su liberación, en su palabra de anárquico, renuncia a la violencia. Habla todo el tiempo de una lucha anárquica pacífica. Por eso te digo que estos jóvenes son inofensivos. Vale, pero me dirás que la proclamación incluía amenazas... estupideces de los chicos, ¿entraste al Twitter a ver que están escribiendo? ¿Es posible vigilarlos a todos?

—Serafim, quiero ser honesto, no subestimo ningún caso. Trabajaré en este caso exactamente igual que si trabajara en cualquier caso que involucrara terroristas extremos. Con determinación y organización.

Pano Dale era un profesional excepcional y nunca sacaba conclusiones precipitadamente. Por él, todos eran culpables desde el principio. Era también muy recto, demasiado recto...

El comandante del CNI, se avergonzó de sí mismo por lo que escucho decir al agente griegoamericano. Era como si lo acusara de incompetente y descuidado. Entonces sus creencias sobre la «Chispa», cambiaron en medio minuto.

—Me gusta tu respuesta. Muy bien Pano. Entiendes que te estaba probando... ¿no? Por cierto, debes vigilarlos muy de cerca; todo lo que necesites, de mí y del servicio, lo tendrás. Quería ver tu profesionalidad y tu integridad. Felicitaré a George por haber entrenado un agente como tú.

Generalmente a Pano no le gustaban mucho los halagos. Era un tipo muy serio y de pocas palabras.

—Pano, sígueme. Te voy a llevar a tu oficina temporal y luego te voy a presentar a los agentes. Son todos jóvenes. Los hemos contratado el año pasado, estos chicos son la inversión para el futuro del CNI, todos son científicos geniales, con tremendo carácter y aman mucho su patria. El más mayor tiene 29 años. Su única debilidad es la ‹quebradura› de los móviles. Si también se entrenan en este sector, serán unos hackers exquisitos. George me dijo que, ayudando a esos chicos, se llevarán una experiencia única. Vas a combinar su entrenamiento con la vigilancia de los anarquistas. He dado mucha guerra para la reorganización del CNI desde que me hice comandante, hace un año y medio ya entonces. Esta contratación era mi deseo. Trato de convertir el CNI en un servicio similar al Mossad israelí. Evidentemente que no saben que trabajas para la CIA y la verdadera razón de tu llegada a Grecia.

Serafim Drivas realmente era un hombre con una visión para el servicio. Lo que encontró cuando lo nombraron comandante del CNI, fue un caos. Después de un año y medio, había ordenado mucho las cosas, y las ordenaría aún más.

El Juego Empieza

DURANTE DOS NOCHES seguidas, Pano Dale estuvo en una habitación en el hotel Hilton. Acababa de comenzar el martes. Leía cuidadosamente los archivos que le había dado el comandante del servicio. El grupo anarquista, llamado «Chispa», se constituía de treinta y quatro anarquistas. Era cierto lo que había dicho Serafim sobre los miembros de la colectividad, casi nadie tenía antecedentes penales y nunca molestaron a las autoridades. Casi todos provenían de familias prósperas y con grandes ingresos. El único punto negro del colectivo era ese Martinis, el supuesto líder y organizador. Algo no le gustaba a Pano sobre él, había muchas contradicciones. Iba a investigarlo profundamente porque su instinto le decía que ese tipo escondía algo. Escuchaba mucho su intuición...

Y, FINALMENTE... EL último perfil por hoy. Ya que eran las 00:34. El agente griego-americano se quedó mirando fijamente la fotografía. Nunca había visto una persona tan bella en su vida. Un pelo rojo abundante y largo, dos ojos verdes enigmáticos y llenos de melancolía y dos maravillosos labios bonitos y carnosos. ¿¿¿Quién era esa chica??? "Eurídice Vasiou" miembro de la colectividad anarquista. Pano no podía comprender cómo solo con una fotografía podía sentirse así. Como si fuera un amor a primera vista... se levantó, fue hacia el minibar y cogió un refresco para beber. Salió al balcón, quería disfrutar la vista nocturna de Atenas. Se sentó hasta las dos de la madrugada, contemplando el horizonte. Mientras tanto se había bebido todos los refrescos que tenía el minibar. Pensaba... *¿cómo es posible, que esa criatura tan bella sea parte de un grupo anarquista? Podría fácilmente protagonizar una película de Hollywood o triunfar en el mundo de la moda. Increíble...*

AYER CONOCIÓ A LOS nueve agentes, muy de prisa. Casi todos eran muy reservados, serios y tímidos. A Pano le impresionó mucho esa timidez que tenía frente a él. Claro que no les había revelado que era agente de la CIA, solo que venía como un simple empleado de "Computer farm" y como su entrenador. ¿Era razonable que sean así, tan retraídos, como si estuvieran frente a alguno de sus supervisores? Sí que era razonable, porque Pano, como su entrenador, supuestamente cada semana iba a evaluarles. Y esa evaluación, se supone que llegaría hasta el comandante. Si esa evaluación no fuera buena, habría las correspondientes consecuencias.

HOY SE HABÍAN ESTADO presentando desde las 7:52. Solo faltaba uno, Dino. Era el único que no mostraba timidez y reserva, al contrario, era muy despreocupado. Por fin, él también llegó exactamente a las ocho. Pano empezó a hablar.

—Buenos días a todos. Hoy empezaremos con vuestro entrenamiento. No soy de esos que se quedan hablando mucho de teoría, os voy a poner directamente a fondo. Me gusta la acción. Solo así aprenderéis, solo así veréis realmente vuestras debilidades. Solo de esta manera os convertiréis en los mejores en vuestro campo. Los últimos días me senté e intenté hacer un plan de entrenamiento. Al final, lo rompí. Trabajaremos sin ningún plan. Empezaremos a vigilar un verdadero colectivo anarquista. Busqué mucho estos días en internet y me di cuenta que existen muchos grupos anarquistas. Después de mucha recolección, llegué a la conclusión que tenemos que poner como objetivo de nuestro entrenamiento, al grupo anarquista, llamado «Chispa». Es un grupo anarquista recientemente aparecido que se creó hace dos meses. Trabajaremos dentro de situaciones reales, haremos una simulación completa, como si estuviéramos vigilando a la organización "del 17 de noviembre"*.

(* Ex organización terrorista griega)

¿Alguna pregunta?

Empezó a hablar de repente un agente, Ari Kalafatis:

—¿Cuál será exactamente el área de conocimiento en el que vamos a centrarnos? lo pregunto porque nos informaron que nos vamos a entrenar en gran parte al hacking de los móviles, en Android y iOS.

—Ari... si recuerdo bien tu nombre, un buen hacker de móviles debe principalmente ser un buen hacker de computación. Por otra parte, generalmente un buen hacker debe ser un buen programador y escribir códigos con mucha facilidad. Quiero mostrarte que todo está conectado. Sí, sí, al final de vuestro entrenamiento, seguramente vuestra especialización será solo en los móviles, pero por ahora, y para comenzar, empezaremos con un hacking masivo y con un cracking. Quiero probaros, en todo, y poco a poco corregir todas vuestras debilidades. Por esta razón he traído conmigo un programa que se llama "intruder". Es de mi inspiración y construcción personal. Principalmente, lo construí para los "huecos" en la seguridad cibernética de las grandes redes sociales y las compañías de la telefonía móvil. Lo he modificado un poco para usarlo como una herramienta básica en vuestro entrenamiento. Es de lejos mucho mejor que el "metasploit"... me imagino que lo conocéis. Como entendéis, mi rol es el de "penetration tester", o sea... el "probador de penetración".

Evidentemente que les decía mentiras, ya que el programa se usaba por la CIA para vigilar ciudadanos, compañías y gobiernos y no para encontrar huecos y vacíos en la seguridad de programas en grandes compañías.

EL "ENTRENAMIENTO" de los agentes oficialmente ya había empezado. Hoy estaban en el tercer día de su entrenamiento. Pano todavía les explicaba los elementos teóricos de ese nuevo programa de vigilancia que trajo de "Computer farm". Ese programa además de poder infiltrarse en cualquier aparato electrónico que se conecte a internet, podía registrar, controlar e interceptarlo todo. También poseía un espectacular algoritmo que podía reconocer todas las conversaciones codificadas. Un momento muy llamativo fue cuando Pano analizó y explicó detalladamente a los nueve agentes todas las posibilidades que tenía el programa "intruder", lo cual dejó a todos con la boca abierta y muy sorprendidos.

—Si, por ejemplo, un posible terrorista, en sus conversaciones con otro posible terrorista, usa las palabras "pollo", "medio kilo" en combinación con otras palabras raras y expresiones, incluidas en una específica secuencia verbal y con repetición, entonces el programa puede reconocer que esos dos supuestos terroristas hablan en código. Luego, es completamente capaz de decodificar la lengua secreta de comunicación de los terroristas. Medio kilo de pollo puede significar, medio kilo de dinamita, probablemente. Así que cuando veáis una alarma en su pantalla, entonces esto significa que el programa ha reconocido alguna conversación codificada secreta.

Todo eso, claro, era solo una introducción y una muy simplificada explicación de cómo se podía usar ese especifico algoritmo y su programa. Pero cuando empezó a explicarles con más detalle usando términos matemáticos, términos de programación y de algorítmicas ecuaciones, como funcionaba exactamente el "intruder", casi todos, se quedaron completamente impresionados.

—¿Qué creó este tipo? —susurraban.

Pano seguía explicándoles.

EL PROGRAMA ACABÓ DE instalarse en los servidores del CNI. Era viernes, el primer día de septiembre, la hora era exactamente las doce del mediodía. Pano estaba preparado para empezar a vigilar las conversaciones de los miembros del colectivo anarquista. Los treinta y cuatro anarquistas no tenían la más mínima idea de que alguien iba a vigilar su vida diaria.

La «Chispa» se componía de veintiún hombres y de trece mujeres. *Buenos chicos*, pensaba Pano... *¿Qué educación les dieron sus padres?* Y movía la cabeza arriba y abajo, haciendo un gesto característico de desaprobación, mientras sentía un desprecio por esos pícaros, así los definía siempre.

El grupo del monitoreo electrónico, constituido por los mejores aprendices de informática y programación del CNI, en pocos minutos iba a empezar el registro de todo. Conversaciones telefónicas, mensajes escritos, actividades de los medios sociales, archivos guardados y generalmente todas las actividades electrónicas, podían consistir en objetivos de intercepción por los agentes.

Los nueve pequeños hechiceros de la informática - la "dream team" - iban a vigilar a los treinta y dos anarquistas muy de cerca. Solo quedaron dos objetivos anarquistas, de los que se iba a encargar Pano. Uno era Martinis, que era el más grande y el que creían ser el líder del colectivo anarquista y Eurídice. A Eurídice la distinguió desde la primera vez que la vio en las fotografías dadas por Serafim Drivas. Sus ojos, su mirada melancólica, esa chica tenía algo muy bello.

YA HABÍAN PASADO TRES días y ningún rastro electrónico de Eurídice había aparecido en el horizonte. Todos sus aparatos estaban apagados, su teléfono móvil, su tableta, todo. Ni Martinis era especialmente activo, no había dado ninguna prueba sobre alguna futura acción ilícita. Solo conversaciones aburridas con sus compañeros sobre los capitalistas que les chupan la sangre, que todos los policías son unos cerdos y todo eso. *Esos tipos dicen lo mismo y lo mismo*, pensaba Pano. *Estupideces*. Ya se había aburrido, nada interesante. Resoplaba e inclinaba hacia atrás la espalda como signo de aburrimiento y fastidio.

Hasta que pasó algo, llevo su cuerpo frente de la pantalla sorprendido, y clavó sus ojos, lleno de sorpresa y con expectación. Eurídice tenía una actividad electrónica. Pano extendió la ventana de su conversación. Tenía una conversación de Skype con una de sus amigas.

—¿Me puedes decir dónde has estado todos estos días? —le preguntó su amiga—. Te eché de menos.

—Xenia, te había dicho que estaría en Samotracia. Cada año me voy con unos amigos durante tres días para hacer yoga, sin usar los teléfonos y porquerías así, para que nos desintoxiquemos un poco de la radiación —respondió Eurídice.

—Sí, me lo dijiste, pero dijiste que solo iban a ser tres días y tú te pierdes por una semana entera. Imagínate que iba a llamar a la policía para que te buscaran, me preocupé, jajajaja... iba a caer muy bajo llamando a los policías para que te encontraran, soy una amiga buenísima.

Eurídice empezó a hablar también.

—A los policías nunca. Sí cariño, sé que me quede más días, pero Samotracia fue algo mágico. Puro oxígeno, con amplias zonas verdes, aguas cristalinas. Completamente mágico, no he sentido nunca tanta relajación, todo el día hacíamos yoga en la arena y hocaban las olas en nuestros pies, te lo aseguro, todo era increíble.

—Está bien, preciosa —dijo Xenia—. Bueno tengo un pequeño trabajo, estoy esperando una clienta en la tienda para tatuarla. Te dejo amor, hablamos por la noche. Muchos besitos.

—Vale, nos vemos luego —dijo Eurídice—. Te mando muchos besos.

Pano empezó a buscar con rápidos movimientos la dirección IP de Xenia, mientras su cara estaba a punto de entrar en la pantalla. Hablaba desde el área de Moschato, y en pocos minutos había encontrado la dirección de su tienda también. Tenía una tienda de tatuajes que se llamaba "Onar". Leyó algunas reseñas de Google yse consideraba uno de los estudios más conocidos. Y Xenia era una gran artista de tatuajes. *Xenia Dina* era su nombre completo. Entró a los archivos de la policía griega para leer su archivo. Veintiocho años, sin antecedentes penales. Empezó a buscar en sus redes sociales. Todo el tiempo ponía selfies con su novio y como era evidente, tenía muchos piercings y muchos tatuajes en su cuerpo, en el cuello y algunos en la cara también. Su novio se llamaba Bobby. En otro momento, Pano se encargaría de él con detalle. ¿Quién era, de qué trabajaba? *Todo está conectado... todos son iguales...* pensó Pano. Todos esos canallas tenían como objetivo abolir al estado y sus libertades. Estaba seguro de que ellos también eran anarquistas. Guardó su nombre, para averiguar sobre él en los próximos días. Por ahora quería ocuparse de Eurídice. Quería dedicarse a ella en alma y cuerpo, con todo lo que tenía que ver con la vigilancia.

El aburrimiento había dado su lugar a la intriga. Pano estaba entusiasmado, quería continuar el monitoreo. Como ver una buena película cinematográfica. Agonía, precaución, adrenalina, felicidad y alegría lo desbordaban. La cara de Eurídice era incomparable. Lo más bello que había visto en su vida. *Es como un hada*, pensaba. Era la primera vez que veía en vivo, en video, esos expresivos refinados trucos, que hacía con sus ojitos verdes en la camara.

Eran las tres de la tarde. Pano esperaba con ansias la conversación entre Eurídice y Xenia. Habían dicho que hablarían por la noche otra vez. Mientras tanto, Eurídice había mandado un mensaje a Martinis diciéndole que no podía pasar hoy por la guarida del colectivo anarquista porque tenía una clase de baile, la cual iba a terminar muy tarde.

PANO SE QUEDÓ ESTANCADO en su ordenador y lo único que hizo en las siguientes tres horas fue escuchar música. Sí, Eurídice estaba en su escuela de baile como era evidente. Pano con su programa abrió el micrófono de su móvil, pero lo único que captaba era una música lejana que no podía definir. Probablemente había dejado su móvil dentro de su bolsa en el vestuario o en algún armario. ¿Cómo podía saberlo? Si solo pudiera tener alguna imagen, para ver a su hada bailar. Así la llamaba en secreto, hada. Solo él.

La música finalmente terminó. Pudo escuchar risas y despedidas.

—Chau, nos vemos pasado mañana.

Sí, ya se va de la escuela, ponderó Pano. Después de 10 minutos, Eurídice había llegado a su casa. El GPS de todos modos mostraba que la escuela estaba a un kilómetro de su casa. Era lógico, hacer diez minutos a pie. Eurídice vivía en el barrio anarquista... en una ciudad famosa, llamada Exarchia. Vivía muy cerca de la plaza central.

Durante cuarenta minutos Pano no escuchó nada... silencio absoluto. *Quizás está tomando alguna ducha*, pensaba. *Después de tres horas de baile, es necesario*. La hora se acercaba a las 19:00. Eurídice mandó un mensaje de Messenger a Xenia.

—¿Cuándo vas a terminar tu trabajo? Tengo que decirte muchas cosas sobre Giorgo... ¡no te lo vas a poder creer!

Xenia respondió de inmediato.

—Cerca de las diez, estoy haciendo un dragón en el hombro derecho de la tipa. Es muy guay... me gusta, pero va a necesitar por lo menos tres horas más. ¿Giorgo? ¿Basis? Oh estoy esperando esos chismes con muchas ganas. Nos vemos a las diez en punto. Te voy a llamar en video por Messenger, porque mi Skype se demora un poco. ¿Vale mi amor? Hablamossss.

—Ok —respondió Eurídice —. De paso, voy a relajarme leyendo algo hasta las diez. He comprado un nuevo libro que habla del amor incumplido, la narradora es imbatible, todo el tiempo rompo en llanto.

—Ah —dijo Xenia.

Tres horas de espera pensó el agente. *¿Cómo pasaré el tiempo?* Le impresionó mucho el espíritu tan romántico que tenía Eurídice. No lo esperaba para nada. Era bellísima como un hada, pero era una anarquista también. *Las anarquistas son unas personas muy duras. No tienen sensibilidad. ¿No es así?* Se cuestionaba en silencio.

Para que pasara la hora, se fue al aula de al lado para presuntamente chequear a sus tres aprendices. Ellos se encontraban estancados en sus pantallas.

El programa de los nueve "aprendices" incluía tres turnos alternados de ocho horas con tres agentes en cada turno. Como resultado estaban vigilando a la Chispa las veinticuatro horas. Pero evidentemente, Pano, ese competente agente de la CIA, no podía trabajar en turnos. Eso era para los nuevos. Él trabajaba normalmente desde las ocho de la mañana hasta las cinco de la tarde, con excepción de este día, que estaba en su oficina todo el tiempo. Todos los domingos los tenía libres. Cada viernes tenían programada una reunión, algo parecido a un simulacro en el cual los nueve agentes junto a Pano, iban a exponer y evaluar los diferentes datos que habrían resultado de la vigilancia, datos sin ningún interés y que no mostraran algún comportamiento de transgresión, simplemente entrarían en el archivo.

En ese momento, los tres agentes del equipo de monitoreo no tenían nada especial que contarle a Pano. —Todas las actividades electrónicas son las de siempre— respondieron.

—Está bien —dijo Pano—. *Keep working guys* —les dijo de nuevo con ese pesado acento americano y regresó a su oficina.

CASI SE HABÍA QUEDADO dormido en su silla súper cómoda.

De repente, escuchó una alerta acústica muy fuerte. Había actividad por parte de Eurídice. Se tocó la cara con las manos y se frotó los ojos, queriendo despertar una vez por todas. Xenia le hizo una llamada de video en Messenger, la hora era exactamente las diez en punto. *Bravo, que precisión*, pensó el agente. *A las diez le dijo, a las diez la llamó.*

—Venga mi duende —le dijo Eurídice para molestarla con un tierno humor.

En serio, Xenia era como un duende. Pelo morado, afeitado al costado. Con un adornado peinado en la parte superior de la cabeza y flequillos asimétricos. Arete en la ceja, dos grandes aretes en los labios y uno pequeño en la nariz. Su cuello estaba lleno de tatuajes al igual que su pómulo izquierdo. Se había pintado tres gotas de lágrimas. No se parecía simplemente a un duende, sino a un duende gótico.

—Uf, finalmente terminé, voy a publicar en Instagram el tatuaje que dibujé, entra a verlo, es increíble —dijo Xenia llena de entusiasmo.

—¡¡Claro!!

—Bueno, me ibas a contar algo sobre Giorgo. Empieza a hablar. ¿Pasó algo?

—No lo vas a poder creer, pero me tiró la caña así sin muchos giros. El último día que hacíamos yoga en la playa con el resto de los chicos, cuando habíamos terminado, vino Giorgo y me dijo que me quería decir algo. Los otros se fueron y nos quedamos solos. Empezó con su declaración de amor... "y me gustas mucho... desde el año pasado te había echado el ojo... y quiero que cuando regresemos a Atenas salgamos a tomar algo... que hablemos los dos solos..." se me estuvo declarando durante unos diez minutos.

—Jajajaja, ay no, ¿estás hablando en serio? ¿Basis te tiró la caña? En general, es guapo, ¿piensas hacer algo con él? Vamosss, han pasado dos años desde tu última relación. Tienes que seguir adelante —le decía Xenia chillando.

Mientras tanto, el suelo se había movido debajo de los pies de Pano. *¿Qué va a hacer Eurídice? el chico es atractivo, posiblemente empezarán a salir y tendrán una relación. Qué belleza tendrá a su lado ese Giorgo...* pensaba el agente... *¡qué afortunado!... y* se decepcionó profundamente. En un momento, de repente se reacomodó en el asiento y se dijo a él mismo silenciosamente, *¿qué es lo que estás pensando hombre? La chica es una anarquista, tú estás en una vigilancia, ¿qué te importan sus cosas personales? Ella es una fanática descerebrada, así como los demás anarquistas. ¡Olvídate!, eres un agente, no te puedes vincular emocionalmente con tu objetivo.* Finalmente creyó que se convenció de que no lo importaba Eurídice.

De repente, sonó la respuesta de Eurídice a Xenia.

—¿Te has vuelto loca? ¿Una relación con Basis? Es guapo, pero no lo es para mí. Es muy musculoso, con una cara cuadrada, y una mirada fría. Aparte de que no es libertario. No me importa que alguien sea específicamente anarquista para tener una relación, pero por lo menos que se mueva ideológicamente a los límites de mis ideas libertarias. Ese tipo es solamente para el ejército. Disciplina y orden. ¿De qué vamos a hablar! No, no... lejos de mí.

Se oían risas al margen de la otra línea. Xenia moría de la risa.

—Jajajaja, vale amiga mia, aceptado, entendí que Giorgo no te agrada, ahora cálmate, jajajaja, ah, por cierto, quiero preguntarte algo, yo por ejemplo que no soy anarquista y me gusta el dinero y creo en el capitalismo, ¿cómo es que soy tu mejor amiga?

—Tú, tontita, eres mi cariño, desde los 4 años somos las mejores amigas. Ninguna ideología vale en nuestra situación. Nuestra relación va más allá del anarquismo. Eso lo tienes que saber. No te voy a traicionar nunca. Pero los chicos que son de la escuela de baile o del yoga los conozco solo de vista y a pesar de que pasamos tiempo juntos, son simplemente mis compañeros. Todos son de distintas ideologías y respeto sus puntos de vista. Para ser honesta, soy una persona sociable, sí, los respeto a todos y todas, pero tener una estrecha relación de ninguna manera será con un derechista o con un conservador. Además, tú me conoces, yo quiero un alma sensible y artística, quiero alguien que por ejemplo toque música por la calle, un espíritu libre, que pueda escribir y dedicarme alguna canción... solo por mí. Pasional, romántico, que me sacuda. Los clichés de tipo "vamos a tomar algo" me dejan simplemente indiferente.

Pano escuchó la conversación con la boca abierta. No quería admitirlo, pero estaba contento. Su alivio era tremendo. Durante la conversación de las chicas, Pano tenía los ojos cerrados y solo escuchaba. No veía la imagen de la llamada de video y las caras de las chicas, especialmente la de Eurídice. Como si quisiera evitar involucrarse sentimentalmente. Eurídice lo afectaba y por eso quería desenredarse de ella. También, entendió el error que había cometido con Xenia. Al final, no era una anarquista.

Las chicas hablaron hasta la una después de la medianoche, durante casi tres horas. Hablaron de todo... música, ropa, pelo, diferentes historias de amigos comunes, de literatura y de relaciones. Lo único de lo que no hablaron era de temas relacionados con el anarquismo.

Pano quería dormirse de inmediato, tenía mucho sueño.

La Pérdida

VEINTICINCO AÑOS ANTES....

Pano, de doce años, estaba jugando con sus amigos al fútbol en un baldío en Nueva Esmirna. Se sentía tan feliz, había marcado tres goles a sus oponentes. Estaba celebrándolo como un loco. Su pequeña voz había crecido por los gritos.

La madre de su mejor amigo, de Billy, les paró el juego de repente. Le dijo a Pano que entrara en la casa con Billy.

—Mi pequeño Pano, tienes que ser fuerte. Tus padres tuvieron un accidente —le dijo sin ni siquiera prepararlo psicológicamente, la tonta.

El pequeño Pano muy confundido, le preguntó si sus padres estaban bien.

—Mi chiquito —le dijo claramente desconcertada—. Tus padres se han ido a un viaje largo, ya son ángeles... tienes que ser fuerte.

¿Cuánta fuerza podía tener un niño de solamente doce años? ¿Cuánta? El pequeño Pano no dijo nada, había entendido... era un niño muy inteligente. Lloró hasta desmayarse. Tenía un tremendo amor a sus padres... tremendo.

La ironía era que nunca lo habían dejado solo, nunca. Solamente no iban a estar durante una hora. Habían acordado con la madre de Billy, que ella cuidaría a Pano.

Ese maldito día era un caso especial. Sus padres finalmente habían decidido comprar un coche. Era el último día que usarían la moto. Habían acordado dejar la moto en la exposición y regresarían con su coche nuevo. Pero no pudieron. Un imbécil, que hablaba por teléfono y conducía al mismo tiempo, violó la señal de Stop. Iba muy rápido, demasiado. El choque era inevitable.

Fue a finales de junio, cuando comenzaba el verano. El pequeño Pano ya había acabado la primaria. Sus padres fallecieron a los treinta y seis años, muy jóvenes. A los veinticuatro años habían sido padres. Ese chico era su milagro.

Pero no tuvieron tiempo de disfrutarlo. Los dos eran artistas. La madre de Pano era pintora, mientras su padre era guitarrista en un grupo de rock. El chico, durante toda su vida, estuvo jugando con el pelo largo de su padre.

A sus abuelos no los conoció nunca. Los padres de su madre habían fallecido. Mientras que los padres de su padre estaban vivos, pero no tenían contacto con su hijo y su nuera. Consideraban que su hijo era un canalla... em, claro ¿cómo iba a considerar un ex oficial de la policía griega del periodo de la junta militar, a un hijo rockero con pelo largo y un poco hippie?

Tenía solo un tío, que vivía en los Estados Unidos. Finalmente él lo iba a criar, lo iba a adoptar. No tuvo la suerte de tener sus propios hijos, así que pondría toda su energía en Pano.

Pepper

CONSTANTES RUIDOS SE oían desde el techo de Pano. *¿Qué está pasando aquí arriba?* pensaba. Acababa de despertar por culpa de estos irritantes ruidos, no entendía mucho, todavía sentía esa euforia del sueño. Oía un clop clop... y de repente unas voces infantiles. En el piso superior, vivía una familia. Los chicos se habían despertado para ir a la escuela y hacían el conocido ruido que todos los niños animados hacen. Ayer por la noche se mudó a su nuevo apartamento.

Miró su reloj... eran las 07:42, —*oh, damn it*— exclamó. No había escuchado la alarma, de todos modos, se durmió muy tarde, hasta alrededor de las dos de la madrugada no se pudo dormir, ya que había trasnochado escuchando hablar a Eurídice con Xenia. Normalmente debería despertarse a las siete de la mañana para tener tiempo de lavarse y disfrutar de su desayuno. No le gustaba correr en el último minuto ni llegar tarde a su trabajo. Siempre era muy puntual. Se preparó en diez minutos. Exactamente a las ocho estaba en la entrada del CNI. Solamente necesitaba diez minutos para ir de su casa al servicio ya que su casa estaba muy cerca.

Hoy era viernes, el día que iban a hacer la reunión para poner en común, los datos de la vigilancia. A las 8:00, con el cambio del primer turno, deberían juntarse en la sala los nueve agentes en entrenamiento de Pano. Todos estaban reunidos en la sala. Él entró a las 8:05.

—Buenos días —les dijo a todos, con un tono muy serio. Generalmente era duro y moderado en su trabajo. No decía muchas cosas, era un hombre de pocas palabras.

—Buenos días —respondieron todos los agentes a la vez. Todavía se mostraban reservados y tímidos. Solo uno se diferenciaba mostrando confianza y tranquilidad. Parecía un poco arrogante. Dino Melisas era un graduado de master por la universidad de Upsala, una ciudad en Suecia. Era un programador muy potente y lo sabía.

LA REUNIÓN DURÓ CASI dos horas. Las evidencias que se presentaron no tenían valor para comentarlas ni para ocuparse de ellas.

Todos los miembros del colectivo tenían bastante actividad electrónica y sus conversaciones contenían cosas personales en su mayoría, o teóricas, siempre al giro de una lucha anti estatal. Nada especifico que pueda dar rastros de una actividad terrorista. Todos los anarquistas de la «Chispa» cada día iban a su guarida y allí tenían muchas conversaciones interminables. Pero aunque sea así, los agentes no pudieron grabar nada especial, algo que mostrara sus planes sobre algún ataque terrorista.

A Pano lo impresionó mucho que Eurídice no fuera a la guarida de la «Chispa» esta semana. *¿Es posible que haya peleado con alguien del colectivo? ¿Quizás está aburrida de los anarquistas e intenta poco a poco alejarse de todo eso?* Pensamientos y preguntas pasaban por su cabeza. El futuro lo demostraría... la vigilancia tenía todavía mucho camino por recorrer. Acababan de empezar, el viernes pasado comenzó la vigilancia, era el primer día de septiembre y solo había pasado una semana. Era lógico que en una semana no pudieran encontrar algo loable.

Con respeto a Martinis, él tenía comunicaciones muy limitadas dentro de la semana. Habló en total unos cuarenta minutos como máximo y solo por teléfono. No tenía página personal ni ninguna red social. También, dejaba su celular lejos de él y por eso el micrófono no podía captar ninguna conversación. *No será un objetivo fácil. Parece saber el juego y es muy cuidadoso con sus conversaciones electrónicas. Además, en la guarida de la Chispa su voz no se oye en ninguna conversación entre los otros miembros. La única cosa que se oye es "bienvenidos mis compañeros y compañeras" y "nos vemos mañana". O sea, su voz se oye solo cuando algunos entran y salen de la guarida y los saluda. El GPS de su móvil también, muestra que todo el día está en la guarida. ¡Qué raro! Todo el día en la guarida, pero no toma parte en las conversaciones. Eso indica que subestima a los demás, probablemente se aburre. Quizás esto sea debido a que él tiene ya cuarenta y cuatro años mientras los demás anarquistas clara-*

mente son mucho más jóvenes. Las conversaciones que hacen los otros chicos, llenas de pasión y entusiasmo, posiblemente las encuentra tediosas. Imagínate cuántas conversaciones teóricas ha tenido Martinis desde los 18 años, que debió ser la época en la que entró en ese "espacio" hasta ahora. Es lógico que se aburra al hablar de Bacunin y de Kropotkin. El romanticismo y el entusiasmo juvenil, es probable que ya se hayan ido de él.

YA ERAN LAS 10:30, la reunión había terminado hace veinte minutos. Pano había pedido su segundo café, un expreso dulce. Se lo llevaron hasta su oficina. *Mm, el café más sabroso que he bebido en mi vida,* pensaba. Su primer expreso lo bebió durante la reunión. En general bebía de 4 a 5 cafés diariamente... era un *"caffeine lover".* Abrió el procesador, luego abrió sus 2 grandes pantallas. Era tiempo de ponerse a trabajar.

Abrió la ventana donde estaban las conversaciones y las actividades electrónicas de Martinis. Otra vez nada, silencio absoluto. La ubicación de su móvil aparecía otra vez en la guarida de la Chispa. Abrió la ventana de Eurídice y activó el micrófono de su móvil. Se podía oír que Eurídice hablaba en una lengua extranjera. *¿Es eso francés?* Se preguntó Pano. —Sí, es francés — dijo susurrándose a sí mismo. Pudo distinguir del sonido, el *"je m 'appelle"* y el *"je suis",* las únicas palabras que sabía Pano en francés. "Yo me llamo" y "yo soy". De repente sonó una voz infantil. «Señorita, eso es muy difícil no lo puedo recordar» decía una niña que no debía tener más de doce años. *¿Es profesora de francés?* Se preguntó el agente.

En su sobre no existía esa dato. Pano sabía que era una graduada de filosofía por la universidad de Sorbona, pero en el archivo que le entregaron las autoridades griegas no estaba esa información. Es decir, que daba clases particulares de francés. *Típicos griegos,* pensaba, *siempre hacen un trabajo a medias.* Cómo no hacerlo, muchas veces los griego-americanos subestimaban a los griegos en temas organizativos y de trabajo.

Eurídice le dijo a la niña con una voz llena de afecto que en poco tiempo empezará a recordar y que no se preocupe. «En pocos meses hablarás como una francesita». La pequeña se puso muy feliz y pidió darle un abrazo. Dado que la clase terminó, probablemente la madre de la pequeña entró en la conversación.

—¿Cuánto le debo?

—80€ por las dos horas —respondió Eurídice.

Todos se despidieron entre ellos y Eurídice se fue de la casa. Pano se impresionó por la suma de dinero que pidió Eurídice. —¿40€ la hora????... no way —decía una y otra vez en inglés. *Anarquistas hipócritas.* A través del GPS de su móvil encontró la dirección de la casa en la que Eurídice anteriormente tuvo la clase de francés. La casa se encontraba en una zona que se llamaba Ekali, donde viven solamente los ricos y los poderosos. Entró en google earth para verlo desde arriba. Esta no era una simple casa, era una villa, con una piscina enorme y un jardín grandísimo, lleno de césped. La residencia debería ser por lo menos de unos 400 metros cuadrados. —¡guau! —decía Pano estando todavía muy sorprendido, mientras se tocaba bruscamente el pelo con las manos—. *Anarquistas enseñando en Ekali... no way, bro... no way.* Era de las raras veces que ya no pensaba en la carita de Eurídice, pero, al contrario, pensaba en su hipocresía. Sentía una repulsión hacia ella por culpa de su hipocresía. Es como si volviera a ser el mismo de siempre... un frío ejecutor, sin sentimientos y remordimiento.

ERAN LAS CINCO DE LA tarde. Martinis no había mostrado ninguna señal y Eurídice todo el día dio clases de francés. Pano ya no podía escuchar más ese idioma. Eurídice en total había ganado doscientos cuarenta euros. Solamente había trabajado durante seis horas y ganó doscientos cuarenta euros. Todas las casas a las que se había ido a enseñar francés estaban en los barrios del norte. Pano solamente pensaba en la tremenda hipocresía de esta chica.

Teniendo esos pensamientos apagó su computadora. Era hora de irse del trabajo, pasaron las cinco. Ayer había trasnochado. Hoy descansaría un poco. Además, estaba molesto por la hipocresía de Eurídice. No tenía ganas de seguir vigilandola por hoy. Todas las pruebas de vigilancia, como las conversaciones, los mensajes, y todo tipo de actividad electrónica, durante el resto del día se iban a grabar en su disco duro. Los iba a ver, analizar y evaluar el próximo día. El sábado.

PANO SE LEVANTÓ DE su cama haciendo un movimiento rápido, lleno de energía, como si quisiera aprovecharse del día. Eran exactamente las siete, y afuera el sol resplandecía. Estaba descansado, ya que durmió muchísimas horas. Ayer pasó la noche teniendo de compañía a Netflix y comiendo hamburguesas. En su zona había una tienda de hamburguesas increíble.

Entonces, ya que comió tan bien anoche y pudo dormir de maravilla, era lógico que tuviera un aspecto tan renovado. Entró al baño para darse una ducha, se afeitó por completo dejando solo su característico bigote el cual recortó un poco, luego se vistió y salió a las calles, pareciendo excepcionalmente energético y con muchas ganas.

La cosa que estaba esperando lleno de agonía, era beber un café. Un sabroso y dulce expreso. A las ocho menos diez, ya se sentó en su oficina y disfrutaba de su café. Ese momento era un momento mágico para él. La luz del sol atravesaba las ventanas de su oficina dispersándose por todos lados y llenando el espacio con brillo y energía, mientras disfrutaba de un inigualable e increíblemente sabrosísimo café. Estos diez minutos eran el epítome de la relajación y del placer. Pero apenas el reloj llegara exactamente a las ocho, debería dejar ese placer... y enfocar la cabeza y trabajar.

Ninguna actividad en vivo aparecía en este momento. Abrió los micrófonos de los móviles de Eurídice y de Martinis. Martinis seguro que estaba durmiendo, ya que oía un ronquido. Del micrófono de Eurídice, no escuchaba nada, silencio absoluto. Por lo que fue a las actividades grabadas del viernes. Ayer, Pano se había ido a las cinco, por lo cual, lo que pasó después de esa hora lo desconocía. Abrió las conversaciones de los anarquistas del día anterior. Observó que Martinis ayer tuvo una conversación de dos minutos con un miembro de la Chispa alrededor de las siete de la tarde. Planearon ir a por unas bebidas a una conocida taberna de Exarchia a las nueve. Le pidió que llamara por teléfono a los otros miembros de la Chispa por si querían acompañarlos en la taberna. *Lógicamente, Eurídice fue también*. Pensaba Pano. *No puede ser, no pisó la guarida en toda la semana, no es posible que los ignore así.* Era cierto, finalmente Eurídice fue a encontrarse con el resto del grupo, con los compañeros de la «Chispa». La taberna se llamaba "Pepper".

El material auditivo tenía un audio muy claro. Tres horas de conversación entre ellos. *Con bebidas alcohólicas y tapas, algo se puede escapar sobre alguna actividad ilícita, debe ser así,* pensaba Pano. Cuando te emborrachas, no guardas nada para ti. Y tenía razón. Después de escuchar durante una hora y media su conversación, de repente escuchó a un tipo interrumpirlos a todos y hablar lleno de orgullo, de los gases-explosivos que intentaron poner, junto con Martinis, hace tres días en la casa de un naviero, llamado Dimi Dokos. Hablaba con mucho orgullo y fanfarronería. Era obvio que estaba borracho y empezó a soltar la lengua. Martinis se entrometió y le dijo — cállate ya imbécil, no grites, nos van a escuchar por toda la tienda, hombre, está lleno de gente, no estamos solos. De hecho, después de unos minutos, el compañero se calmó y no dijo nada más. Empezó un nuevo ciclo de conversaciones entre los miembros de la «Chispa» en las que empezaron las quejas a Martinis.

—¿Por qué no nos informaste? —le decían—. ¿No confías en nosotros? Somos anarquistas, solamente tenemos la solidaridad del uno por el otro... debemos contarnos todo entre nosotros.

Martinis con un monólogo de veinte minutos les convenció de que lo hizo solo para protegerlos, porque el naviero tenía seguridad armada y quería tomar él solo la responsabilidad junto con un compañero más. *Gran actor* pensó Pano. *Creyeron todas las estupideces que les escupió. ¿No pueden entender que el tipo no es lo que parece? No tiene motivos honestos.* Al final, Eurídice intervino agrediéndole verbalmente.

—No estoy de acuerdo con la anarquía sublevada —le decía con un tono muy severo—. Así damos todas las excusas a las autoridades represivas para que tomen más medidas en contra de nuestra libertad y que se difame una y otra vez el nombre de los anarquistas. Como no estuve de acuerdo con la proclamación de la embajada de los Estados Unidos y del embajador estadounidense, pues no lo acepto. Entré a la Chispa porque supuestamente solo queríamos presentar una pacífica versión del anarquismo socialista ¿no es así...? y no que hagamos todo lo que hacen los anarquistas autonomistas que solo rompen y queman todo.

Martinis empezó a hablar, y con mucha calma le dijo que tenía razón.

—¿Podemos conversar sobre estas cosas el miércoles en la guarida? —les suplicó a todos—. Oíd chicos, vinimos a pasarlo bien, es culpa mía; Eurídice me disculpo, vamos a discutir sobre esto el miércoles —todos estuvieron de acuerdo en hacer una reunión el miércoles.

Ahora, Pano entendió por qué Eurídice no fue a la guarida toda la semana. Obviamente tenía muchas discusiones con Martinis y era evidente. Pano respetó su seriedad acerca de la forma de lucha pacífica que Eurídice estaba buscando.

LUNES

Desde la mañana no había saludado a sus subalternos - el nuevo turno de las ocho que estaba trabajando en el aula de al lado. Abrió la puerta de su oficina.

—Buenos días —dijo abruptamente.

—Buenos días, señor Dale —le respondieron.

Los llamó a todos a su oficina. Todos se pusieron rojos y se asustaron. Pensaron que algo había ido mal y que informaría al comandante.

—Oigan, relájense —les dijo.

Generalmente Pano era un tipo simpático y un buen hombre. Los vio tan asustados que sintió pena por ellos. Puede que siempre fuera muy serio y moderado, pero tenía un alma muy buena. Juntó a los tres agentes y los puso a que escucharan la conversación con el tipo que se pavoneaba por poner los gases al naviero.

—¿Él quién es? —les preguntó.

Tomó la palabra Dino Melisas, el cual escuchaba las conversaciones de este tipo durante toda la semana y reconoció su voz de inmediato.

—Se llama Noti Doudoni —analizó su perfil completamente—. Hijo único, va por el segundo año del colegio americano de Glyfada, vive en Voula, sus padres son dueños de la empresa Eclipse, la cual fabrica ropa femenina. Solamente el año pasado la compañía tuvo ganancias que llegaban a los cuatro millones de euros.

MARTES

Era ya la una y cinco. Pano había bebido su segundo expreso. Una experiencia más, dulce y fría, que lo ayudaba a relajarse.

Se escuchaba agua que brotaba y luego, como si algo estuviera hirviendo. Eurídice llamó por teléfono a Xenia, su única mejor amiga, tal como parecía.

—Oye, ¿dónde estuviste? —Xenia le dijo amablemente—. Te he estado llamando desde esta mañana.

—Venga mi niña, me acabo de despertar —todavía Eurídice no podía hablar bien, era posible que fuera por culpa de la reunión de ayer—. ¿Quieres que vaya a las tres a la tienda para que tomemos un café?

—¡Claro! —Xenia le respondió—. Te espero, la verdad es que te he extrañado mucho bonita mía, por fin te podré ver de cerca.

—Nos vemos a las tres.

—¡Nos vemossss a las tres!

Cuando colgó la llamada con Xenia, Eurídice de inmediato llamó a un número desconocido. Una mujer, cuya voz parecía muy madura.

—¿Sí?

—Hola, señora Georgia, soy Eurídice ¿Cómo está?

—Hola mi niña, ¿Cómo te va Eurídice?

—Bien, bien ¿y a usted, cómo está todo? No pude ir la semana pasada a verla porque no estaba aquí, disculpe.

—¿Qué dices? No pasa nada mi niña. Nadie nos ha ayudado tanto como tú, que Dios te proteja mi ángel.

—¿Puedo pasar dentro de una hora para que verles un rato?

—Ven mi niña, por supuesto. Si quieres pasar, te espero con mucho gusto. Nasos también te esperará.

—Está bien entonces, en una horita estaré ahí.

A Pano le pareció muy extraño todo eso. *¿Que Dios te proteja..?* Era obvio que esta mujer no tenía nada que ver con la anarquía. Además, debería ser de edad avanzada. Su voz era muy madura.

Durante casi cuarenta y cinto minutos, Pano escuchaba coches y motocicletas correr. Era probable que Eurídice caminara hacia su destino. Sí, se notaba también por el GPS de su móvil. Estaba caminando. Por unos minutos, Pano estuvo distraído. De repente, escuchó una puerta abrir y esa voz madura dando la bienvenida a Eurídice.

—Bienvenida, acomódate en el salón, ¿quieres beber algo mi alma?

—No señora Georgia, estoy bien, me alegro mucho verla. ¿Nasos, dónde está?

—Ya por fin pudo dormir un poco mi Eurídice, déjalo, no lo despertemos. Dime qué hay de nuevo.

Después de hablar durante unos treinta minutos de temas generales, pasó algo que conmocionó a Pano. Escuchó a Eurídice decir a la señora Georgia, que esta semana le dará solo unos ciento cincuenta euros y que la próxima semana, como empezará a dar clases casi todo el día, le dará trescientos euros. Pano se sintió como un tonto. Entendió que Eurídice ayudaba a la señora Georgia económicamente. Nasos probablemente tenía algún problema de salud. Por eso, Pano hizo una pequeña investigación y en unos minutos lo encontró todo. Sí, Georgia Chirou y Nasos Chiros. Edad cincuenta y tres y veinticinco años, respectivamente. Nasos sufría de esclerosis múltiple. La señora Georgia era desempleada. Lo que más conmocionó a Pano fueron las lágrimas de la señora Georgia cuando le decía a Eurídice:

—Gracias mi niña, gracias por ayudarme —las dos se abrazaron, por lo que pudo comprender, y lloraban.

Pano apagó su ordenador, asombrado. Sentía una terrible culpa por todo lo que pensó ayer sobre Eurídice. Que era una hipócrita y todo lo relacionado. La chica daba mil doscientos euros a la mujer como ayuda financiera. *¿Y finalmente cuánto guardaba para ella misma? ¿Mil? ¿novecientos euros? ¿Quién es ella que da todo su dinero para ayudar a alguien que lo necesita? En nuestra época, nadie... nadie, no existen personas así*, pensó. *Esta chica no existe*, pensó. *¿Qué belleza tan hermosa es esta? ¡Por fuera y por dentro!*

Decidió terminar con su trabajo más temprano. No quería y no podía vigilar más a Eurídice, por lo menos por hoy. Por primera vez en su vida, se sentía muy culpable por vigilar a alguien. Había recibido un golpe terrible por parte de Eurídice.

LOS DÍAS PASARON MUY despacio. Hoy era viernes. Pano y su equipo, tenían una reunión. Una de las reuniones programadas de los agentes, en las cuales ponían en común el material de la vigilancia y lo analizaban apropiadamente.

Ari Kalafatis empezó a hablar y a expresar sus quejas.

—Señor Pano, durante unas semanas estamos investigando día y noche a los anarquistas, pero no nos hemos entrenado en algo más especializado. No nos entrena en temas técnicos. No hemos escrito ni una línea de algún código fuente. Vale, entiendo el significado de la simulación, pero no creo que vayamos a aprender algo de esta manera.

Pano empezaba a enfadarse.

—Confía en mí, esta es la única manera en la que os vais a entrenar apropiadamente. Veréis con el paso del tiempo que todo esto os servirá. Y un favor más, no me trates de usted... solo tengo 37 años.

Evidentemente Pano solamente ponía excusas. Su primera prioridad, por ahora, era vigilar la Chispa. No se había ocupado para nada de su entrenamiento, pero qué les iba a decir. En el futuro intentaría compensarles y enseñarles algo útil.

La reunión continuó, ya que la confianza en él por ahora se había recuperado. Los agentes presentaron la única pieza valiosa de la semana. Noti Doudouni, el que alardeaba sobre el intento de ataque al naviero; el señor Dokos, sin querer una vez más dio una importante prueba. En un texto escrito que mandó a un anarquista que no era parte de la «Chispa» decía que Martinis se había vuelto muy manipulador y con muchas exigencias, algo que no le gustaba mucho.

"Hombre, todo el tiempo me dice qué hacer y qué decir... cuando hables por teléfono, que digas estas cosas, cuando mandes un mensaje, dirás otras, deberás tener cuidado si nos están investigando y entonces desorientarlos. ¡Hombre, no puedo con estas cosas, joder! Maldita sea, yo soy libre. Y ahora que te escribo estas cosas no debería, ¡pero las escribo! ¡Que se jodan todos! No quiero ninguna autoridad sobre mi cabeza. Tenemos una colectividad, si Martinis quiere dar órdenes que entre a la fiscalía. ¡Ya basta!"

Viendo este tenso mensaje Pano, entendió que:

Primero: Martinis empezaba a crear un clima de antipatía dentro de la «Chispa».

Segundo: Actuaba de una manera conspirativa y era cierto que cuidaba sus conversaciones electrónicas. De esta manera era muy difícil que apareciera alguna prueba de la vigilancia electrónica. Era necesaria también una vigilancia física.

Tercero: para que actúe con tanta conspiración, algo oscuro se escondía detrás.

Pano desde el principio no estaba de acuerdo con las conclusiones del departamento de estado. Creía que el caso tenía mucha profundidad y lo investigaría a fondo, contra viento y marea. Su obstinación era característica. Nunca se daba por vencido.

De cerca

—QUE TENGA UN BUEN MES. ¿Cómo está?

—Buen mes para ti también, muy bien, ¿Y usted? —Pano respondió y paralelamente le preguntó.

La dueña del mini mercado era una mujer muy rara. Siempre miraba a Pano de los pies a la cabeza. Como si quisiera calarlo. Algunas veces giraba la cabeza de repente, mientras él hacía sus compras y le clavaba sus ojos, como si intentara descubrir algo sobre él. *Es una clásica chismosa*, pensaba él. Si no fuera porque la tienda estaba cerca de su casa nunca volvería a poner sus pies allí. Intentaba encontrar algo, para hacer una historia de chismerío, para tener algo que contar a sus amigas. *Las chismosas son muy curiosas, todo el día se ocupan de la vida de los demás*. El agente, en esta ocasión, estaba vestido con una gorra negra de béisbol y una característica camisa azul ajustada con unas mangas muy largas y llevaba en su hombro una mochila negra. La vio, lo estaba mirando muy de cerca. Observaba su gorra. No tardó en tirar su crítica en este día de domingo.

—Joven, no hay sol —dijo—. No me malinterpretes, pero me parece raro que uses una gorra en plena tarde.

Pano no respondió, pagó por el zumo que compró y se fue sin decir una palabra. Le lanzó una mirada seria antes de salir del mini mercado. Era el primer día de octubre. Hoy era el día en el que Pano iba a empezar la vigilancia con presencia natural a Martinis. El monitoreo electrónico no había conducido a ninguna parte. Era necesario tener cerca al líder del colectivo. Su intuición le decía que en este caso tenía que llegar hasta el fondo.

Se dirigió hacia la estación del metro, a la estación “Katexaki”. Bajó las escaleras con mucha fluidez, como si volara. Caminaba siempre con la cabeza baja, no quería ser captado por las cámaras. Y su paso había cambiado. Caminaba casi saltando, a pesar de que su paso era siempre tranquilo, pesado y estable. Sabía que algunas veces alguien puede ser identificado solamente por la manera en la que camina.

Entró al vagón, había mucha gente. Así que tuvo que quedarse de pie y apoyarse en la barra. El conductor del metro arrancó abruptamente el tren. Una chica que estaba parada cerca de Pano, casi se cae. Pano la agarró en el último momento, antes de caerse. Casi la abrazó intentando sostenerla. La chica se lo agradeció muy amablemente y le acarició suavemente en la mano como muestra de agradecimiento. Él se molestó. Las mujeres griegas le parecían muy bellas. Ella en particular se veía excepcionalmente sexy. Pelo largo, morena, con ojos castaños y con unos esplendidos senos. Estaba vestida con una faldita muy estrecha, demasiado corta y su piel parecía muy suave. Pero lo que más le gustó a Pano fueron sus hombros. Unos hombros anchos, vigorosos, tenía un fetiche con esto. Habían pasado dos meses desde su último encuentro con una mujer por lo que el impulso sexual que sintió con esta acaricia y con este abrazo por accidente, fue muy intenso. En la próxima parada la chica se bajó, dándole las gracias una vez más. El agente inclinó la cabeza y sonrió dulcemente. Durante el resto del camino, Pano estaba muy afectado, su olor había quedado en él. Intentó pensar en algo más, para distraerse. Lo logró. Desde que empezó a pensar en el método de vigilancia que iba a implementar en Martinis, la sexy mujer desapareció de su mente. Le quedaban algunas paradas más hasta llegar a Academias. De allí, caminaría hasta Exarchia.

Hacía muchos años que no visitaba la ciudad de Exarchia, desde niño. Claro que conocía la famosa zona de Exarchia, ya que es conocida a nivel mundial como la zona de los anarquistas y de los artistas. Sus padres, cuando vivían, lo traían a este lugar y hacían caminatas en la plaza. En esta época sus padres eran unos típicos roqueros. Pero, desde entonces, Pano recordaba muy pocas cosas.

Ahora debería concentrarse en su trabajo. Debería colocarse afuera de la guarida y esperar hasta que Martinis saliera. Luego, seguiría registrando todos sus movimientos. La única manera en la que Pano podía monitorear a la guarida, era solamente con un contacto visual directo. Iba a pretender ser un drogadicto que se encontraba en la acera de enfrente. Solo así, tendría pleno conocimiento de quién entra y sale de la guarida.

El GPS de Martinis siempre mostraba la misma ubicación, supuestamente, cada día estaba en la guarida. Pano se dio cuenta de que Martinis salía y se movía con naturalidad fuera, dejando su móvil en la guarida con el objetivo de desorientar a cualquier agente que intentara vigilarlo. Como había pasado aquella noche que intentaron colocar los gases explosivos, en la casa del naviero Doko. El GPS de su móvil mostraba que Martinis estaba en la guarida mientras se encontraba en ese momento en Voula. Era entonces cuando se había ido con este compañero suyo, Doudounis... ¡el que habla mucho!

Hoy, los anarquistas, tenían una reunión más. Iba a empezar casi a las 19:00. Martinis seguramente estaría dentro. Solamente Eurídice, afortunadamente para Pano, no iba a estar. Una vez más, ignoraba a sus compañeros. Parecía que la «Chispa» no era algo fundamental para ella.

Pano ya había elegido el lugar en la acera donde estaría casi acostado, fingiéndo ser un drogadicto que parecía estar en su mundo. Su mano derecha tenía seis obvios pinchazos y muchos pequeños moretones. Levantó sus mangas. Caminaba tambaleándose, como si estuviera a punto de desplomarse. Se fue a sentar en el lugar que había elegido fuera de un edificio abandonado en la acera. Casi se acostó con la cabeza dirigida a su hombro. Pano logró parecerse a un verdadero drogadicto. Las clases de la CIA no fueron una pérdida del tiempo al final. Los pinchazos en sus manos estaban recientes. Los había hecho apenas ayer con una aguja esterilizada. Debería parecer como un drogadicto recién drogado. De hecho, así parecía. La policía nunca entraba en Exarhia, así que no tenía miedo de que algún ciudadano llamase a la policía con el propósito de detenerlo y al mismo tiempo arruinar su fachada. Su reloj marcaba las 18:57. Ya casi todos habían entrado en la guarida.

De repente, un tipo bajo con unos kilos de más, se acercó y preguntó:

—Amigo, ¿estás bien? ¿Necesitas ayuda?

—No, estoy bien —respondió Pano con una voz temblorosa, deletreando las letras despacio. Forma de hablar característica de un drogadicto.

—Estoy descansando, me voy a ir en un rato.

—Vale amigo —dijo el tipo—. Cuídate... si necesitas algo, estaré en el edificio de enfrente —dijo mostrando su guarida. Mientras se iba, murmuró:—Maldito estado, ustedes son los que trafican esas porquerías, hijos de puta.

Finalmente, el tipo gordo entró al edificio de enfrente, a la guarida. Será algún nuevo miembro de la «Chispa», pensó Pano. Había visto todas las fotografías de los treinta y cuatro anarquistas. Los recordaba a todos uno por uno y una por una, y a él no lo había visto nunca. Era lógico, poco a poco los miembros aumentarían, uno traerá a otro. Por suerte, Pano había previsto eso y por eso se puso un líquido rojo vegetal en los labios y dientes, que parecía sangre. No era posible ver a un drogadicto con una dentadura perfecta. Mientras que un drogadicto con heridas y deterioro avanzado era algo común. Los anarquistas en Exarchia en general, eran muy cuidadosos con que algún agente secreto con ropa civil, los vigilara. Pero el tipo, así como vio a Pano con manos agujereadas y sangre en los dientes, no tuvo ninguna duda de que hablaba con un drogadicto. No era casualidad que Pano se considerara agente ascendente en los Estados Unidos. Siempre ejecutaba operaciones impecables, planeadas hasta el último detalle. Aunque era la primera vez que se encontraba en una vigilancia con presencia física. Su trabajo siempre era trabajo de oficina.

La calle en Dervenion estaba vacía. Pano no se encontró con ningún viandante durante las tres horas que pretendía ser un drogadicto. Ya se había aburrido demasiado y le dolía la espalda y la cintura, ya que estaba reclinado en la acera. Alrededor de las diez, los anarquistas empezaron a irse de la guarida.

Después de unos diez minutos se fueron treinta y tres personas. O sea, los que habían entrado. Eso significaba que solo Martinis estaba dentro en ese momento.

Afuera había anochecido. Menos mal que la bombilla de la farola de la Corporación Pública de la Electricidad, lo iluminaba todo. *Venga hombre, no creo que la noche de hoy la pases en el edificio. Que no sea una vigilancia desaprovechada*. Estos pensamientos pasaban por su cabeza y su angustia cada minuto crecía más. Se encontraba en un estado de alerta absoluta.

En ese momento, vio a un tipo muy alto, parado en la puerta de la guarida de los anarquistas y haciendo algo con las manos. Desde su posición, intentaba entender qué pasaba. Sí, Martinis intentaba cerrar la puerta. Ahora Pano lo veía todo claramente. Sí, reconoció de lejos su pelo morado, largo y rizado. Era él, sí, sí... Martinis estaba en la puerta y cerraba muchas cerraduras. Pano debería estar listo para seguirlo, no podía perderlo. Sus sentidos habían aumentado al máximo.

Martinis empezó a caminar muy rápido al lado opuesto de Pano. El agente se levantó rápidamente. Se limpió la poca pintura roja que tenía en los labios y empezó a caminar rápido también. Mantenía una distancia muy grande, para que Martinis no se diera cuenta. Así, caminaron los dos, casi corriendo durante unos dieciocho minutos. Martinis llegó a la calle de Academias. Pano estaba un poco más atrás. Martinis hizo una señal a un taxi para que se detuviera. El taxi se detuvo. Él entró. El taxi arrancó y se fue con Martinis al interior. Pano se volvió loco. *No, no, no ¡mierda!, lo perdí.* Se decía a él mismo. Mientras tanto, vio que no había ningún otro taxi en la calle. ¿Quién sabía cuándo pasaría otro taxi que le diera la oportunidad de seguir al de Martinis? *Joder, ya se ha ido, Martinis se ha esfumado,* pensaba. Pero vio en una fracción de segundo, una moto de carreras, encendida, sin conductor, estacionada fuera de un quiosco. Pano, corriendo, se montó en la moto. Su conductor que estaba comprando algo del quiosco, vio en el último momento a Pano montado en su moto y empezó a gritar:

—Oyeee, ¿qué coño haces? ¡Me roban la moto, joder!

Antes de que el conductor terminara de gritar, Pano había arrancado la moto y se fue con un espantoso acelerón. En cuatro segundos había desaparecido del campo visual de su propietario legal. El dueño de la moto, decepcionado, gritaba, insultaba y maldecía. Se quedó con el casco en las manos. Llamó a la policía y denunció el incidente.

Pano no pensaba nada en este momento. En el caso de que la Policía Griega lo detuviera, estaría en graves problemas, ya que la vigilancia con presencia natural no estaba autorizada por su superior, George Stiler. Seguramente regresaría a los Estados Unidos a patadas, inevitablemente, si George lo supiera. Pero lo único que le importaba en este instante era no perder su objetivo. Nunca fallaba en sus misiones.

Subió por la avenida de Academias como un demonio. Aceleró unos 150 kilómetros por hora. Su adrenalina había subido al máximo. Tenía su mano en el acelerador y paleteaba el motor mientras su espalda y su cabeza estaban en una posición baja. Estaba listo para "volar". *¿A dónde se había ido Martinis con el taxi?* se preguntaba, mientras el semáforo todavía estaba rojo. No podía pasar así, ya que había muchos vehículos en la intersección y no quería bajo ningún concepto ocasionar algún accidente que le hiciera tener en su conciencia a gente inocente. Tenía dos opciones... o irse por la izquierda pasando por Vasilissis Sofias o irse por la derecha. Debía elegir el camino que seguirá en unos segundos:

—Venga, venga, cambia ya, joder —decía lleno de angustia.

De repente, el semáforo cambió a verde. Se fue con un tremendo acelerón girando finalmente hacia la derecha. Prefirió tomar y seguir la avenida de Vasilissis Amalias. Buscaba el taxi al mismo tiempo que pasaba por la calle. El taxi era muy característico, un Volvo grandísimo. Algo poco común en Grecia.

Ahí está, lo vio desde muy lejos girando hacia la avenida de Sigrou. Ya era hora, volvió a reencontrarse con su objetivo. ¡Se sentía tan afortunado en ese momento!

En diez segundos, Pano también entró en la avenida con la brillante moto de color negro. El modelo era un R1. Con motos similares corren en la moto GP. En unos 2,96 segundos acelera de 0 a 100 kilómetros, mientras en unos 10,2 segundos acelera de 0 a 210 kilómetros. Su velocidad final puede alcanzar con mucha rapidez los 330 kilómetros.

No era muy buena idea seguir cabalgando. En cinco minutos la carretera se llenaría con controles policiales. Seguramente el propietario de la moto había llamado a la policía. El problema era que una moto como esa no podía seguir a un taxi que se mueve con solo 70 kilómetros por hora. Sería obvio que alguien estaba siguiendo al taxi y por lo tanto, a Martinis. Dentro de diez segundos, Pano había pensado todos los posibles problemas que se crearían, si seguía conduciendo la moto. Todo estaba calculado. Así que decidió dejarla.

Aceleró la moto al límite y sobrepasó al taxi como si estuviera parado. Quería llegar lo más rápido posible a la terminal de Sigrou. Dejar tirada la moto allí y tomar algún taxi de la parada de taxis que tienen en ese lugar. Era casi seguro que había una parada de taxis al final de Sigrou. ¿O no? Tenía una pequeña duda mientras corría a unos 260 kilómetros por hora. Sin embargo, tenía razón. Todos los coches amarillos estaban alineados en una fila.

De repente, frenó bruscamente y entró al camino secundario. De ese camino secundario entró a un callejón que había unos 20 metros más adelante. Dejó escondida la moto bajo un árbol grande. Se bajó de ella rápidamente, sacó el cloro de su mochila y cubrió la moto con todo el contenido de la botella plástica. Quería borrar todo tipo de huellas, incluido su ADN.

Menos mal que vino preparado y cogió una botella de cloro, necesario para una vigilancia de este tipo. Le quedaba un minuto. Según sus estimaciones, más o menos en un minuto, el Volvo pasaría con Martinis. Había una muy pequeña posibilidad de que el taxi dejara a Martinis a la mitad de Sigrou y así nunca pasara por este lado. Pero Pano consideró que, si el destino del anárquico estuviera cerca, no hubiera cogido un taxi. *Seguramente, no tomaría un taxi si fuera a un destino cercano. Era casi seguro que pasaría por el final de Sigrou.* Ya sea para dirigirse hacia Glyfada o hacia Pireus.

Pano entró al taxi, le quedaban casi unos cuarenta segundos. El conductor del taxi preguntó cuál será su destino. Pano respondió:

—Empieza y te lo diré en unos veinte segundos.

El conductor arrancó y miró a Pano de manera inquisitiva. Pensaría que qué bicho raro entró en su taxi a estas horas de la noche. De hecho, en unos veinte segundos el Volvo adelantó el taxi de Pano. Pano con mucha tensión le dijo al taxista que siguiera el taxi que los acababa de adelantar. Le mostró también cincuenta euros. El taxista se entusiasmó frente a la vista del dinero y obedeció de inmediato, con mucha alegría. Ahora seguía a Martinis en condiciones de plena comodidad. Inclinó su cuerpo hacia atrás y se relajó en la cómoda silla de cuero que tenía el taxi. Por suerte dejó la moto, ya que en su camino encontró dos controles policiales de la policía Griega. Contó al taxista una mentira de que estaba siguiendo a su novia. No quería nada más del conductor, ya que empezó a molestar a Pano contándole sus historias. Le molestó hasta que llegaron al puerto de Glyfada. Era el lugar donde finalmente se bajó Martinis. Su destino final. Pano pidió al taxista que mantuviera una distancia significativa del taxi que estaba siguiendo y que apagara las luces en el momento en el que entrara al puerto. Y así pasó. Martinis no se dio cuenta de nada. Pano se bajó también del taxi.

Seguía a Martinis dentro de la oscuridad manteniendo una distancia de 100 metros. Sacó con rápidos movimientos sus binoculares nocturnos de la mochila, a la vez que caminaba de puntillas. Martinis se dirigía hacia un yate. Se subió a la cubierta y alguien lo recibió, dándole un suave golpe en su espalda. Este alguien era una persona de al menos sesenta y cinco años. Este yate, no era un simple yate. Era un cúter de cuarenta metros, muy lujoso. A bordo había también una tripulación, como podía ver Pano. Se quedó estupefacto.

¿Qué trabajo tenía que hacer un anarquista con un viejo tan rico? Se dio cuenta de que este caso tenía mucho por revelar.

En el cúter, desde el momento en que Martinis entró, ya la tripulación había empezado a desatar los cabos, zarpando hacia un destino desconocido. El agente pudo ver dentro de la oscuridad el nombre de este lujoso yate.

Se llamaba **"Barcelona".**

Martinis

4,5 AÑOS ANTES...

Hoy era su primer día en la cárcel. Estaba muy asustado y tenía miedo. Casi temblaba. Veía enfrente de él, a todos estos presos de por vida, todas estas caras salvajes con una mirada asesina. ¿Cómo pasarían los años en la cárcel? Si pudiera tirarse al suelo y llorar, lo haría. Quería hacerlo, pero no podía, lamentablemente. Debía mantenerse fuerte. Los débiles no aguantan ni un día en la cárcel.

Estaba arrepentido por el robo que había perpetrado en el banco de Atenas. ¿Valía la pena? Si hubiera sabido el final, nunca lo habría hecho. Es muy buena la teoría sobre la "expropiación" y la redistribución de los bienes, pero en la práctica... las consecuencias son catastróficas.

Toda una vida llevaba apoyando los derechos de los presos, pero ahora que los veía de cerca, no sentía ningún tipo de simpatía. Al contrario, sentía un tremendo miedo... tremendo.

El guardia lo llevó hasta su celda con prisa. Martinis caminaba temblando por culpa de su miedo. Había dos personas, dos presos de por vida. El "Martillo" y el "Desarmador". Estos eran sus apodos característicos. Unos ex matones que cobraban deudas. Habían hecho muchísimas cosas malas. Llevaban más de diez años en ese ambiente reclusorio. Lo controlaban todo dentro de la cárcel.

—Demos la bienvenida a la hermosura —dijo el Desarmador a Martinis.

—Tiene también un largo pelito rubio —complementó el Martillo—. Te vamos a cuidar mi muñequita, sabes que nosotros compartimos todo por aquí, serás nuestra perra sucia. Sabes que debes obedecer las reglas de la cárcel... si no...lo vas a pasar muy mal.

Martinis quería gritar "no puedo más, sáquenme de aquí". De verdad que no aguantaba, quería suicidarse. Empezó a llorar enfrente de sus compañeros de celda. Estos empezaron a reírse y acariciar su pelo.

—Yo digo que te llamemos Gloria... ¿Desarmador, estás de acuerdo?

—Ay, no podías elegir un nombre más bonito—dijo el Desarmador y se dirigió hacia Martinis. Empezó a acariciarlo. Martinis ahora lloraba muchísimo más.

—El día de hoy te lo vamos a regalar, ya que es tu primer día en la "jaula". Este es nuestro regalo... pero mañana prepárate... lávate bien Gloria. Desde mañana serás nuestro bomboncito.

EL PRIMER DÍA EN LA cárcel para Martinis, fue un infierno. No durmió ni diez minutos. Sus ojos estuvieron abiertos durante toda la noche. Tenía miedo de que alguien lo maltratara. Aparte de esto, sus "compañeros" roncaban demasiado. El "Desarmador" sonaba como un tanque.

Desafortunadamente, Martinis se encontraba en una trágica situación, todavía no podía comprender cómo terminó en este lugar. Tenía una bonita y pintoresca casita en Exarchia, tenía novia y un trabajo como grafista. Esta idea romántica de la redistribución de los bienes y de la "expropiación" lo destrozó. ¿Para qué necesitaba ese robo? ¿Por qué no se estaría tranquilo?

El guardia empezó a gritar:

—En cinco minutos entráis a la ducha, preparaos.

Martinis se veía perdido. Hacia movimientos muy rápidos con los ojos por culpa de la ansiedad, había manifestado también diferentes tics... *¿a dónde voy, qué tengo que ver con todos ellos, qué estupidez hice, qué hice?*

Sacó el uniforme de prisión y su ropa interior. Se metió debajo de la ducha, el agua estaba congelada. Su boca empezó a temblar debido al agua fría. Miraba a derecha y a izquierda y lo único que veía era hombres desnudos. Algunos estaban llenos de tatuajes, otros eran gordos y algunos llenos de pelo... quería vomitar.

En unos segundos todos se fueron rápidamente y él no entendió lo que paso. Todavía se estaba lavando. Se giró hacia atrás para ver qué pasaba. Llegó Desarmador y le agarró del pelo.

—Hoy te voy a quitar la virginidad, Gloria.

Martinis intentó zafarse de sus manos, pero era inútil. Vinieron otros dos para detenerlo. Empezó a pedir ayuda, pero hasta los guardias desaparecieron, ellos también eran cómplices.

En el momento en el cual había perdido cualquier esperanza, oyó una voz pesada y feroz gritarle a los tres tipos que lo tenían agarrado.

—Eh, vosotros, si no os vais ahora mismo de aquí, va a ser vuestra tumba.

En cinco segundos habían desaparecido, sin decir ni una palabra.

El hombre con la voz grave, habló a Martinis.

—¿Cómo te llamas amigo?

—Epaminondas Martinis —le respondió el anarquista lleno de miedo y angustia.

—¿Qué? Epaminondas... nombre difícil de pronunciar... jajajaja... bueno yo te diré simplemente Martinis, ¿estamos de acuerdo, chaval?

—De acuerdo, de acuerdo —le dijo con una mirada llena de asombro. De todos modos, lo había salvado de un violento abuso sexual.

—¿Sabes quién soy yo? El nuevo líder de las cárceles. Entré a la cárcel hace cuatro días y estoy construyendo mi ejército, me vas a ser de mucha utilidad... además, estas mariconadas, a mí no me gustan. A mí me gustan las mujeres. De ahora en adelante harás lo que te diga chaval, y estarás completamente protegido de todas estas bestias. Te lo garantizo. A mí me interesan solo los negocios. Si haces lo que te digo y gano dinero contigo, lo vas a pasar de la hostia aquí dentro, te lo garantizo. Dame tu mano y apriétala así fuerte y con vigorosidad, ¿tenemos un trato?

Martinis le dio un apretón de manos muy fuerte. Intentó dar una buena impresión a su salvador. Era su única esperanza de sobrevivir dentro de la cárcel. La ironía era que toda su vida como un anárquico, que luchaba contra el capital y el beneficio, ahora le serviría a ciegas.

EL PRIMER AÑO EN LA cárcel había pasado. Nadie pensó ponerle ni un dedo encima a Martinis. El padrino, el gran distribuidor de drogas, cumplió su palabra y lo había protegido. Viliardos, el gran mafioso de la cárcel, tenía el control absoluto del lugar, todo y todos le pertenecían.

Escuchó hablar sobre Martinis desde el primer día que entró en prisión. Desde hacía mucho tiempo pensaba que los anarquistas serían una muy buena fachada para el tráfico de drogas que hacía. Desde el primer momento en el que se enteró, de que un anarquista estaba en la cárcel, no pensaba nada más que en reclutarlo. Y lo había logrado sin problemas. Martinis era ya su soldado más fiel y de confianza. Era su mano derecha. Sí, desde dentro de la cárcel ahora controlaba muchos pequeños grupos de Exarchia, los cuales traficaban con cantidades gigantes de heroína y de hachís. El padrino, Viliardos, le suministraba todos los medios... teléfonos móviles, computadoras, permisos de cinco días fuera de la cárcel. Normalmente, lo tenía como un rey. Guardaba el dinero, para cuando saliera de la cárcel.

—Martinis, cumpliré setenta en unos días. Ya estoy saciado de dinero. Todo lo que hago, lo hago por mi hijo, él tiene treinta y dos años. No siguió mi camino, trabaja como ingeniero civil, es un ciudadano totalmente honesto. Pero quiero dejarle una enorme fortuna cuando me vaya de este mundo. Es mi deber. Nadie te respeta si no tienes dinero. Espero que lo recuerdes siempre. Vosotros los anarquistas creéis que lo sabéis todo. Pregunta al señor Viliardos que te diga... toda mi vida estuve en la calle. El dinero es el poder total. Y cuando te liberen, recuerda esta lección, ¿ok? Haz dinero y pásalo. Deja estas ideas románticas sobre la redistribución de los bienes y estas estupideces, el mundo es muy cruel, fíjate en ti mismo, cuida a mi muchacho. Todos se interesan solo por ellos mismos.

Martinis, escuchando todas estas palabras, pensó en sus compañeros que lo abandonaron. El robo se había realizado junto con dos anarquistas más. Los dos se fueron con el coche y con el dinero, dejándolo atrás, solo. La policía lo cogió muy fácilmente.

Nunca vinieron a hacerle una visita en la cárcel, a preguntar cómo lo estaba pasando. Habían desaparecido completamente. Pero él se portó muy bien con ellos. Nunca los delató. Ellos ahora eran libres y tenían el dinero robado del banco, y él estaba preso y sin un centavo. Incluso, su ex novia, se olvidó de él... solo vino a visitarlo tres veces y luego desapareció. Todos se preocupaban solo por sí mismo.

Solo algunos colectivos anarquistas se interesaron por Martinis, y fue debido a que les preocupaba la opinión de los demás. Siempre les gustaba aparentar ser los protectores de los débiles y oprimidos por el Estado. Pero su ínterés era falso...

Por estas razones, Martinis tenía a Viliardos como un Dios. Todo lo que decía el padrino era como una ley para Martinis. Su respeto hacia él, era ilimitado. El anarquista Martinis había muerto y en su lugar estaba el Martinis del Capitalismo y del Dinero. De ahora en adelante iba a dedicar su vida a la persecución del Dinero.

Barcelona

EL LUJOSO YATE CON el nombre "Barcelona" había desaparecido del horizonte. Pano se había quedado solo en la oscuridad. La vigilancia, al menos por hoy, había terminado.

Necesitó solo unos minutos de caminata, hasta cruzarse con la arena que estaba al lado del puerto de los yates. Se quitó la mochila de la espalda y la colocó sobre la arena. La usó como una almohada y se acostó en ella. Las estrellas eran su vista, una vista hermosa. El cansancio era grande, no había comido nada desde la mañana. Se levantó un poco, giró el lado superior de su cuerpo y abrió el cierre de su mochila. Sacó un paquete de galletas, que por suerte se trajo. Sacó también el zumo que había comprado en el mini mercado. El hambre y la sed finalmente se calmaron. Se acostó de nuevo.

Sintió un deseo abrumador, quería sentirla, sentir a Eurídice, de cualquier manera posible. Aún de lejos. Los últimos quince días no la había vigilado casi en absoluto, sentía culpa... de entrar así en su vida, sin invitación. Pero ahora, por nada del mundo, era posible resistirse a lo que sentía. Abrió su teléfono móvil... el "intruder" estaba sincronizado con todo, hasta con su móvil.

Eurídice escuchaba música en su ordenador. Viejas baladas románticas de rock. Pano abrió la cámara de su ordenador, quería ver su cara. Ella se encontraba acostada en su cama con los auriculares en los oídos. Había cerrado los ojos y parecía estar viajando con la melodía. Pano hizo lo mismo. Puso su auricular al oído, se acostó suevamente en la arena y escuchó la misma canción con Eurídice. La canción ***nothing else matters*** de Metallica. En efecto, nada tenía más importancia para Pano en este momento que Eurídice. Se había sincronizado con ella en un perfecto nivel psíquico y de transcendencia. Ya era medianoche, el dos de octubre, el lunes había entrado hacía unos segundos.

SE DESPERTÓ AL AMANECER. Se había quedado dormido dulcemente bajo los sonidos melódicos de la música de Eurídice. Nunca había dormido en ninguna playa, era su primera vez. Contemplaba el mar que tenía enfrente, mientras una fresca brisa le rodeaba, creando una sensación de comunión total con el entorno. Es de estos momentos en los que sientes un romanticismo incurable. En estos momentos lo amaba todo y a todos.

La primera cosa que hizo cuando regresó a casa fue darse una ducha. Luego tenía que entrar en los archivos de la policía griega y borrar el material de las cámaras que mostraban el show que montó ayer por la noche con la moto en Academias y en Sigrou. Presuntamente era probable que todavía no lo hubiera visto algún policía. Generalmente, los casos de baja prioridad como es el robo de una motocicleta, se revisan con un retraso de dos días. Necesitó solo unos quince minutos para realizar el borrado. Los gobiernos deberían sentirse muy afortunados de que alguien como él trabajara para ellos y no en su contra. Podría hackearlo todo, si quisiera.

Hizo una llamada a Dino Melisas. De sus subalternos, era el único al que estimaba y en quien confiaba. Todos eran expertos geniales en su ámbito, pero Dino tenía una autoconfianza y una autoestima que le gustaba mucho a Pano. Consideraba que tipos "cool" como él eran dignos de confianza. Le informó que iría al servicio la próxima semana debido a un virus y que harían su establecida reunión del viernes a través de una video conferencia. Dino informaría a los demás agentes. Pano ya sabía que la vigilancia electrónica no servía para nada. Todo el juego se jugaba con Martinis, y con las personas con las que tenía contacto afuera de Exarchia. Él sería su mayor objetivo de aquí en adelante, así como también sus contactos ocultos. Los demás anarquistas, probablemente solo eran los idiotas útiles de Martinis. Lo que le preocupaba ahora, era este nombre, el de "Barcelona" debería saber a quién pertenecía ese lujoso yate.

Accedió ilegalmente a los servidores del puerto de Glyfada. Cualquier bote que estuviera en el puerto era lógico que fuera registrado en los archivos. Empezó a buscar en una lista demasiado grande. *Bad, Baldwin... y ya está* pensó, *Barcelona.* Lo encontró. Buscó la información de su dueño. Jorge Sanz, sesenta y siete años, residente permanente de Barcelona, de ascendencia catalana, ciudadano español. Su profesión sorprendió muchísimo a Pano. Columnista y socio menor del conocidísimo periódico de habla inglesa

Naval & Maritime security. Ese periódico mundialmente conocido que trata temas acerca de la polémica industria marinera y la seguridad de los animales marítimos. Con palabras más simples, el periódico hablaba sobre las fragatas polémicas, las corbetas, los submarinos, los misiles costeros y muchas cosas más. Pano miraba a su pantalla asombrado. *¿Qué tenía que ver una escoria como él con un tipo forrado de dinero, que se mueve muy cerca en el área de la polémica industria marinera...?* se preguntaba con interés. El señor Sanz, como había visto en los archivos del puerto, había alquilado este espacio marítimo para su yate al menos durante unos diez días más. Pasado ese tiempo, se iría junto con su yate.

En las próximas horas, Pano se puso al día de todos los movimientos electrónicos del señor Sanz. Había contraído tres matrimonios y tenía cuatro hijos, tres chicos y una mujer. El mayor tenía unos treinta y dos años, el siguiente tenía veintiocho años, el tercero veintisiete y la pequeña solamente quince. A los varones los tuvo con su primera esposa. Mientras que la chica la tuvo con la segunda. Con su tercera esposa no logró tener ningún hijo. Se casaron hace un año. Ella, era una bellísima eslovena, de treinta y cinco años, ex modelo. Era amante de la buena vida. Sus redes sociales estaban llenas con fotografías de coches rápidos, aparcados en su increíble villa de Barcelona. Como era evidente, siempre viajaba a los mejores lugares del mundo, y también había fotografías con él en su cúter junto a famosos actores y cantantes del mundo hispano. El lujo era la palabra que lo caracterizaba. Pero tanto dinero de ninguna manera podía justificarse solo a través de su periódico. Normalmente, esos "business" indirectos que se involucran con sistemas de armas, tienen mucha profundidad, y también mucho dinero "sucio".

Debía encontrar alguna manera para poner micrófonos ocultos en el yate de Jorge Sanz. Sin duda, esta era una situación verdaderamente difícil para Pano, ya que él no era un agente de campo.

Por suerte cuando estaba en la escuela de la CIA había recibido clases optativas sobre artes marciales, el uso de armas, la vigilancia con presencia natural, operaciones psicológicas, conducción de carreras y paracaidismo, solamente porque era un fanático de todas esas cosas. Normalmente, un analista de telecomunicaciones y un "artista" de la programación no estaba obligado a saber todo eso. Pero él, en este momento se sentía muy afortunado por haber elegido "estudiar" esas clases opcionales de la CIA, porque al final esas clases están siendo de mucha utilidad. Pero, pasar de la teoría a la práctica, tan de repente, era algo dificilísimo. Debía hacer algo impensable y poner micrófonos ocultos en un lujoso yate, que lógicamente estaba lleno de gente de la tripulación todo el día.

¿Debería pedir ayuda a su supervisor en la CIA? No era una buena idea. Por ahora, George no había aceptado la vigilancia con presencia natural, estaba prohibida. El riesgo de que fuera revelada su verdadera identidad era enorme. Además, subestimaba muchísimo el caso. ¿Debería Pano decirle que al final el caso empezó a complicarse y está en medio un español rico? Aun así, ¿y si finalmente no hubiera algo malo e ilegal... pero simplemente este español era un bisexual que le gustaban los hombres más jóvenes y de alguna manera conoció a Martinis? ¿Qué pasaría si movilizara todos los mecanismos dentro de la agencia, por un caso inocente al final? Todavía no debería revelar nada, que lo pudiera comprometer. Tenía muy buena reputación en la CIA. Era muy arriesgado encargarse así de un caso que podría ser al final un fracaso y que le haría perder parte de su fama. Solo debería encontrar el borde del hilo. Se pondría en contacto con su supervisor solamente cuando poseyera pruebas tangibles, que mostraran la planificación de acciones ilegales. También involucrar al CNI... era algo imposible. Serafim pensaba que el caso no era importante. Algunos chicos consentidos escribieron simplemente un texto sin sentido. No había nada peligroso. Claro que el caso del atentado al Doko, todavía no lo sabía el comandante. Ni la «Chispa» había sacado alguna proclamación sobre eso. Además, el resto de los miembros del colectivo anarquista no sabían nada. La fuga de información se había hecho sin querer por ese tipo, ese Noti Doudonis, el que había consumido mucho alcohol en "pepper". El "equipo ideal" sabía que existía esta prueba, pero no tenía el derecho de ir dispersando información dentro del servicio. El grupo pertenecía por ahora a Pano. Pano no quería de ninguna manera, alertar a algún servicio. De esta manera, se guardaba todas las pruebas solo para él.

POR LA TARDE, PANO dio una vuelta hacia el puerto de Glyfada. En teoría fue a dar un simple paseo como hacen muchas personas que van a contemplar los yates y caminar cerca del agua y el mar. Todavía en Grecia en esta época, hacía un tiempo casi de verano. Quería comprobar si "Barcelona" había regresado a su espacio. Sí, se encontraba allí, espléndido. *¿En qué lugar zarparon ayer por la noche?... ¿fueron a algún lugar cercano?* se preguntaba. *O podría ser que simplemente dieran vueltas en el mar, ¿quién sabe por qué?*

Sacó el móvil de su bolsillo y supuestamente, empezó a fotografiar los lujosos cúteres. Con un limpio acento americano y pretendiendo ser un turista, decía exclamaciones de admiración.

—*Wow, this is great, wow, oh my god* —supuestamente, admiraba los yates deslumbrantes.

Se acercó al yate... al "Barcelona". Sacaba selfies estando el yate detrás de él. Ya se encontraba casi al lado. Alguien empezó a gritar, con un mal acento inglés, que no se acercara al yate. Pano se dio la vuelta para ver quién era el que gritaba. Era un joven musculoso, bastante bajo, que estaba parado al borde de la cubierta. No tenía más de veinticinco años. Pano levantó la cabeza y con un acento americano pesado empezó a hablar en inglés, diciendo que simplemente sacaba fotos para subirlas a Instagram e impresionar a sus amigos. Una voz se oyó dentro del yate que preguntaba al hombre musculoso qué era lo que pasaba. Estos siete segundos en los que el hombre musculoso giró la cabeza para mirar al salón del yate, intentando explicar a la persona que preguntaba qué pasaba, el agente tocó al margen de la popa, en el codaste, con un movimiento extremadamente rápido, como un ilusionista. Acababa de "atascar" un imán minúsculo del tamaño de un botón pequeñísimo, en el yate. Cuando el hombre que formaba parte de la seguridad personal de Jorge Sanz, como era ya evidente, giró la cabeza hacia Pano, él ya se había metido las manos en los bolsillos y le dijo en inglés que todo estaba bien y que se iba de inmediato. Y así lo hizo. El imán era un emisor que detecta la geolocalización. Era de esos aparatos fantásticos que tenía la CIA. Pano tenía muchos de estos en su casa. Indispensables para un agente.

La operación no se había coronado con éxito total. Se consideraría completamente exitosa si conseguía espiar el interior del yate. Desafortunadamente eso no era posible hacerlo. Ya se había dado cuenta de que era imposible. Pero, que el emisor estuviera puesto en el yate y pudiera mostrar la localización del mismo a cualquier hora, no era nada despreciable.

El sol, aunque ya eran las 19:20, vestía cálidamente el cielo con sus rayos. Hacía un movimiento descendente y se ponía lentamente y firmemente, creando un orgasmo de tonalidades rojas, naranjas y salmón en el horizonte. Era la hora en la que Pano soñaba con estar bebiendo un cóctel en algún bar en la playa. A estas horas la costa de Atenas le parecía tan atractiva y provocadora, que de cualquier manera quería encontrar un bar, relajarse y beber cócteles hasta que fuera de noche, mirando al cielo infinito y el mar tranquilo. En esta hora, sentiría todo lo que no había vivido durante el verano. Durante unas horas decidió que el trabajo no le preocuparía para nada. No había salido de copas en todo el verano. Ahora, en el comienzo de octubre, sí podría sentir ese sabor a verano. Aunque oficialmente la estación había terminado, todo parecía aún veraniego.

El bar de la playa tenía bastante gente. Pano consiguió encontrar un taburete vacío y se sentó. Ya se había quitado el gorro que llevaba como parte de su disfraz y también sus grandes gafas del sol. Dejó la mochila a sus pies. Pidió un mojito. No veía el momento para sentir su frescura. Después de unos minutos llegaron a los taburetes de al lado dos mujeres muy bonitas vestidas con trajes de baño. Así pasaba en los bares de la playa. En cualquier momento, si alguien quisiera, podría nadar al mar. Pano desafortunadamente, no tenía un traje de baño con él. Le hubiera gustado mucho nadar a esa hora en el mar. Eran casi las ocho y todo parecía tan tranquilo... Estos primeros sorbos de su mojito lo ayudaron a tranquilizarse y sentir los efectos del alcohol. La conversación con las mujeres surgió con gran naturalidad. Eran dos turistas de Holanda. Mañana regresarían a su país.

Dora dio las buenas noches a su amiga y se fue después de una hora y poco más. Les dijo que estaba cansada. En realidad, solo quería dejar su amiga a solas con Pano. Él, se dio cuenta de inmediato, aunque estaba en el tercer cóctel. *Qué bien que se fue ella*, pensaba. La verdad es que Dora era muy delgada para sus gustos. A él le gustaban las mujeres con curvas, tal y como era Ángela.

Las holandesas habían alquilado un apartamento con dos habitaciones, muy cerca de esta bar playero, mediante la plataforma de Airbnb. Pano con Ángela disfrutaron de una noche increíble y llena de tensión sexual. Pano al despertar alrededor de las 11:30, una vez que se recuperó de la ebriedad del alcohol, entendió que la amiga de Ángela, Dora, probablemente no había dormido mucho por culpa de sus gritos y resuellos sensuales. A la hora de irse, la encontró en el salón y le pidió perdón. Dora se rio y le dijo que no se preocupara. Para ella era suficiente con que su amiga se lo pasara bien.

EL EMISOR NO MOSTRÓ ninguna actividad. El yate no se había movido en absoluto de su posición. *Lógicamente, Martinis no fue a visitar "Barcelona" ayer por la noche.*

Todo el tiempo que estuvo en el taxi, pensaba a Eurídice. Sentía remordimientos y una inexplicable tristeza. Como si la hubiera traicionado. Lo había pasado muy bien ayer por la noche... pero algo le faltaba. Extrañaba su cara. Necesitó casi una hora para llegar a su casa desde Glyfada.

—Vaya tráfico, ¿no? —preguntó Pano al taxista.

—Así es siempre a estas horas, muchacho, ya es hora punta —respondió él, mientras cogía los treinta euros por el viaje y le daba las gracias.

Al entrar en su casa, Pano, había olvidado por completo la noche que pasó con la holandesa. Lo único que le importaba era el caso. Después de haber pedido un expreso y un pastel de queso, empezó a trabajar de inmediato. Rompió muchas hojas de papel de un viejo cuaderno. En cada una de estas empezó a escribir y poner un nombre. Cada nombre y apellido correspondía a algún miembro de la «Chispa». El nuevo miembro lo había visto afuera de la guarida, pero no sabía nada más sobre él. En la última hoja del papel escribió el nombre de Martinis. Con una chincheta la pinchó en la pared de su salón. Debajo de esto, pinchó el papel que tenía el nombre de Noti Doudounis. Más abajo desplegó en dos líneas horizontales los nombres y los apellidos de los restantes miembros del grupo anarquista. *El "líder" y los demás... los hombres de paja,* pensaba. Al lado del nombre de Martinis pinchó un papel que tenía escrito el nombre de "Jorge Sanz". Rompió rápidamente una hoja más de papel y en esa escribió: "Dimi Dokos". Pero no sabía dónde pincharlo y fue a la pared opuesta para pincharlo. Pinchó también un papel con el nombre del embajador americano. *Ellos... y ellos dos,* pensaba.

El timbre sonó. Su pedido había llegado. Dejó el pastel de queso al margen. Tomó su café y se sentó en el suelo, en medio del salón. Durante unos veinte minutos se quedó inmóvil. Lo único que hacía era girar su cabeza a la izquierda y a la derecha, mirando los papeles pinchados. Casi terminó su café mientras estaba de pie. Lo sorbió nerviosamente. Intentaba conectar los trozos del puzle. La llave probablemente estaba en Barcelona.

—Barcelona —susurró en voz baja.

Peleas

STEVE DALE, EL HERMANO de la madre de Pano, tenía gran diferencia de edad con su hermana. Cuando ella murió, él tenía ya cincuenta y un años y vivía en los Estados Unidos desde hacía treinta y dos. El tío de Pano estaba soltero desde hacía muchos años. Solamente se había casado una vez hacía treinta años con una griego americana. Casi nada más poner los pies en América. Pero la vida de casados no duró mucho, su mujer lo abandonó muy rápido porque los espermatozoides no se producían con normalidad. El tío era estéril. Desde entonces, los siguientes veintiocho años, vivió soltero. Tuvo a muchas mujeres, pero a ninguna la tomó en serio. Su separación le dejó herido. Era un hombre guapo, alto, musculoso, con pelo moreno en su juventud y con unos característicos ojos negros de halcón. Ahora tenía setenta y seis años, pero todavía estaba como un roble. La fuerza era una característica de este hombre. Parecía mucho más joven de lo que en realidad era.

Cuando fue por primera vez a los Estados Unidos, había conseguido, gracias a su matrimonio, sacar un permiso de residencia y ser un ciudadano de los Estados Unidos de América. Apenas se divorció, decidió reclutarse voluntariamente en el ejército. El ejército le gustaba mucho, estaba obsesionado con esas cosas. Era de los mejores marinos. Luchó en Vietnam y fue condecorado. Así se abrió el camino hasta las agencias secretas. Lo reclutaron de inmediato en las "operaciones negras". Un ejecutor... en pocas palabras. Pero evidentemente nadie sabía que era hijo de la CIA. Su fachada eran las floristerías que tenía. Supuestamente era un empresario. Hizo un montón de viajes, al Medio oriente, América latina y Europa.

El tío adquirió muchísimo dinero. Eran tiempos raros, eran los tiempos donde la mayoría de "los agentes del campo" de la agencia se ocupaban en actividades ilícitas. El tío de Pano, también siempre a escondidas, tenía muy buenas relaciones con el mayor traficante de cocaína del mundo. El famoso

Pablo Escobar. Probablemente lo ayudaba con el tráfico. ¿De qué otra manera un agente podría tener tantos millones de dólares en su poder? Su casa en Virginia era un pequeño palacio. Pero no disfrutaba mucho de esto. Seis de los doce meses del año estaba afuera de casa.

Cuando Steve estaba afuera de casa, a Pano lo cuidaba su nana. Una griego americana de segunda generación que se llamaba Diana. La diferencia de edad que tenía con Pano era de unos quince años. Cuando el pequeño fue por primera vez a América a los doce años, Diana tenía veintisiete. No se podía decir que fuera muy bonita, pero había algo encantador en ella. Tenía una especial dulzura en la manera de hablar, la manera de mirar y generalmente en la manera de tratar a los demás. Una gatita excéntrica con un pelo lacio, negro y muy largo, que irradiaba sexualidad. A Pano, aun con solo doce años, sintió algo dentro de él, desde que la conoció. Tenía unos kilos de más, pero bien distribuidos al cuerpo, con unos senos grandes y sobresalientes. Los chicos a esta edad es cuando empiezan a descubrir su sexualidad. Cómo iba a saber Diana que cuando abrazaba al pequeño y empezaba diciéndole: "ay mi chiquito" y el resto de bromas inocentes, que a Pano le causaba dolor y tenía dificultad escondiendo su pubis. Durante muchos años se masturbó con la fantasía de su nana. Hasta que llegó a los dieciocho años. La última vez que Diana "lo cuidó excesivamente", unos días después de que Pano cumplió los dieciocho años, pasó lo inevitable. Diana y Pano tuvieron sexo, un sexo muy intenso, salvaje y agresivo. Toda la noche, una y otra vez.

Pano era un hombre muy guapo. Moreno, con ojos azules en una cara de rasgos muy armoniosos. Boca, nariz, cejas, pómulos, todo alineado. Diana empezó a verle de una manera diferente desde sus diecisiete años. El joven empezaba a adquirir masculinidad y eso era algo que excitaba a la nana. No tardó mucho en ocurrir la desgracia, ya que se sentaron juntos en el sofá para ver una película y Diana se echaba todo el tiempo sobre él con la excusa de que tenía miedo y la espantaba el thriller que veía. Eh, ¿qué hizo el hombre? no aguantó más y se lanzó. Diana no resistió ni un poco.

Su marido era un hombre muy feo y un pito flácido. Nunca la complació sexualmente. Era un matrimonio concertado. Los griego americanos todavía hacían estos arreglos. Su familia tenía dinero así que la presionaron para que se casara con él. Cuando pasó el evento fatídico con Pano, Diana estaba recién casada. Como si su marido lo supiera, le decía: "¿para qué necesitas este trabajo, si yo tengo dinero? No tienes necesidad de más dinero. Es la última vez que harás de nana" le gritaba. Y sí, fue la última y la noche más agradable para Diana y para Pano. Pano perdió la virginidad esa noche. Después de eso, nunca más volvió a verla. Al día siguiente, Pano fue a estudiar en Princeton. Uno de los colegios más destacados del mundo en el área de la informática.

Para Diana, Pano era como un oasis, una fuente de felicidad y espontaneidad. Su tío lo criaba con absoluta disciplina y rigurosidad. Entonces esos cinco o seis meses en total al año, que el tío estaba fuera de casa, eran una fiesta para el joven. Que el tío del chico le demostraba mucho amor era algo indiscutible. Y el chico lo amaba. Pero existían limitaciones para todo.

Estaba prohibido dormirse después de las 11 de la noche. Debería ver televisión, menos de una hora al día. Su aspecto debía ser impecable, con el pelo corto, afeitado, planchado y perfecto. Cada domingo en la iglesia leía la historia de la nación griega y americana. Toda la juventud de esta época tenía piercings, tatuajes y pelo largo, pero Pano debía parecerse a un marino. Durante toda su adolescencia tuvo envidia de estos alegres chicos. No era un adolescente marginado, al contrario, era un chico muy sociable.

Poco a poco empezó a acostumbrarse a esa forma de vida. Durante el tiempo que duraron sus estudios había empezado a valorar mucho ese estricto modo de vida. Veía resultados tangibles en sus estudios, arrasaba con excelencia en los exámenes y eso le gustaba. Entendió por qué la disciplina era tan importante.

EN 1990, RUTH DAVID, directora suplente de la CIA, encargada del sector de la investigación científica y tecnológica, pensó que el servicio debería empezar a modernizarse e involucrarse al futuro con la tecnología de la informática. Esa idea poco a poco se propagó entre los responsables de la agencia. En 1998, el entonces griego americano director, George Tenet, aprobó la realización de la idea, como parte de una iniciativa estratégica acerca del avance tecnológico del servicio. La idea se realizaría mediante una forma inversionista que tendrá el rol de la fachada mientras detrás de eso, los hilos los manejarán dignatarios de la CIA. En 1999, la forma inversionista adquirió una forma legal y se llamó «Peleus Venture Capital». El nombre Peleus lo habían tomado prestado del hijo del rey de Egina*, Aiakos o sea, del nombre Peleas. El objetivo de la compañía- pantalla, era siempre obtener acceso directo con tecnología cumbre sin que apareciera la implicación de la CIA. *(famosa isla griega)

Al año de creación de "Peleas", Pano ingresó a la universidad de Princeton. Iba a estudiar "ingeniería de software". El servicio había influido para que lo aceptaran. Sin que él lo supiera, claro. No tenía la menor idea de en qué trabajaba su tío. Después de cuatro años se enteró de todo, cuando su tío le propuso trabajar para el servicio. Él aceptó gustoso. Generalmente, Pano amaba todo lo que tenía que ver con el cuerpo de seguridad. Aparte de esto, era un gran americano patriota.

A sus veintitrés años, empezó a trabajar como programador, en una empresa emergente en desarrollo, que se llamaba "Computer Farm" y tenía su sede en Washington. Evidentemente, "Computer Farm" era una empresa que pertenecía a la CIA y a la forma inversionista «Peleus Venture Capital».

La limpiadora

UN LETRERO VIBRANTE se encendió: "fasten your seatbelts please". El agente ató su cinturón alrededor de su cintura. El avión estaba listo para despegar. Pano pensó que hace una hora estaba en su casa pinchando papeles y ahora estaba viajando a Barcelona. *Esta es una aventura maravillosa...* se decía a sí mismo. El avión aterrizaría exactamente a las once de la noche. A causa de unas turbulencias se retrasó unos diez minutos. El agente llevaba solo un equipaje de mano, su prominente mochila negra.

El hotel donde había reservado una habitación individual, era pequeño, pero bastante pintoresco. Bonitos colores y un personal muy agradable. La habitación era decente y relativamente espaciosa. La primera cosa que quería hacer después del viaje era darse una ducha caliente. La segunda... irse a dormir.

El desayuno fue verdaderamente increíble. El pastel de chocolate fue lo mejor. Bebió una taza de café y se fue del hotel alrededor de las nueve de la mañana. Iría a las oficinas centrales del periódico "Naval & Maritime Security". Ya había llamado a un conductor de Uber mediante la aplicación de su teléfono móvil.

Un conductor alocado, con rastas y barba miraba a Pano desde el momento en que salió del hotel.

—¿Tú eres Pano? —le preguntó.

Pano respondió afirmativamente, que era él mismo y por lo tanto era él quien había llamado al Uber:

—Sí, soy yo...

El español del agente era excepcional. Su única diferencia con una persona española estaba en el acento. Los españoles pronuncian el latino ce y zeta como "th", mientras él lo pronunciaba como "ese", igual que la pronunciación latinoamericana.

El conductor lo dejó en una plaza muy cerca de las oficinas centrales del periódico. Pano todavía no sabía qué debería buscar. Esa vuelta sería claramente de reconocimiento, intentaría encontrar algún hueco en la seguridad que le permitiera entrar a algún ordenador central, para poder encontrar alguna prueba sobre la relación entre Jorge Sanz y Martinis, y más cosas.

Caminó hasta la entrada de las oficinas centrales del periódico. Las oficinas estaban alojadas en un edificio clásico de tres pisos, cuya construcción se remontaba al comienzo de la centuria anterior. Evidentemente, era obvio que fue restaurado. Le causó mucha impresión la lujosa puerta corredera automática y cómo se conectaba con el resto de los elementos clásicos del edificio. Pano entró al edificio y se dirigió a la recepción. La hermosa señorita que estaba en ella, le preguntó muy amablemente si tenía alguna cita. Pano le explicó que simplemente era un fanático lector del periódico. También le explicó que no tenía ni idea de que las oficinas del periódico se encontraban en Barcelona, que las había visto casualmente... ya que había venido como un turista. La suplicó si era posible guiarlo por las oficinas del periódico. Sus suplicas se hacían de una manera única. La señorita sintió pena y decidió ayudarlo. Llamó por teléfono a uno de sus compañeros de trabajo y explicó la situación. El teléfono se apagó y la amable y encantadora mujer, dijo a Pano, que lo consiguió y que en dos minutos iba a bajar uno de sus colegas para guiarlo por los sitios de Naval & Maritime Security.

Pano durante el recorrido realizado por el señor Sebastián, no escuchaba casi nada. Su mente estaba enfocada acerca de cómo encontraría la oportunidad de "quedarse solo" con un ordenador. El primer piso tenía más o menos treinta empleados. *Bastantes*, pensó Pano. Preguntó suplicante al señor Sebastián si podía guiarlo también al último piso. Sebastián le explicó que era muy difícil, porque en el tercer piso trabajaban los accionistas del periódico y que probablemente se molestarían al ver a un visitante inesperado. El agente no insistió, no quería crear sospechas. Ya había conseguido cartografiar el espacio en su mente. La comunicación se había realizado en inglés. Aunque hablaba español con fluidez, pensó que tendría una ventaja en su rol y sería más simpático, si se hiciera pasar por un ingenuo turista americano. Como lo hizo al final.

A la hora de irse, mientras el amable señor Sebastián con su característica calvicie lo acompañaba hacia la recepción, Pano aprovechó una oportunidad de oro. Una limpiadora en ese momento estaba limpiando el puesto de la recepción. Él, propuso a Sebastián y a la recepcionista que sacaran una foto conmemorativa. Parecía tan emocionado y agradecido, que lo ayudaron. Los dos aceptaron felices sacarse una foto con Pano. Mientras estaban posando, el agente en el último momento pareció arrepentirse. Les dijo que se sentía mal porque la limpiadora se encontrara sola y excluida, al mismo tiempo que ellos, llenos de felicidad, sacaba una foto. De inmediato, el señor Sebastián llamó a María, la limpiadora, para que fuera parte de la foto conmemorativa. Ella aceptó entusiasmada. La foto salió impecable. Caritas felices y sonrientes. Pano, saliendo de la puerta automática del edificio, gritó en voz baja.

—Uy, sí amigo mío.

ALREDEDOR DE LAS DOCE del mediodía regresó a la habitación del hotel. Se sentó al borde de la cama. Se inclinó en frente de su móvil. Abrió el servidor que se encontraba en su oficina del CNI, mediante su móvil y a control remoto. Ahora lo que veía en su móvil venía de su ordenador personal que estaba en el CNI. Todos sus artefactos estaban ya sincronizados. Podía hacer todo desde su móvil, era como si trabajara con su ordenador. Abrió el programa de reconocimiento facial que había instalado en su servidor. Había agrandado y aislado la cara de la limpiadora en la fotografía que había sacado hacía una hora. Insertó la imagen de su cara en el programa. En tres minutos lo sabía todo sobre ella. María Jesús Hernández, cuarenta y tres años, civil de la república de México. Estaba en Barcelona durante los últimos cuatro meses. Había tomado un permiso de trabajo permanente. Era un inmigrante por motivos económicos. Vivía en las degradadas zonas de Las Ramblas.

PANO, ESA MISMA TARDE, tocó el timbre en la casa de María. El riesgo era muy grande, pero tenía que hacerlo. Era su única oportunidad. María, la limpiadora entreabrió la puerta con mucho cuidado. Al principio tuvo miedo y preguntó qué quería de ella. Lo recordaba de la fotografía hecha por la mañana. Después de que Pano le mostró unos cientos de euros y la tranquilizó, diciendo que venía para ayudarla, ella con mucha precaución, lo invitó dentro de la casa. La casa consistía de dos habitaciones, la sala y el salón con la cocina. La cocina era casi inexistente y se conectaba con el salón. A Pano le impresionó lo limpia y ordenada que estaba su casa, aunque era muy pequeña y vieja. Le hizo una señal para que se sentara en el sofá, mientras recogió una mantita y una almohada que se encontraban allí. Pano con un español impecable como siempre y con un perfecto acento mexicano, le dijo que trabajaba en nombre de un periódico antagónico y quería que ella lo ayudara.

— ¿O sea, quiere adelantarlos y sacar ustedes el tema primero? —le preguntó.

—Exactamente —respondió Pano. Le dio cinco billetes de cien euros y le dijo que cuando terminara el trabajo le daría otros cinco más. María aceptó y preguntó qué tenía que hacer. Él le preguntó si sabía algo sobre los ordenadores electrónicos. Ella respondió de forma negativa. Pero, María le dijo que en la habitación de su hijo existía un ordenador. Pano se alegró y le pidió que le mostrara dónde se encontraba. María lo dirigió hacia la habitación de su hijo quinceañero y más específicamente a su ordenador. Le dijo que a esas horas su hijo no estaba en casa porque se encontraba jugando al futbol en el baldío con los chicos del barrio. Pano le preguntó de qué equipo era el chaval para parecer más familiar y amigable.

—Claramente del Barcelona —respondió María riéndose—. ¿Qué más?

El agente sacó una tarjeta de memoria de su bolsillo y le enseñó donde colocarlo, mientras como muestra usó el viejísimo ordenador de su hijo. María de inmediato lo entendió todo e intentó dos o tres veces hacerlo sola, poner y extraer la tarjeta de memoria del ordenador, como también abrir y cerrar el ordenador. Lo había aprendido todo ya. Era fácil. Pano le explicó que lo que acababa de aprender, debía aplicarlo ella por la mañana en algún ordenador. Cuando terminara, debía coger la tarjeta de memoria. Cuando le dijo que el ordenador pertenecía a Jorge Sanz, le agradó muchísimo que su objetivo fuera este hombre tan desagradable y gritón. Hacía dos años que limpiaba su basura. Incluso lo hubiera hecho gratis si hubiera sabido desde el comienzo de quién se trataba.

MARÍA, A LA MAÑANA siguiente, tenía mucha ansiedad. Pero necesitaba el dinero. quinientos euros más, serían un milagro para ella. Por solo cinco minutos, habría ganado en total unos mil euros, casi lo que gana en un mes de trabajo farragoso. Debería concentrarse. Llegó a las oficinas a las 07:10, mientras el personal del periódico empezaba el trabajo a las 08:30. Tenía el USB en el bolsillo de su uniforme.

Subió a la tercera planta y abrió la oficina de Jorge Sanz dirigiéndose hacia su ordenador. Con mucho cuidado miró afuera del pasillo, vigilando que nadie la viera. Silencio absoluto. Estaba sudando y sus manos temblaban. Pensaba irse. Pero siguió. Buscaba la ranura del USB. Sí, la ranura era parecida a la que tenía su hijo en el ordenador. Colocó el USB en la ranura y enseguida apretó el botón de arranque del procesador y del ordenador. Miraba todo el tiempo afuera, hacia el pasillo. El sudor caía de su frente y respiraba muy rápido. Dejó el ordenador abierto por unos minutos como le dijo el agente y luego lo encendió exactamente como la había enseñado.

PANO ESTABA DESPIERTO desde las seis de la mañana. María le había dicho que se iría al trabajo a las siete de la mañana... así que estaba ansioso por lo que pasaría. Cuando María abrió el ordenador de Jorge y puso el USB a la ranura, casi inmediatamente llegó una notificación al móvil de Pano indicando que el virus que había creado, empezó a entrar en el disco duro y al procesador del ordenador de Jorge. Necesitó dos minutos para infectarlo todo, incluso en el ordenador. El agente tendría acceso total al ordenador de Jorge en el futuro. Tendría acceso a todos sus archivos y a todos sus emails. Se recostó en su cama, lleno de alegría y dio un chillido: —Sííí....

A LAS DIEZ DE LA MAÑANA en hora griega, tenía su establecida reunión con su equipo. Había informado a Dino Melisa, hace unos días, que la reunión se realizaría mediante una video llamada. La hora se acercaba a las nueve para Pano, o sea, exactamente a las diez en Grecia, teniendo en cuenta la diferencia de hora entre los dos países. En cuanto fueron las nueve en punto, Pano llamó a su equipo, a través del codificado programa de llamadas que había en el CNI. Todos le desearon que se mejorara pronto y continuaron con un análisis y evaluación extendida de las pruebas que habían recabado esta semana. La prueba importante de la semana era una vez más... Noti Doudonis. Tuvo un conflicto con Martinis, a lo largo de una reunión que tuvieron en la guarida. Doudonis quería elevar su acción y hacer algún golpe simbólico en un banco, mientras Martinis le decía que todavía no ha llegado el momento y tenía que ser paciente. Doudonis empezó a decir con ímpetu a Martinis que no era su jefe y que el resto de los anarquistas, decidieran solos.

—El colectivo anarquista está bastante fragmentado, pero estos anarquistas parecen totalmente inofensivos —concluyó Melisas en su informe a Pano. También, Pano preguntó a los nueve agentes por temas diversos acerca de su progreso general y entrenamiento.

Después de terminar la reunión, él, ahora mismo quería beber un expreso frío, pero eso era un invento griego y no había en otro lugar del mundo. Excepto que hubiera alguna cafetería griega en Barcelona que preparara expreso frío. Hizo una búsqueda en Google, para encontrar información relevante. Y sí, a dos kilómetros, existía una cafetería griega. Estaba solo a unos quince minutos a pie. Se preparó y bajó entusiasmado hacia la búsqueda de un expreso frío.

La cafetería era muy pequeña, pero muy bella, llena de colores. Pano hizo el pedido hablando en inglés. Por razones comprensibles, no quería revelar que era griego. Empezarían las preguntas del tipo "¿de qué lugar de Grecia eres?"... "¿qué trabajo tienes aquí?"... y todo lo relacionado. El café estaba exactamente como lo quería. Frío, dulce con un aroma profundo. El dueño del café, era el característico tipo mediterráneo, que reía todo el tiempo. A Pano le gustaría mucho que hablaran un poco más y se hicieran compañía como griegos, pero desafortunadamente no podía exponerse. Al marcharse, compró un segundo café para el camino en un vaso de plástico. Quiso pagarle, pero el dueño no le dejó y le dijo que era cortesía de la casa. Pano completamente de una manera mecánica estaba listo para decir «gracias» en griego, con su característico acento griego pesado, pero muy rápido entendió que su acento delataría que era griego. Así que prefirió no hablar, pero se inclinó frente al hombre, como declaración de gratitud por invitarle el café. El dueño se murió de la risa por la reverencia de Pano... que parecía un mayordomo.

Pero supuestamente, Pano no sabía por qué se reía el barman... simplemente reía también, porque vio al otro reír. Después de mucho tiempo sintió lo que decimos «bromear». Los últimos meses y en general su vida, tuvieron y tienen muchas dosis de seriedad y de solemnidad. Una ligereza es necesaria algunas veces.

Todavía no quería irse al hotel. Empezó a caminar hacia un destino desconocido. Observaba los edificios de la ciudad y la extrema simetría que tenían entre ellos. Ya que dio una vuelta por una hora y media sin saber dónde iba, decidió que sería mucho mejor si tomara algún consejo de Google y la web, para visitar algún punto de referencia conocido. El primero de la lista era el monumento cultural de la Unesco, la bella iglesia católica que se llama la Sagrada Familia. Las fotos que vio Pano le impresionaron muchísimo. No podía esperar para verla de cerca. Estaba a unos kilómetros de este punto. Pensó en tomar algún taxi, pero se arrepintió rápidamente. La caminata sería mejor. Iba a observar Barcelona con más detalle.

Necesitó cuarenta minutos para llegar al monumento de la iglesia, "La Sagrada Familia". Verdaderamente se impresionó mucho, y por eso se inclinó frente al monumento, como si quisiera rendir tributo al arquitecto y a los constructores de este magnífico monumento. La iglesia de La Sagrada Familia, consistía en estructuras imponentes con columnas y arcos. Su coronilla central tocaba a los 170 metros, como si tocara el cielo. Mientras tanto, el tamaño del edificio era admirablemente grande... 90 metros de longitud y 60 metros de anchura.

Pano quería obtener más información sobre este milagro arquitectónico. Entró a la web y a Wikipedia mediante su teléfono móvil y empezó a buscar información relacionada. El arquitecto principal de la iglesia fue Antonio Gaudí. La construcción puede que haya empezado en 1882 por Francisco de Paula del Villar pero en 1883, Gaudí asumió la responsabilidad por completo y los planes arquitectónicos fueron ya suyos. Sin embargo, la construcción todavía sigue. La terminación de la obra necesitará unos ochenta años más. Gaudí consiguió supervisar la construcción de la obra hasta 1926. Pano se quedó sorprendido. *¿O sea... el tiempo total de la construcción por este estupendo monumento gótico durará por lo menos, unos 200 años?* Se preguntaba y se quedó con la boca abierta. No tenía la menor idea de que Barcelona escondía tantos increíbles secretos arquitectónicos. Se alegró por haber descubierto un secreto tan fantástico. No tenía tiempo para descubrir los demás. Probablemente la próxima vez que viniera como turista, los descubriría. Por hoy, aun su trabajo no había terminado.

Antes de continuar con su trabajo tenía que ir a algún restaurante para comer. Tenía mucha hambre y en ese momento vinieron a su mente "las tapas". Sabía que Barcelona era famosa por sus tapas. Puede que fuera ignorante de la historia hispánica en general y que nunca hubiera viajado a la península ibérica, pero las tapas las conocía muy bien desde los Estados Unidos. Muchos restaurantes en América ofrecían ese plato tan increíble. Pero claro que no había comparación entre las tapas de los Estados Unidos y las tapas auténticas de Barcelona. Por suerte, había muchos restaurantes muy cerca del monumento que había visitado.

Se sentó en la única mesa libre que había en el exterior del restaurante "La Cúpula". El tiempo era todavía cálido. Hoy en concreto, lucía un sol precioso.

Pidió una porción de tapas junto con una ensalada, la cual contenía lechuga romana, guisantes, pimiento, cebolla roja y pepino. Su comida fue acompañada de vino blanco. Desde el primer bocado sintió la diferencia entre las tapas americanas en relación con las auténticas tapas. Su sabor era mucho más intenso y el regusto duraba más. Se quedó con el sabor de los camarones picantes por unos minutos en su paladar. Por eso le salió una exclamación de satisfacción: —mmmmmmmm, increíble.

Una pareja joven de españoles que estaba comiendo en una mesa de al lado se sorprendió por la exclamación que hizo el agente. Lo miraron muy sorprendidos. Pano se avergonzó un poco y giró su cabeza hacia el otro lado. Sí, era una de las mejores comidas que había saboreado en su vida y quería gritarlo... pero desgraciadamente algo se lo impedía.

La hora había llegado las 16:30, después de dos copas de vino blanco. Debería levantarse de la mesa, aunque eso no le gustaba mucho. Debería ir a buscar la limpiadora, a María Jesús, en las Ramblas. Ella, le había dicho ayer, que lo esperaría alrededor de las 16:00, en su casa. Las Ramblas quedaban a unos kilómetros del lugar en el que estaba. En una hora y dos minutos estaría ahí, caminando.

Justo cuando tocó el timbre de la casa de María, ella casi de inmediato abrió la puerta. Lo esperaba con mucha impaciencia. Esta vez estaba muy cortés y feliz. Así que lo invitó con fervor a entrar en su casa. Pano claramente aceptó, pero le dijo que tenía mucha prisa. María enseguida le dio el USB que tenía en sus manos y le preguntó si todo había salido bien. Respondió que todo salió bien. Le dio los quinientos euros restantes que María recibió con una gran sonrisa de felicidad. Después de darle un beso en la mejilla, como muestra de efusividad y estimación, Pano se fue.

Llamó un taxi para regresar a su hotel. Necesitaba media hora de relax, en su cómodo colchón y en la cama del hotel. Después de ocho minutos había llegado al hotel. Enseguida subió a su habitación y se acostó en la cama con la ropa. Menos mal que se anticipó y se quitó antes los zapatos. Toda la tensión de los días anteriores empezó a salir ahora. Durmió durante casi dos horas.

Cuando despertó, empezó a reflexionar sobre el caso una vez más. Se preguntaba: ¿Qué podría encontrar en los emails y el disco duro de Jorge Sanz? ¿Alguna prueba impactante sobre su relación con Martinis o puede que no encuentre nada especial? Todas esas preguntas lo angustiaban. Pero dejaría el trabajo por esa noche.

Hoy saldría y la pasaría bien. Era viernes por la noche y también su último día en Barcelona. No podía desperdiciarlo por nada del mundo. Se iría a escuchar música en vivo, guitarras españolas y flamenco.

EL TAXI LO DEJÓ AFUERA del mágico "Palacio Del Flamenco". Uno de los locales nocturnos más populares locales de España y más específicamente de Barcelona. Los guitarristas españoles más famosos han pasado por este sitio. Un hombre con pelo largo y gris, dio las buenas tardes a Pano y le preguntó si había hecho alguna reserva. Pano le respondió de forma negativa. El hombre alto con el pelo largo le dijo que debería sentarse obligatoriamente en el bar, porque todas las mesas estaban "reservadas". Él le dijo que no tenía ningún problema con eso.

El barman preguntó a Pano qué quería beber. Le respondió que un whisky solo. Pano en general era un bebedor social. Bebía alcohol solamente en reuniones sociales... una vez cada dos meses más o menos. Era raro en él que en unos pocos días haya consumido tanto alcohol. Probablemente Grecia empezó poco a poco a subirle los humos a la cabeza. Ahora lo había descerebrado también Barcelona. ¿O la culpa era de algo más?

La presentación de música y baile flamenco empezaría en cinco minutos. Pano acabó de beber su primera copa y ahora iba a tomar la segunda. Una voz masculina se oyó en el altavoz, para anunciar el comienzo del show.

—Les presentamos a las estrellas de Andalucía.

Tres hombres y una mujer se subieron ahora al escenario. Los hombres llevaban consigo sus guitarras, mientras la mujer llevaba puesto un vestido tradicional de Andalucía. Tenía el pelo recogido en un moño y poseía esta característica mirada de seriedad y profundidad que tienen las bailarinas de flamenco.

Pano acababa de empezar a beber su segundo whisky. Las primeras notas musicales le parecieron de otro mundo. Una melodía inconcebible, una increíble rapidez de movimiento en los dedos de uno de los guitarristas, mientras los otros mantenían el ritmo. De repente, apareció la bailarina con sus características castañuelas y empezó a taconear el suelo de madera, mientras al mismo tiempo tocaba las castañuelas de madera haciendo unos movimientos mágicos, girando sus manos. Pano observaba su cara y la inextinguible pasión que derramaba. Este momento de verdad se había magnetizado. Unos escalofríos le recorrieron por completo.

Pasaron dos horas enteras de una tormenta de baile y música. Los whiskys que había consumido Pano habían llegado a cuatro. Se encontraba en una situación de borrachera. El espectáculo iba a continuar durante dos horas más, pero con otro grupo musical. En ese momento había una pausa en la música del local, para que se realice el cambio de los músicos en el escenario.

Pano durante el receso, recordó los años de su juventud, en los que tocaba la guitarra con su padre. Por una razón inexplicable, había repugnado todos esos recuerdos. Por culpa del whisky, toda esa explosión de sentimientos que surgió por la música, le hicieron viajar hasta los años de su infancia.

Pero algo inesperado interrumpió ese viaje en sus recuerdos infantiles. La pantalla de su teléfono móvil empezó a brillar intermitentemente. Eso significaba que el yate de Jorge Sanz empezó a moverse y ya no estaba en el puerto de Glyfada.

El guitarrista

25 AÑOS ANTES

El aplauso del auditorio era ensordecedor. El pequeño Pano se había impresionado muchísimo con esa interacción con la gente. Se encontraba en el teatro municipal de Pireus, se acababa de terminar el espectáculo musical del grupo infantil del conservatorio Fuenlabrada. Pano era uno de los estudiantes, él también había tocado la guitarra estupendamente esa noche, como los demás.

Su padre, aunque era guitarrista de rock, consideraba que la mejor base para un músico, siempre era la educación musical clásica. Por esta razón inscribió a su hijo en ese fantástico conservatorio hace ya unos seis años. Pano ya sabía tocar piezas clásicas difíciles como Asturias y Bulerías.

Sin embargo, cuando se encontraban solos en casa su repertorio, cambiaba. El rock era su pasión. El padre y el hijo, tocaban las guitarras eléctricas y vivían el momento al máximo. Su canción favorita... "el Holidays" de Scorpions. Pano mantenía el ritmo y cantaba, mientras su padre empezaba sus solarizaciones virtuosas. La madre del niño siempre se sentaba frente a ellos y los miraba con orgullo. Era completamente feliz cuando veía a su marido con su hijo cantar y tocar música.

Cuando terminaban con la música, empezaban con sus "tonterías". Ellos tenían también sus códigos. En las "tonterías" todo estaba permitido... guerra de almohadas, pelea con agua, imitación de animales, travesuras. Esas eran sus propias felices fiestas de familia. Una fiesta frenética de felicidad y alegría, llena de risas y espontaneidad. Pano nunca vio sus padres descontentos o enojados. Siempre los veía con la sonrisa en los labios. Por eso él también era un niño tan feliz.

Se va...

ERA SÁBADO POR LA TARDE y se encontraba en su casa de Atenas. Acababa de regresar de Barcelona. Después de la fiesta de ayer, asombrosamente se sentía muy bien. El vuelo probablemente, lo ayudó a descansar. Durmió las tres horas completas del vuelo y ahora ya era "otro".

No pudo ayer entender qué pasó con la translocación de "Barcelona". Estaba demasiado borracho y no podía entender muchas cosas. Ahora, era tiempo de enfocarse en su investigación. No quería ir al servicio todavía, supuestamente estaba enfermo. Trabajaba desde casa.

Abrió su ordenador y empezó a leer atentamente sobre las señales de la locación del yate que mostraba el imán de la geolocalización. No se había ido lejos. De hecho... lo encontró. Cerca de Egina se fue el yate. Se quedó allí durante unas siete horas. Inmóvil, en el agua, dos kilómetros lejos de la orilla. No se ató en ningún puerto marítimo o varadero. La única pregunta del agente ahora era si Jorge Sanz estaba junto a Martinis.

Abrió los sobres que tenían las grabaciones de las actividades electrónicas de Martinis durante los últimos cuatro días. Debía ver donde se encontraba el anarquista en estos días.

Ninguna actividad aparecía ahora. Anteriormente por lo menos, hablaba unos minutos por su teléfono. Ahora, no había nada. Desafortunadamente, Pano no podría vigilarlos a todos. Era un hombre, no era posible convertirse en mil pedazos. Pensaba otra vez pedir ayuda para empezar la vigilancia con presencia física a Martinis y unos más, pero enseguida se arrepintió. *¿Y si el caso demuestra ser un fracaso?* se cuestionaba. *No, todavía no, trabajaré solo como lo he hecho hasta ahora. Si nos encontramos con algo punible, entonces pediré ayuda a mi servicio, pero todavía no.*

Pensó que, con la ayuda de las coordenadas y la locación del yate, podría localizar las antenas de los teléfonos que estaban en el área en este momento.

Así, podría investigar la actividad de cualquier móvil que estuviera en aquella área, mediante esas antenas. Había intentado otra vez localizar los teléfonos móviles que se operaban en una zona específica de esta manera. Lo había intentado en ese mismo yate, con "Barcelona" cuando estaba en Glyfada, en el puerto de las naves. Pero los móviles que operaban en esta zona en aquel momento, eran miles. Entonces parecía imposible encontrar que móvil pertenecía a quien. Pero ahora, la situación era diferente. La zona estaba aislada y se encontraba en el mar.

Después de media hora de un laborioso hackeo en las empresas de los teléfonos móviles, consiguió encontrar los teléfonos que estaban activados ayer por la noche en esa amplia zona marítima y costeña. Encontró dos números telefónicos los cuales correspondían a teléfonos móviles desechables. Lamentablemente es imposible encontrar algún mensaje escrito o alguna conversación que se haya realizado a través de estos móviles. Pero pudo representar el rumbo de los teléfonos móviles mediante las señales que emitían hacia las antenas. Uno de los móviles indicaba que estaba todo el tiempo en el yate y en el mar, mientras el otro se reubicó al bote por la tierra y la costa. Eso significaba que el hombre o los hombres que estaban en el yate, se encontraron con alguien que se transportó de alguna manera desde la tierra firme de Egina hacia el yate que se encontraba en el agua. O sea, dentro del juego era posible que estuviera involucrada una persona que tenía como residencia permanente a Egina.

Los teléfonos desechables ahora yacían en el fondo del mar.

Acerca del ordenador de Jorge Sanz, Pano no podía investigarlo todavía. Podía "hurgarlo" solamente si el ordenador estaba abierto. Eso sería posible cuando el español volviera a su país y a su oficina. Por ahora, el agente debería tener paciencia.

No sabía qué más hacer en ese momento, se aburría muchísimo. Recordó lo bien que la pasó ayer con el flamenco. *Qué estupendas guitarras,* pensaba y su mente viajaba. Se le metió una idea en la mente. Tecleó en Google las palabras "anuncio", "guitarra", "en venta". Aparecieron muchos sitios web. Entró a la primera página que contenía ciento treinta y dos anuncios de venta de guitarras de segunda mano. Tras diez minutos de búsqueda, llegó a la guitarra que quería comprar. Una luminosa guitarra de color marrón, exactamente como la guitarra que tenía en su niñez.

Puso el número telefónico del vendedor en el teclado de su móvil. Respondió una voz masculina. Pano quería que se encontraran lo antes posible. El vendedor aceptó de inmediato con mucho interés. Quedaron en verse en una hora en Pagrati.

Pano, cuando comprobó que la guitarra estaba en un excelente estado, sacó su billetera y eligió siete billetes de cincuenta euros y se los dio al dueño anterior de la guitarra, de esa preciosa guitarra. *Finalmente es mía*. Después de veinticinco años tocaría de nuevo su instrumento musical favorito. Su tío todos esos años lo había excluido de todo tipo de actividades creativas y artísticas.

Había practicado durante tres horas seguidas. Sus dedos casi sangraban debido a las cuerdas metálicas de la guitarra acústica. Aun así, empezó a recordarlo casi todo. Recordó casi todos los acordes, recordaba las escalas, las notas en los trastes. No esperaba entrar otra vez a este ambiente y tan rápido. Lo único necesario ahora en adelante es que sus dedos se endurecieran y obtener una relativa flexibilidad de nuevo.

La hora se acercaba a las diez de la noche. Colocó la guitarra en su estuche. Se sentó en su cómodo sillón de cuero, extendió los pies hacia el suelo y giró la cabeza hacia atrás mirando casi al techo. Reflexionaba sobre su vida. Era muy exitoso en su área laboral, pero en su vida personal había una miseria. No tenía una compañera, sentía soledad. Pensó en Eurídice y en lo bella que era. Con una mujer así, se comprometería en serio, se entregaría por completo. Pero sus mundos eran totalmente diferentes, no podría surgir nada entre ellos.

Pero ahora, quería verla o escucharla. Al menos durante unos minutos. Había prometido que no entraría otra vez sin invitación en su vida, pero su deseo en ese momento era muy intenso. ¿Puede un drogadicto cuando quiere su dosis, usar la lógica? No, para nada. Eurídice se encontraba en un lugar con mucha gente, probablemente... en algún café-bar. Su voz no se oía con mucha claridad. Una segunda voz se oía también sin mucha claridad. Ella debería ser Xenia, supuso Pano. Recordaba su voz. Era especialmente característica. Hablaba con un particular chillido, como si diera un discurso sobre algún partido de fútbol. Después de unos minutos, el sonido se aclaró. Ahora mismo, podía oír todo con claridad.

Pano, dado que escuchó toda la conversación, se sintió muy desilusionado. Pero, en completa desilusión. Eurídice el día dieciocho de este mes, se iría a vivir a Francia para siempre. Su mundo se derrumbó. Era la peor noticia que había escuchado desde hacía años. La buena noticia era que se había ido de la colectividad por completo, pero la mala, la peor noticia de todo, era que se iría de Atenas y de Grecia. Pano no podía perderla así. Era la primera vez que sentía algo tan fuerte por una mujer. Debería hacer algo. Debería actuar. Esta noche era siete de octubre. Tenía diez días para hacer que Eurídice no se fuera de Grecia. Ahora nada más tenía importancia para él.

El caso se mantendría en segundo plano.

Martinis... la liberación

EL ABRIL ANTERIOR

Habían pasado cuatro años completos. Martinis cumplió su condena hasta el último día. Por suerte había aparecido Viliardos en su camino, su salvador absoluto. Sin él, no habría podido sobrevivir en el duro mundo de la "jaula". Le debía todo. Se había comportado como un padre, el padre que nunca conoció. No existía Bakunin ni Proudhon, para Martinis. Solo existía Viliardos, su gran maestro, el sabio de la vida y de la calle.

Martinis acababa de pasar la puerta de la cárcel... pero esta vez para salir afuera. Ya estaba libre. Una debilitada mujer lo estaba esperando. Era su madre. Lo había parido a los diecisiete años, tenía sesenta y un años, pero parecía de setenta y cinco. Llevaba toda la trabajando en las fábricas y la producción. Sus manos estaban ajadas. Tenía diabetes. Por eso caminaba así, su pierna derecha era casi inútil, sus vasos sanguíneos ya se habían dañado mucho.

No pudo contener sus lágrimas en cuanto lo miró. Ni él, claro. Aunque cuando entró a prisión su relación no era buena por culpa de sus creencias anárquicas, pero ella era la única que lo apoyó durante estos cuatro años. Ahora Martinis debería compensarla a nivel moral, pero también económico. Le puso cien euros en la mano y le dijo que comprara pescado para que comieran. Algo costoso. Ella no lo esperaba, lo aceptó con felicidad, pero tenía muchas dudas también.

Después de tantos años, durmió como una persona normal. De su casa paterna... o mejor dicho materna se había ido a los dieciocho años. Había regresado después de veintiséis años. Sentía una calma particular en esta casa.

Su vida los últimos años había transcurrido con mucha ansiedad. No aguantaba más. Lo único que quería ya, era hacer unos últimos trabajos sucios en los próximos meses para juntar dinero e irse de este país. Pero primero tendría que asegurar el futuro financiero de su madre. Los trabajos con las drogas tenían un buen resultado. Incluso, había guardado una cantidad de dinero bastante grande hasta ahora. Ya que está fuera... sería muchísimo mejor... sacaría más dinero. Respecto a la policía, no se preocupaba, Villiardos la tenía en el bolsillo.

Hoy era dieciocho de mayo, el día de su cumpleaños. Cumplía cuarenta y cuatro años. Iba a celebrarlo con su madre. Ella encendió la vela con el número cuarenta y cuatro, cantando con toda su alma "happy birthday". Martinis se llenó de lágrimas por la emoción.

Un mensaje llegó a su móvil. Lo leyó y se quedó totalmente congelado.

—¿Qué pasa? —preguntó su madre llena de inquietud y muy perpleja.

—Eh, nada madre... nada —respondió él, que ahora lagrimeaba más por la angustia.

I can´t take my eyes...

LA CALLE DE ERMOU, la calle más famosa y comercial de Atenas, hoy estaba llena de gente. Los viernes en general se consideraban los días con el mayor movimiento. Hoy, más específicamente era un día especial, porque era viernes trece. Un día de mala suerte para los supersticiosos. Pero Eurídice y Xenia, no daban valor a esas cosas. Fueron para hacer las compras, o mejor dicho... para que solo comprara una de las dos. Después de las compras, tomarían un café. Xenia, durante todo el camino, suplicaba a su mejor amiga:

—Mi Euri debes también comprar algo, no me dejes probarme la ropa sola, me siento sola —normalmente la llamaba Euri, como un término cariñoso.

—Sabes que no compro telas convencionales por las empresas multinacionales que las llenan de colores químicos. —dijo Euri.

—Vengaaa, solo por una vez —Xenia continúo suplicándole jugueteando.

—De ninguna maneraaaa —decía Eurídice y empezaron a reír fuertemente las dos.

—Ah, qué voy a hacer, te adoro y no puedo enfadarme contigo —dijo Xenia al final de su conversación y le dio un beso a la mejilla.

Eurídice, durante todos estos minutos que hablaba Xenia, estaba escuchando una dulce melodía que venía de lejos. No podía determinar exactamente de dónde. Se quedó inmóvil durante medio minuto y cuando se orientó de acuerdo con la dirección de las ondas sonoras, agarró a Xenia por la mano y la atrajo cerca de ella.

—Vamos —le dijo.

—¿A dónde vamos? —respondió Xenia con mucha inquisición.

Eurídice la conducía, agarrándola de la mano, hacia una dirección desconocida. De repente se pararon enfrente de un sitio, en el cual estaba acumulada mucha gente. Un hombre moreno y alto, con intensos ojos azules, tocaba la guitarra y cantaba increíblemente.

—Es él —dijo Euri.

—¿Quién es él, mi chica? aaaaaaah no estás bien hoy, algo tienes tú...

—Este es el hombre de mis sueños —dijo y miraba como hechizada al músico callejero.

—Ehhhhhh, ¡dilo así caramba!... es cierto, es guapísimo. Bien amiga, entraste otra vez al juego.

Eurídice hizo a un lado la gente que estaba acumulada alrededor del músico y se puso enfrente, en la primera línea. Avanzó un poco más, estuvo a dos metros del tipo con la guitarra y lo miró llena de admiración. Se sostenía sola, separada de la multitud, destacando...

Su voz tenía un color inigualable. Su tonalidad era al mismo tiempo suavemente dulce, pero también feroz, mientras su interpretación estaba llena de romanticismo y pasión. Como las expresiones de su cara, el tiempo que cantaba... realmente sentía la canción y era muy guapo. Sí, una cara tan bella, hacía muchos años que no la veía.

Eurídice lo contemplaba. Escalofríos recorrieron todo su cuerpo. Observaba sus labios y las expresiones de sus ojos. ¿Qué estilo fantástico era éste? Vestido de negro, su aura había llenado el lugar. Eurídice se había emborrachado de su aroma y su encanto.

Aparte de eso, interpretaba su canción favorita, "The blower's daughter" de Demián Rice. Se derretía por esta canción.

El músico callejero, fue hacia Eurídice a su vez y le dedicó las siguientes líneas de la canción, mirándola a los ojos:

«I can't take my eyes of you...I can't take my eyes of you...I can't take my eyes of you...I can't take my eyes of you...I can't take my eyes of you...I can't take my eyes...»

Mientras tanto, después de dos minutos, una simple llovizna había dado lugar a una fuerte lluvia. La multitud empezó a correr para encontrar refugio de la tormenta, en los edificios y las tiendas. Se habían quedado solo ellos dos, mirándose bajo la lluvia. Incluso Xenia había recurrido a una cafetería que estaba al lado para no mojarse.

No había nada más para ellos. Todo se había borrado. Estaban solo ellos, que viajaban a un distinto espacio-tiempo distinto, estando enrollados con una primitiva fuerza romántica, que nunca habían sentido igual, como si las estrellas estuvieran cerca de ellos y las pudieran tocar… sí… así se llamaba… amor a primera vista.

Apenas la canción terminó, el artista le dijo:

—Tiene unos ojos muy bonitos.

Eurídice ya estaba empapada por la lluvia. El músico sacó muy rápido la camisa negra que tenía puesta y la sostuvo arriba de su cabeza. La protegía de la tormenta, mientras la miraba muy intensamente en los ojos. Le dijo que le había cautivado y la quería volver a ver. Al mismo tiempo, retenía la camisa como un paraguas sobre ella. Ella sacó una tarjeta profesional y se la dio, con cuidado para que no se mojara. Le preguntó por su nombre.

—Pano —respondió él.

Sí, Pano Dale era el músico callejero.

HABÍAN PASADO SIETE horas y Pano todavía pensaba sobre lo que había sucedido. La conexión de las miradas mientras le cantaba, su muy corta conversación, cómo la protegió de la lluvia. La había tocado, la había sentido. Esa carita que miraba dentro de las pantallas, la vio en vivo delante de él. Era real. De cerca era aún más bella. Un maravilloso pelo largo y rojo, dos preciosos ojos verdes, una bellísima cara impecable. Todavía no podía creer lo que pasó. Ella también le había correspondido. Le gustaba… era obvio.

Este plan, lo había concebido él, la semana pasada. Enseguida cuando se enteró que Eurídice se iría a Francia, decidió encontrar una manera, que por lo menos le diera la oportunidad de verla en persona. Como mínimo, quería verla de cerca antes de que ella se fuera. Sabiendo ya, bastante cosas sobre ella, siempre dentro del monitoreo que había hecho, sabía que existían algunas posibilidades de que la pudiera conocer de esta manera. Por suerte, las dos amigas no habían cambiado sus planes sobre las compras en Ermou y las cumplieron hasta el último momento. Lo habían planeado apenas ayer. *Qué bien que no lo cancelaron*, pensaba Pano, que ahora estaba en las nubes.

UNA VEZ MÁS, PANO HABÍA desatendido su presencia en el CNI. Hoy, viernes y trece, había cancelado su establecida reunión con el grupo de los nueve, mientras los días anteriores aparecía solamente durante unas cuatro o cinco horas al día, porque quería practicar con la guitarra. No es que alguien lo gritara... era su propio "jefe" en el CNI. Simplemente Pano era un hombre muy honesto e intachable. Por aprovecharse de esos nueve agentes en el CNI, para la vigilancia de la Chispa con el pretexto de que era parte de su entrenamiento, se sentía mal. De ahora en adelante, quería empezar a entrenarlos de verdad. Estos jóvenes se merecían un extra de conocimiento y de entrenamiento serio. Se había conectado un poco con ellos.

DOS DÍAS HABÍAN PASADO y el teléfono de Eurídice no sonaba. Siempre tenía el móvil cerca de ella y comprobaba la señal. Llamó a Xenia y la suplicó:

—Venga mi niña, hazme un favor te lo suplico. Después de que pase un minuto de que cortemos el teléfono, hazme una llamada. Quiero ver si suena, para ver si tiene algún problema.

—Ay, mi amiga se enamoró —dijo Xenia con mucha alegría.

—No, nada que ver, ¿qué es lo que dices?

—Jajajajaja.... ese es el síntoma más clásico del enamoramiento femenino. Cree que su teléfono está roto, porque el tipo no la ha llamado todavía, jajajajaja, está muy bien, para que salgamos en parejitas alguna vez.

—Vale, me rindo, algo me pasó con ese tipo... su voz, su estilo, el rock... y era muy atractivo. ¿Crees que se mojó la carta que le di y se borró mi número?

—Eh, y tú le diste la tarjeta profesional: ***"Eurídice Vasiou, profesora de francés"***. Se terminó, es probable que el tipo se enfriara, a esos guitarristas bohemios no les gusta el francés. No esperes que te llame.

—¡Oh, no me digas! ¿Qué hice? Sí, probablemente tienes razón... se enfrió por lo del francés.

—Jajajajajajajajajajajaaaaaaaaaa... es una broma querida. Me parece que te pegó en la cabeza el dios del amor. Caray, ¿no viste cómo te miraba? El hombre se había derretido. Relájate, muy pronto te va a llamar. Te lo dice tu amiga.

—Ojalá —deseó Eurídice.

PANO, AL MISMO TIEMPO, se encontraba en su apartamento y pensaba llamarla. Se había prometido a sí mismo que no la iba a vigilar otra vez sin su permiso. Tenía la tarjeta de Eurídice en sus manos. Pero era muy indeciso. Se sentía avergonzado e inseguro. *¿Y si la mujer se encontró en una situación difícil y se obligó a darme su tarjeta, simplemente por razones de cortesía? ¿O si la llamo y me rechaza rápidamente?* Todas estas cuestiones lo inquietaban. Eran simples cuestiones de inseguridad y falta de autoestima. El viernes pasado estaba lleno de confianza, lleno de valentía y con atrevimiento del bueno. Se sentía como un rockstar. ¿Pero ahora, por qué se sentía tan pequeño? No podía responder a esta pregunta.

Debería ocuparse del caso de Martinis y de Jorge Sanz para distraerse. Era domingo a mediodía. Afuera llovía. No había parado de llover desde el viernes. Intentó resumir el caso una vez más. Las paredes todavía estaban agobiadas con páginas de papel. En un lado de la pared estaba Jorge Sanz, Martinis, Doudonis y el resto de los miembros del colectivo. Del otro lado se encontraban el naviero Dimi Dokos y el embajador americano. El agente eliminó los papeles que representaban a los simples miembros de la Chispa. *Idiotas útiles...* pensaba, *inútiles en el caso*. Se fue al lado del papel que representaba a Doudonis. Quitó los alfileres también. Consideró que él también era una futura víctima de Martinis. Víctima que, Pano no sabía aún, pero estaba seguro que Martinis quería aprovecharse de todos sus compañeros de alguna manera. Todavía no sabía cómo, pero lo iba a descubrir. Las únicas hojas de papel que se quedaron eran esas, las de Jorge y Martinis. Se fue al otro lado y miró los papeles que tenían el nombre del embajador americano y del naviero Doko. Pero había desatendido un detalle. Rompió una hoja de papel de su cuaderno y la pinchó en la pared, al lado de los nombres de Jorge Sanz y de Martinis. En la hoja que ya había pinchado, había escrito la letra X. Era el X desconocido, el que tenía el móvil desechable en la costa de Egina en "Barcelona".

El agente cada día chequeaba donde estaba el yate "Barcelona". Puede que estuviera embobado por culpa de su hada, de Eurídice, durante la semana, pero nunca descuidaba realizar su control diario de Jorge y de dónde estaba su yate. Ya lo consideraba la prueba más importante del caso. Incluso, el "Barcelona" había partido el viernes por la noche como era esperado, del puerto de Glyfada y de Grecia. Pero todavía no había llegado a Barcelona, hizo una parada en la Costa Azul, al Cote D' Azur, y más específicamente, en Cannes. El GPS, el imán que había colocado el agente en el yate, hace veinticuatro horas que mostraba las mismas coordenadas: **43.542595, 7.032191**.

Pano esperaba ansioso que el columnista español llegara a su país, a Barcelona, porque solo así podría interceptar sus archivos y sus emails. Su ordenador debía estar abierto para él hacer estas intercepciones. El programa maligno estaba dentro, pero la intercepción se hacía, solamente cuando el ordenador esté en funcionamiento durante un prudente periodo de tiempo. Las manos de Pano por ahora estaban atadas. Desafortunadamente al móvil de Jorge Sanz no podía entrar, parecía que estaba protegido.

Decidió hackear los ordenadores del puerto, donde había encallado el "Barcelona". Las coordenadas que emitía el imán, el GPS, estaban clarísimas. El yate se encontraba en el famoso puerto "Port Pierre Canto". Los yates más costosos del planeta se encontraban en este lugar. Según los archivos de los ordenadores del puerto, el yate del español, permanecería a la Costa Azul durante unos siete días más. *¿Qué demonios hace?* Pensó Pano, *¿no tiene que hacer algún trabajo en Barcelona...? Otros siete días más de espera por lo menos, para saber qué contiene el ordenador. Allí está la clave del caso... estoy seguro.*

El agente que investigaba el caso, olvidó sus inseguridades y finalmente, decidió llamar por teléfono a Eurídice. Así ahora, tenía la tarjeta en su mano izquierda y con la otra tecleaba su número. El teléfono empezó a sonar, pero nadie respondió. Pano esperaba con paciencia. Al final, nadie respondió. Se decepcionó mucho. Consideró que Eurídice intentaba esquivar su contacto. Quiso vigilarla por unos minutos, para saber qué sucedía. Pero no lo hizo. Mantuvo la promesa a sí mismo.

EURÍDICE EN ESE MISMO momento escuchaba música, teniendo sus auriculares en los oídos. Ni siquiera escuchó el móvil sonar. Descubrió que tenía una llamada perdida, media hora después. Se alegró muchísimo. Casi daba saltos. Llamó de inmediato a Xenia.

—Venga, mi chica, que pasó —respondió Xenia.

—Es posible que me haya llamado el músico que estaba en Ermou. No escuché la llamada.

—Ehhhhh, llámalo de vuelta —dijo Xenia furiosa.

—¿Qué dices ahora? Esas cosas no se hacen, muestra demasiado interés, que me llame él de nuevo.

—¿Qué dices mi chica? ¿Sufres durante dos días y lo discutes? Lo vas a llamar, se acabó, de todos modos, no conoces su móvil, ¿no es así? Puede que no sea él. ¿Y si es alguien más que te tiene que decir algo importante? ¿Lo vas a dejar así? Llama ahora... te cuelgo. Adiós amiga.

Xenia colgó el teléfono bruscamente. Ahora Eurídice debía tomar una decisión. Sí, debería llamar a ese número desconocido. Tuvo así, durante tres minutos el móvil en sus manos, sin poder apretar el botón de la llamada por culpa de su indecisión. Pero finalmente lo apretó. Una voz seria se escuchó al otro lado de la línea.

—¿Diga? —respondió Pano. Su voz por teléfono se escuchaba especialmente grave. Estaba también un poco nervioso, cuando entendió que hablaba con Eurídice, la tonalidad de su voz se torció bastante.

—Hola, tengo una llamada de su móvil —le dijo el hada, la cual no estaba segura de que la persona con la que estaba hablando, fuera el músico que había conocido el viernes.

—Sí, sí, me interesa empezar clases de francés y quería hacer unas preguntas sobre eso.

—Claro, pregúnteme lo que quiera —le dijo Eurídice, que parecía decepcionada. Ya estaba segura de que el señor con quien estaba hablando, no era su músico.

—El viernes pasado, conocí a una mujer muy bella en Ermou. Bueno, quería pedirle que tengamos una cita, pero no sé... cómo pedírselo en francés.

Pano mientras tanto había convertido ese momento tan incómodo y vergonzoso en uno agradable y con humor creativo, que tenía como fin romper el hielo entre ellos y ayudar a Eurídice a relajarse.

Eurídice cuando escuchó esto, fue como tocar el cielo con las manos e hizo un característico gesto con la mano, similar a ese que hacen los aficionados de un equipo cuando entra un gol en la final de la copa. Con su turno, continúo con la broma y el juego que había empezado Pano.

—Sabe señor, no creo que esa bella mujer, como dice, necesite escuchar su propuesta en francés. Entiende muy bien el griego. Entonces, no creo que necesite clases de francés.

Su conversación continuó durante mucho tiempo. Finalmente, quedaron en verse el martes por la noche, a las nueve en punto, en el café - bar "Meli" en Exarchia.

Él, cuando terminó la conversación, estaba en las nubes. Todavía no podía creer que tendría una cita en persona con esa maravillosa criatura. Ella también estaba volando por el cielo. Le gustó mucho este tipo desde el primer momento. Después de su conversación le gustaba aún más. Su voz le producía calma y seguridad.

LA MAÑANA DEL LUNES encontró a Pano muy feliz. Había sorprendido a los tres agentes que se encontraban en el aula de al lado por la cálida manera en la que los había saludado y los chistes que hizo. Normalmente decía poco y era serio. También la apariencia de Pano había cambiado. La semana pasada dejó que su barba creciera mucho y el pelo se lo cortó de una manera rara. Había cortado mucho los laterales de su pelo y dejó la parte trasera y de arriba en cierto modo sin cortarlo. Era un peinado que probablemente podría tener un rebelde, pero no un agente del servicio secreto.

El agente tenía ganas de ponerse a trabajar. Pero no existía algún objetivo del que ocuparse. Eurídice parecía haber salido del colectivo anarquista, Martinis casi nunca usaba aparatos electrónicos y la clave del caso, Jorge Sanz, regresaría a Barcelona en una semana. Además, con respecto al resto de los miembros de la «Chispa», el agente creía que eran totalmente inocentes. Entonces, era casi innecesario el trabajo que hacían sus agentes subalternos. Así que decidió cambiar su programa y eliminar la vigilancia, que duraba todo el día, de sus deberes. Se fue al aula de al lado y les anunció lo siguiente:

—Bueno, mis pequeños hackers, hay un cambio sobre cómo vais a ser entrenados de ahora en adelante. La vigilancia probatoria hacia los miembros de la Chispa se revoca. También se eliminan las reuniones de los viernes. Creo que fue muy útil la simulación que hicimos con los anarquistas… aprendisteis muchas cosas. Pero de ahora en adelante os voy a entrenar en técnicas de penetración en múltiples muros de protección y no solo eso. Informad a los demás que los turnos de la tarde y de la noche se revocan desde hoy. Es decir que por la mañana, vais a estar todos aquí. ¿Habéis entendido, agentes?

El caso de la Chispa había terminado oficialmente para el equipo de Pano. A partir de ahora asumiría la responsabilidad de resolver el caso solo.

A LA MISMA HORA, EURÍDICE estaba en la escuela de baile que se encontraba muy cerca de su casa. Había entrado en el parqué con muchas ganas. Empezó a ejecutar una coreografía muy difícil, llena de pasión. La profesora la felicitó. Dijo que era la primera vez que la veía tan apasionada. Eurídice le agradeció, sabía qué tenía la culpa de su pasión.

Después de cuatro horas de baile, decidió terminar por hoy. Estaba exhausta. Se fue a su casa arrastrando los pies. Verdaderamente, había bailado en exceso. Ahora necesitaba una ducha caliente. Llenó su bañera con agua caliente y añadió muchos aceites esenciales. Se sentía completa, se sentía bien… el olor que desprendían los aceites esenciales, era totalmente relajante. Así, entró al agua caliente y se quedó allí durante una hora. Durante ese tiempo pensaba en Pano. Debería causarle buena impresión mañana. Iba a tener una cita, después de casi dos años. Había olvidado como es salir en una cita… ¿se vestía de forma provocativa o un poco más moderada? Debía llamar a Xenia para que la aconseje. En temas así, tenía mucha confianza en ella. Cuando terminó el baño, Eurídice la llamó:

—Mi Euri, estoy tatuando a un cliente. No puedo hablar, ¿quieres pasar después de las diez por la tienda? Bobby no va a estar. Montarán una nueva tienda con música rock en vivo en Marousi.

—Vale amor, por supuesto que pasaré, hablamos luego.

—Vale mi niña, nos vemos por la noche, besos.

EURÍDICE HABÍA SEGUIDO un programa exigente durante el resto del día. De las cinco a las nueve y media de la noche, iba a dar clases de francés a dos pequeñas estudiantes. Hoy normalmente, serían sus últimas clases, ya que en unos días, el dieciocho del mes, se iría, para vivir para siempre a París. Ya la semana pasada se había despedido del resto de sus estudiantes. Hoy quedaba por despedirse de la pequeña Joanna y la pequeña Artemis.

Joanna había cumplido los diez. Era una niña muy bonita que le gustaba reír todo el tiempo. Pero hoy estaba muy triste. Eurídice le había anunciado desde la vez anterior, que hoy sería su última clase. Durante la clase, no se atrevía mirar a Eurídice a los ojos. Estaba constantemente a punto de llorar y tenía miedo de romperse en llanto en el caso de que sus miradas se entrecruzaran. Por eso solamente miraba hacia abajo. Eurídice se había dado cuenta. La preguntó qué pasaba. La pequeña no aguantó más, se puso a llorar de una manera muy sobrecogedora y la abrazó. Le dijo que no quería que se fuera lejos de ella. Le suplicaba que se quedara en Grecia. Eurídice empezó a llorar también. No soportó ver que una chiquita tan linda llorara así. Informó a la niña sin pensarlo que no se iría a ningún lado y que finalmente, se quedaría en Grecia. La niña se volvió loca de felicidad y empezó a gritar.

—La profe no se va, la profe no se va, ¡yupiiiii! —en un minuto esas resonantes lágrimas dieron lugar a una mezcla de risas, gritos y regocijos. Eurídice también se puso muy contenta, con la alegría de la pequeña. La misma escena se repitió con su última estudiante, Artemis. También, hubo alegría y alborozo. Eurídice era una mujer a la que todos los chicos adoraban. Tenía una dulce y especial tranquilidad, que los niños adoraban.

La contribución de Pano en su decisión sobre su permanencia en Grecia, era tremenda. No sabía dónde iba a terminar su primera cita, pero lo quería ver de aquí en adelante. Quería que él formara parte de su vida, y ella también formar parte de la suya. Hasta ahora, nunca había sentido nada parecido por ningún hombre.

Especialmente feliz, ahora Eurídice se dirigía hacia la casa de Xenia. Había tomado un taxi de Kifisia hacia Moschato. La casa de Xenia estaba exactamente encima de su estudio de tatuajes. Eurídice tocó el timbre. Eran las diez y ocho minutos. Xenia abrió la puerta y la recibió con un beso en la mejilla derecha. Poco después de acomodarse en los sofás, Eurídice le informó que se quedaría en Grecia. Xenia enloqueció de felicidad y una vez más hubo festejos y alegrías. Generalmente, Eurídice era una persona, que cuando alguien la conocía, la amaba. Era un alma muy noble.

La conversación entre las dos mejores amigas ya giró alrededor de la inminente cita de Eurídice con el músico callejero. Xenia se mantuvo firme en el tema de la ropa. Insistía en que Eurídice debería vestirse con ropa provocativa y sexy:

—Eres un bombón y te pones todas esas anchas telas de lino y pantalones. Deja que se vean esas curvas que tienes. Ya que el tipo te gustó, debes causar una buena impresión. ¿Dice alguien que los anarquistas no pueden vestirse de manera sexy? ¿Qué dudas son estas?

Eurídice la miraba como un humilde perrito, sin resistirse. Parecía que estaba de acuerdo con ella. Xenia le trajo ropa de ella, ya que tienen una complexión parecida. Después de muchas pruebas, Eurídice encontró el vestido que se iba a poner. Un vestido coral que tenía el estilo de los griegos antiguos. Xenia se volvió loca de lo bien que le quedaba el vestido a su amiga. Y Eurídice se había fascinado por el vestido, le gustó muchísimo cómo se sentía dentro de este. Mientras se miraba en el espejo, Xenia fue detrás de ella y dejó un par de zapatos de tacón, exigiéndole que se los pusiera.

—De ninguna manera, ¿qué es lo que dices? Está bien, me voy a poner un vestido, pero no me he puesto tacones desde hace muchos años.

Por más que Xenia insistía, Eurídice no se dejó convencer. Iba a hacer pequeños sacrificios por un hombre, pero no se atrevía a cambiar su estilo por completo. Tenía una apariencia propia que no quería cambiar.

Las dos amigas se quedaron despiertas hasta las tres de la mañana. Luego se quedaron dormidas en sus sofás. Las vio Bobby, el novio de Xenia, cuando entró en la casa. No quería despertarlas y por eso fue de puntillas para no hacer ruido. Las dos mejores amigas se despertaron a las nueve y veinte. Xenia tenía trabajo en la tienda después de las once, así que tenía una hora y media completa para tomar un café con su amiga. Se habían calmado un poco en los sofás. Decidieron salir al balcón. Un balcón en el que literalmente te perdías. Debía ser de alrededor de sesenta metros cuadrados. Disfrutaron de un café increíble, contemplando el horizonte.

PANO, AL MISMO MOMENTO, daba clases a sus subalternos sobre técnicas de defensa con respecto a una nueva herramienta de cracking el "jailbreak" que "dañaba" los móviles que tenían el programa iOS. Además, en el caso de que algunos hackers atacaran al móvil de algún secretario, el CNI era el que debía sacar las castañas del fuego. Por esta razón era muy útil y practico el entrenamiento que les ofrecía Pano. Todos lo miraban admirados. En efecto, sus conocimientos eran enormes. El ámbito de la informática y sus áreas relacionadas las controlaba perfectamente.

EL DÍA PASABA MUY RÁPIDO para Pano y para Eurídice. Ya había llegado la tarde. Pano no se afeitaría, dejaría su barba como estaba. A su manera, debía parecer un poco rebelde y libertario. Su pelo también tenía un peinado raro, pero lo dejaría así como estaba.

A Eurídice, por otro lado, esta noche le gustaría estar arreglada y bonita. Estaba pensando en maquillarse para su cita. Desgraciadamente no tenía experiencia en ese tema. Se había maquillado muy pocas veces. Pensó ir a alguna peluquería para que la arreglaran un poco. Estaba lejos de sus creencias, visitar alguna peluquería para producir ese falso "lifestyle", pero hoy quería verse muy bonita. Finalmente, no pudo contenerse. Buscó en internet algún "hair salon", que ofreciera maquillaje y lo visitó. El "hair salon" se encontraba en una ciudad que se llamaba Kolonaki y solo los capitalistas venían aquí. Ir allí era algo impensable para Eurídice... pero el amor es ciego.

LAS HORAS HABÍAN PASADO... y el resultado final fue sorprendente. El maquillaje que le hicieron era muy elegante. Su mirada y sus ojos verdes resaltaban con una luz nueva gracias a un sutil delineado en color gris. Además, pusieron en sus labios, que ahora brillaban, un precioso tono rosado y resaltaron sus pómulos con un toque de colorete melocotón que combinaba perfectamente con su tono de piel. Se miró al espejo y no podía creer lo que veía... su pelo, ahora había adquirido volumen y un brillo sin precedente. Con mucha facilidad podría hacer una sesión de fotos para algún periódico de moda. Se veía extremadamente bella. Una sonrisa se formó en su cara. El precio por embellecerse era alto, pero lo pagó encantada.

Mientras se marchaba de la peluquería, observó un interesante café-bar que tenía una decoración muy romántica. Pensó que en Exarchia, en "Meli" la iban a ver sus conocidos y se iban a burlar por lo arreglada que iba. Aparte de eso, la atmósfera del "Meli" era cruda y claramente dedicada a grupos de amigos, por lo que no era la mejor opción para parejitas. Eurídice quería que tuvieran su primera cita en un lugar que les creara emoción y fuera romántico. Sí, ese "café" en Kolonaki, sería perfecto. Así que mandaría un mensaje a Pano para cambiar la hora del encuentro. Miró su reloj. Ya eran las ocho y veintitrés. No entendía cómo el tiempo había pasado tan rápido. Sacó el móvil de su bolso y mandó un mensaje escrito a Pano.

"Buenas tardes Pano. ¿Tendrías algún problema si cambiáramos el lugar en el que vamos a tomar nuestra bebida? Pensaba que sería mejor ir a ''Breeze''. Se encuentra en Kolonaki, en la calle de Skoufa e Irakleitou. Infórmame si estás de acuerdo. También, si es posible vernos a las 21:30. Eurídice".

Pano en ese momento buscaba qué abrigo ponerse, por lo que no escuchó la notificación sonora del mensaje. Generalmente era un tipo que a diario se vestía de una manera deportiva e informal. No le gustaban las cosas caras. Hoy en concreto que iba a salir con una mujer de creencias anárquicas, debía parecerse lo más posible a un espíritu libre. Encontró el abrigo que quería. Una chaqueta negra de cuero bastante raída. La compró hace diecisiete años cuando estaba en segundo año en Princeton. Conducía en aquel entonces una moto Ducatti y por eso había comprado esa chaqueta en particular. Una chaqueta de motociclista, vintage.

Habían pasado quince minutos y Pano todavía no había respondido. Eurídice se preocupó durante un segundo por si no iba a acudir la cita. Eran las ocho y treinta y ocho minutos. En cinco minutos estaría en su casa.

Pano fue al salón, ya que se había vestido todo de negro, para mirarse en el espejo. Echó un vistazo a su móvil. Vio inesperadamente el mensaje que le había mandado Eurídice. Se sintió mal por no haberle respondido todavía. Rápidamente le respondió que no había ningún problema y que se encontrarían fuera del "Breeze" a las nueve y treinta.

PANO A LAS NUEVE Y treinta en punto se encontraba en el lugar acordado. Sabía que las mujeres siempre llegan tarde a su primera cita. Pero en este caso no fue cierto. El hada llegó de inmediato, dos minutos más tarde. La vio llegar por la calle de enfrente y se puso nervioso de la cabeza a los pies. Ella iba vestida con un vestido coral al estilo de la Grecia antigua y llevaba unas sandalias planas. Su pelo era incomparable y su cara extremadamente perfecta.

—Buenas tardes, ¿qué tal? —le preguntó y se acercó para que lo besara en la mejilla.

—Buenas tardes, muy bien, ¿y tú cómo estás? —Pano devolvió el gesto.

—Yo muy bien —le dijo mirándole con mucho afecto.

—Hiciste muy bien en decirme de venir aquí. Me parece muy bueno este café-bar. Tiene un ambiente romántico.

—Me alegro muchísimo —le dijo claramente aliviada.

—Bueno, ¿entramos? Adelante, mi señora... —le dijo y con el característico gesto que acompaña esta frase, dejó que la condujera hacia el interior del negocio.

Eurídice decidió sentarse en una mesa bastante aislada, para que pudieran hablar más tranquilos sin ser distraídos por los demás.

—Buenas tardes, ¿qué desean tomar? —les preguntó la camarera.

—Un... vino blanco para la señora por favor y un whisky Jack Daniels para mí— le respondió Pano dado que primero preguntó a Eurídice, acerca de lo que quería tomar.

Durante los primeros minutos, se sintieron muy incómodos. No sabían qué decir. Entonces Pano decidió tomar la iniciativa para que el hielo empezara a romperse.

—Estás muy bella hoy, no me malinterpretes, el viernes lo estabas, pero hoy estás impresionante.

—Te lo agradezco mucho —respondió ella —. Y tú el viernes estabas muy guapo la verdad, y por eso me fijé en ti de inmediato.

—O sea ¿hoy no lo estoy? No te puedes imaginar cuánto me he decepcionado.

Empezaron las risas y las provocaciones. La situación empezó a relajarse.

—No, no quería decir eso —le respondió Eurídice arrepentida y al mismo tiempo siguiendo la broma—. Hoy estás muy guapo, pero, el viernes lo estabas y la guitarra y todo, ya entiendes...

—No, no entiendo —empezó a decir Pano riéndose—. Me voy a mi casa, para traer la guitarra y hechizarte... jajajajajaja, sí, mi Eurídice entiendo lo que quieres decir y te agradezco tus bonitas palabras.

A Eurídice el posesivo «mi» que lanzó Pano, le gustó mucho. Sin pensarlo puso su silla más cerca de Pano.

La camarera les trajo las bebidas. Pano levantó su copa y propuso un brindis, dedicándolo a su encuentro y haciendo un chin-chin con las copas. Ambos bebieron un sorbo de alcohol. Ya habían empezado a relajarse más y se comportaban con más naturalidad, fluidez y espontaneidad. Pano había visto un tatuaje en la parte interior de la muñeca de Eurídice. Le agarró la mano, la giró con suavidad y empezó a contemplarlo. —Me gusta tu tatuaje —le dijo. Era una rosa. Ese movimiento que hizo Pano impresionó a Eurídice. Ya sus manos poco a poco empezaron a estar en contacto. Y la atmósfera del bar ayudó. Luz baja, velas en las mesas, baladas románticas que se escuchaban por los altavoces. Eurídice ya se había entregado a él. Si empezara a besarla ahora, no podría resistirse. Pano sentía lo mismo. Lo atraía como un imán. Sentía un dulce desconcierto, sin igual. Sus caras estaban solo unos centímetros, la una de la otra.

—Trabajas con la música, me imagino —le preguntó Eurídice.

—La música es un hobby para mí. Trabajo como informático. He estudiado ingeniería de software en los Estados Unidos. Vine a Grecia hace un mes, para cambiar mi vida. Me cansé en América. Quiero probar suerte aquí.

Eurídice se sorprendió. Lo había imaginado de forma diferente. No se le pasó por la cabeza que ese tipo amante del rock, hubiera estudiado informática. No había tenido una mala impresión, pero tampoco buena. Era algo neutral para ella. Por el otro lado, Pano no podía mentir porque había muchos griegos que estudiaron en Princeton con él. ¿Quién sabe si pasaría algún conocido a esa hora y lo reconocía? Mejor tenerlo todo bajo control.

Su conversación fluyo con naturalidad. Eurídice no se abrió acerca de su ideología. Todavía no podía saber la opinión que el hombre que estaba enfrente de ella tenía sobre el anarquismo. No quería arriesgarse a que algo saliera mal, le gustaba muchísimo ese tipo. Pero Pano tampoco se refirió a ningún tema ideológico o político. Conversaron sobre muchas cosas. Hablaron sobre cine, música, literatura... de todos modos, Pano ya sabía toda la información que ella le estaba dando.

Eurídice se había impresionado mucho con Pano. Se había fascinado con él. Ahora Pano debía besarla, no había razón para retrasarlo, quería sentir sus labios. Lo mismo sentía Pano, no podía resistirse más. Acarició suevamente el pelo de Eurídice, puso su mano izquierda en la mejilla del lado izquierdo y la condujo muy ligeramente y cuidadosamente hacia su lado. Eurídice no se resistió en absoluto, lo deseaba tanto. Empezaron a besarse de una manera muy dulce y amorosa. En ese momento eran uno. Además, Pano creyendo que mañana Eurídice se iría a París, tenía una profunda tristeza interior, que se había convertido en una pasión ardiente. Quería guardar estos momentos para siempre. Cuando pararon de besarse, Eurídice le dijo que quería contarle algo muy importante. Pano entendió qué le iba a decir, que se iba a vivir para siempre a París. En ese momento, se contrarió dolorosamente. Eurídice le explicó que, en circunstancias normales, en unas horas se iría a París. Pero que al final cambió de opinión y se quedaría en Atenas. Pano mantuvo una expresión tranquila, como si no pasara nada, pero por dentro lo festejaba como si fuera un niño. Eurídice le explicó que sus alumnos eran quienes le hicieron cambiar de opinión. Sí, obviamente mentía. Eurídice se quedaba en Grecia, pero era por Pano. Se había enamorado de él desde el primer momento en el que le vio.

Empezaron a besarse de nuevo esta vez con más pasión. Eurídice, se burlaba de la gente cuando actuaba de esta manera. Generalmente no le gustaba ver a parejitas besarse en cafeterías o en bares. Y ahora era ella la que lo hacía.

La camarera los interrumpió torpemente.

—Mil disculpas, ¿pero, está listo para pagar? Tengo que hacer caja ya.

Era cierto, ya era la una y media. La parejita enamorada no entendió como el tiempo pasó tan rápido. Era una noche en mitad de la semana, amanecería miércoles.

Pano estaba en el CNI a las ocho en punto. Era muy feliz después de la noche pasada. Todavía no podía creer haber tocado y besado a esa criatura. Hace una semana la veía a través de una fría pantalla y ahora era casi su novia.

No casi, era su novia. Pensaba en lo bien que había interpretado ser un músico callejero, y como si no lo hubiera hecho, nunca la hubiera conocido.

EURÍDICE DESPERTÓ CASI al mediodía. Casi no durmió por el estado de excitación en el que se encontraba desde hacía unas horas. Se levantó muy feliz, pero con emociones mezcladas. Pensaba en Pano, sus labios, su mirada... su voz, su sonrisa, todo en él la excitaba. Traía sus besos a su memoria y se derretía literalmente. ¿Qué le había hecho este hombre?

Xenia le dijo que la llamara para que le contara todo lo que pasó anoche. Y Eurídice hizo eso:

—Venga Euri, ¿cómo estás? Cuéntame todo. ¿Cómo te fue con el tipo? —le preguntó Xenia.

—Bien, mi amor, fue increíble —le dijo muy entusiasmada.

—Vaya, mi amiguita por fin encontró novio. Salgamos en parejitas, yupiii.

—Jajajajajaja, qué pirada estás, solo te interesa eso, que salgamos en parejitas.

Su conversación continúo durante mucho tiempo. Analizaron toda la cita de ayer, lo típico que hacen dos amigas. Pero en el punto en el que se enfocó Eurídice fue en que Pano al final de la noche, no quiso subir a su casa:

—Y cuando estábamos abajo de mi casa, ya que muy amablemente Pano me acompañó, lo invité a que subiera conmigo para que continuáramos nuestra velada. No sé si me apresuré, pero quería que pasáramos juntos la noche. Me sentía tan bien... pero me dijo... que tenía que despertarse muy temprano y por eso debía irse... ¿eso no es un rechazo? Xenia dime tu opinión...

—Bueno, mira mi niña, con la primera lectura, la situación no se ve bien. Pero con la segunda puede que sí, entiende que es un caballero que no buscaba solo sexo y te ve para algo serio. Escúchame, tómatelo de otra manera. Debes estar feliz por lo que pasó. Venga, deja de dar vueltas a tus inseguridades. Tengo que colgar que he dejado a un cliente solo. Hablamos luego. Besos.

Eurídice entendió que probablemente su mejor amiga tenía razón. Así que quitó de su mente los pensamientos negativos y la llenó con positivos.

OCHO DÍAS DESPUÉS

Su segunda cita finalmente terminó en el deseado coito. Pano se había despertado más temprano que Eurídice. Era viernes. Se lavó, agarró su móvil y pidió su típico expreso y una medialuna de chocolate. Salió al balcón para tomar un poco de aire puro. Hacía bastante frío. Así que entró de nuevo con rapidez. Además, solo llevaba puesta una camisa de algodón y un bóxer. Los diez grados Celsius evidentemente requerían un conjunto más abrigado. Se sentó enfrente de su ordenador. No abrió la pantalla. Jorge había retrasado mucho a Pano. Debía haber tenido ya acceso a su ordenador pero todavía esperaba. Lógicamente, mañana llegaría a Barcelona. Por suerte, el imán de la geolocalización todavía funcionaba.

EURÍDICE ACABABA DE despertar. Preguntó a Pano, en voz alta y con delicadeza desde la cama si podía pedir un café para ella. Pano le respondió lo suficientemente alto para que ella le oyera, que lo pediría enseguida. Le preguntó qué café bebía.

—Un freddo cappuccino negro —respondió.

A pesar de no saber cosas básicas el uno del otro, como por ejemplo qué café bebía el otro, había una tremenda intimidad entre ellos. Una intimidad que normalmente se adquiere tras unos meses de convivencia y no después de un día.

Los cafés llegaron con una pequeña diferencia temporal entre ellos. Eurídice se encontraba enroscada al abrazo de Pano, en el sillón de tres plazas del salón. Pano encendió el enorme televisor. No había ningún programa interesante que ver a estas horas. Así que la apagó de nuevo. Eurídice le pidió que tocara la guitarra. Pano se negó con la excusa de que todavía era muy temprano y no podía cantar. Eurídice lo suplicó con una delicadeza especial. Fue muy difícil para Pano resistirse. Pero lo hizo. Le prometió que el domingo por la noche la llevaría a la playa de Kavouri de Ática para tocarle allí la guitarra, junto con la compañía de un fuego encendido en la arena. El hada aceptó de inmediato. Le dijo que ahora no podría romper su promesa. Pano le dio un beso en los labios diciéndole que ya la promesa había sido sellada y que nunca las incumplía. Tras unos minutos, empezaron de nuevo a hacer el amor apasionadamente en el sofá.

Todo el viernes fluyó así. Amor... amor y otra vez amor. El uno no podía separarse del otro. Eurídice se fue de la casa de Pano el sábado por la mañana, solo porque tenía que dar unas clases de francés. Al agente le vino una idea loca a la cabeza cuando su novia se fue. Quiso alquilar un coche. Se había cansado de estar sin moverse en coche durante todo este tiempo. En Washington nunca pasaba eso. Pero no sabía si en Grecia existía la posibilidad del alquiler. Lo buscó en internet. Sí, existía en la avenida de Sigrou una empresa que se llamaba "wizard" la cual tenía esa opción. Pano exclamó:

—Me gusta.

Camarade

A PANO LE DIO LA BIENVENIDA un dependiente muy amable que llevaba puesta una peculiar corbata de color naranja. A Pano casi se le escapó la risa al ver la ridícula corbata. Cuando entró a la exposición de coches enseguida decidió cual quería así que no fue necesario ver otros modelos. Se había fijado desde el primer momento en un Camaro un poco usado de 3,6 miles de kilómetros y de 480 caballos, modelo de 2008. *Aquí estamos,* pensó. Después de unos cincuenta minutos se había completado la transacción. El dependiente no podía creerse haber alquilado algo tan rápido y con tanta facilidad. Normalmente, los clientes hacían muchas preguntas y al final se iban con las manos vacías.

Mientras Pano se fue conduciendo el Camaro que rugía, el dependiente le decía:

—Oh, tío, eres el mejor cliente... el mejor...

Finalmente Pano había obtenido un coche. Y qué coche...

Antes de regresar a casa, Pano se fue a dar una vuelta de dos horas con su nueva adquisición por la autovía de Atenas, Lamia, para probar el rendimiento del automóvil.

Era cierto que el coche poseía una aceleración increíble. Pero no era solo eso. Tenía ese típico "americanismo" el motor, ese bajo ruido y el gruñido. Ese ruido característico que hace que todas las cabezas se giren para ver quién pasa. El único problema con esos coches es que necesitas llevar un segundo bidón de gasolina contigo. El consumo de combustible es muy alto, pero muy rápido también.

Subió las escaleras de su edificio, casi volando. Se sentía como un muchachito al que le regalaron un juguete estupendo. Abrió la puerta de su apartamento y entró. Cerró la puerta empujándola con su hombro, guardando al mismo tiempo en la mano derecha las llaves del coche junto con las llaves de casa. Fue a relajarse en su sillón de cuero favorito. Tenía todavía las llaves en la mano jugando con ellas como si fuera un rosario. Ponderaba... qué bien le iban las cosas hasta ahora. Se sentía afortunado.

Pensaba en Eurídice y en los momentos que pasaron juntos. Todavía no podía creerlo. Recordaba su bella carita que se enroscaba en su abrazo, cuando veían alguna película de terror. Tan bonita.

—Mi amor —susurró a sí mismo.

A EURÍDICE LE QUEDABAN dos horas de clase. Estaba particularmente distraída hoy. Su pequeña estudiante la preguntó si le pasaba algo. ¿Qué podría explicarle a una niña pequeña sobre el amor? ¿Qué? Recordaba los besos de Pano, y su cuerpo se dejaba llevar por la emoción. Ya lo extrañaba.

Pero hoy conscientemente, no quería encontrarse con él. No quería darle todo desde el comienzo. Quería mantener el interés en la relación. Que se echaran de menos, de vez en cuando. Por la noche, le dijo que iba a salir con unas viejas compañeras de la escuela. Pero la verdad fue que estaría sola en su casa. Simplemente, Eurídice quería que Pano se pusiera celoso para que la buscara y se derritiera por ella.

LA HORA PASABA MUY lentamente para Pano. Había intentado de todo para que pasara más rápido. Hizo la limpieza de la casa, lustró el interior de su nuevo coche, tocó la guitarra e hizo ejercicio. El reloj mostraba las siete y doce, había empezado a oscurecer. No le quedaba nada más por hacer para que la hora pasara de forma placentera.

El caso, sin tener acceso al ordenador de Jorge Sanz, no avanzaba. Por otro lado, Martinis cubría mucho sus espaldas. Aparte de esto, la prueba más importante que quería obtener Pano, la obtuvo. Y eso se refería a su relación con Jorge. Sería redundante e imprudente, que lo vigilara otra vez con presencia física. Estaba el peligro de que lo descubrieran. Así que, por ahora, estaba estancado.

Era un poco más de medianoche. Pano y Eurídice estaban separados. Ninguno se atrevió a molestar al otro. Pano no quería parecer débil, ni quería empezar a decir: «ay, mi amor, te extraño, quisiera que estuvieras aquí» y cosas así. Aparte de esto sería irritante que la llamara o le mandara mensajes, mientras su amor estaba con sus viejas compañeras de clase. Le gustaba dejar espacio a los demás, no quería parecer opresivo. Por otra parte, Eurídice esperaba a que Pano la molestara, que la llamara y la mandara mensajes. Quería reafirmarse como mujer. Quería oírle decir: *"Te extraño muchísimo, dime dónde estás para ir a verte, los minutos no pasan sin ti, te quiero, te quiero mucho"*. Por eso le mintió acerca de la salida con unas amigas. Quería intrigarlo. La espera de Eurídice duró hasta las tres de la madrugada. Ningún teléfono sonó, ningún mensaje llegó. Se quedó dormida viendo televisión en su habitación. Amanecería en domingo.

Eurídice acabó de despertarse por el sonido de su móvil que tenía "The blower´s daughter". Lo había puesto como tono en su móvil cada vez que la llamaba Pano. Se estiró y lo agarró, su teléfono se encontraba en la mesita de noche, al lado de su cama.

—Buenos días —dijo con una voz que aún salía del sueño. Todavía no se había recuperado de las diez horas que había dormido.

—Buenos días, ¿todavía duermes? Son la una y cinco. Me imagino que trasnochaste ayer con tus amigas.

—Mi alma...¿puedo llamarte en diez minutos para que me recupere un poco?

—En diez eh... ni un minuto más... me haces falta, quiero oír tu vocecita.

—En diez, yo también te eché de menos. Besos. Hablamos en un rato.

Eurídice tomó una ducha caliente, bebió un zumo natural de cuatro frutas, muy rápido, y llamó a Xenia. Hablaron durante unos minutos y quedaron de verse por la tarde. Luego llamó a Pano.

—Sí —respondió el teléfono él, pretendiendo estar ofendido.

—Venga mi Pano ¿qué tal? No estaba del todo despierta. Por suerte ahora estoy completamente activa. ¿Cómo lo pasaste tú ayer?

—Bien —le respondió en resumidas cuentas con un tono de voz muy serio.

—¿Estás bien? ¿Te pasa algo? ¿Por qué me hablas así?

—Sí, me dijiste que me ibas a llamar en diez minutos y me llamaste en treinta. Estos veinte minutos me parecieron una centuria.

Eurídice claramente entendió que Pano estaba bromeando, y por eso respondió adecuadamente.

—Ahhhhhh, sí, dime más. Me derrito por esas cosas mi amor.

Mientras tanto a Eurídice le gustaba mucho la reafirmación. Sí, quería saber todo el tiempo que desea el otro. Su tono humorístico escondía grandes dosis de verdad. Paralelamente, Pano, cuando oyó la palabra "mi amor" se alteró positivamente. Le gustaba mucho que lo llamara así. Si la tuviera ahora enfrente, la apretaría en su abrazo para siempre.

—No te puedo decir más por teléfono mi amor. Nos veremos y te diré todo lo que quieres de cerca.

—¿Pano? ¿Recuerdas que anteayer me prometiste que íbamos a ir a la playa?

—Claro que lo recuerdo. Prepárate cuando quieras y nos vamos.

—Bueno, se lo dije a Xenia. Te he hablado de ella. Xenia quiere venir a la playa de Kavouri con nosotros. Bobby, el novio de Xenia tiene un coche también. Entonces nos conviene. Quedamos en verles a las cinco en Moschato, en la casa de los chicos. Si puedes venir hasta su casa sería genial. Si tienes algún problema, lo anulo y nos vamos solos. Lo que quieras.

—¿Anularlo? Claro que no, está todo muy bien, tengo muchas ganas de conocer a tu mejor amiga y a su novio. Simplemente no puedo ir a Moschato porque tengo que hacer un trabajito. Os veré directamente en la Playa de Kavouri.

—Me siento muy mal porque vengas solo. No quiero que te molestes viniendo en transporte público. Bueno, diré a los chicos que se vayan y nos vamos luego juntos.

—¿Eurídice, confías en mi? Id vosotros... y luego iré a encontraros.

Pano sonó muy convincente y por eso Eurídice no insistió más. Los chicos saldrían de Moschato a las cinco y Pano les vería un poco más tarde. Quería darles una sorpresa y presumir de su Camaro. Aunque Eurídice no era una mujer convencional a la que se le impresionaba con coches caros.

A LAS CINCO Y DIECIOCHO los chicos habían llegado a la Playa de Kavouri. En el camino no se encontraron con nada de tráfico. Hacía frío así que la gente no iba a la playa. Bobby había llevado leña para encender un fuego por la noche. También llevaba en una hielera con hielo, algunas cervezas y unos bocadillos fríos de pavo. Él casi nunca bebía alcohol, era un tipo atlético, pero a veces, en reuniones sociales, rompía los "protocolos" de la vida saludable.

Ya habían pasado las seis. Mientras Bobby, Xenia y Eurídice conversaban sentados en sus toallas extendidas en la arena, escucharon de repente un ruido muy fuerte. Las chicas no sabían qué era este ruido. Pero Bobby sí sabía de dónde venía este ruido. Giró la cabeza y vio un Camaro amarillo venir hacia el fondo. Se dirigía hacia el aparcamiento de la playa. Bobby dijo a las chicas:

—Caramba, el tipo conduce un Camaro, uno de los tres coches que me vuelven loco, escuchad el sonido del motor chicas... ohhhh.

Mientras acababa de hablar, el Camaro aparcó. Las chicas miraban al tipo que estacionó este enorme y caro coche, al lado del coche de Bobby. La puerta del coche se abrió y salió un tipo de casi un metro ochenta de altura, con una expresión parecida a la de James Dean. Pano tenía lo que se denomina "estilo" y su estilo y forma de actuar podrían muy fácilmente compararse con una estrella de cine. Eurídice se quedó sin habla. Susurró a Xenia claramente sorprendida.

—Pano —y se quedó con la boca abierta.

Cuando Bobby oyó eso, le preguntó:

—¿Qué Pano? ¿El tuyo?

Eurídice le respondió con un gesto afirmativo. Mientras tanto, Pano todavía no llegó a saludarlos de lejos, porque sacaba la guitarra del coche, con mucho cuidado.

De repente Bobby se levantó y se acercó al coche y a Pano. Con una voz parecida a la de un fanático empezó a alabarle:

—Mi amigoooo, que sepas desde este momento ya me caes bien. Me gusta mucho tu Camaro. Es mi querido coche —y mientras lo alababa, Pano se acercó a él, y estrecharon sus manos con mucha fuerza. Como si se conocieran de toda la vida.

Bobby, en general, era un hombre muy impulsivo. Puede que conociera a alguien durante cinco minutos y portarse como si lo conociera desde hacía cinco años. Este día vestía con una camisa amarilla muy ancha y unas bermudas azules amplias. Sus pies estaban llenos de tatuajes al igual que sus manos y cuello. Su pelo estaba casi rapado. A Pano le impresiónó el cuerpo de Bobby. Su estatura era regular, pero su cuerpo era muy musculoso. Se parecía a Jasón Statham, al famoso actor británico.

Los dos hombres se dirigieron hacia las chicas. Pano con mucha cortesía saludó a Xenia y luego fue a besar a Eurídice. Ella lo besó de una forma automática y ligera en los labios, porque todavía estaba desconcertada. Las sorpresas eran muchas.

El músico roquero que conoció, pensaba que era una persona de pocos recursos económicos. La primera sorpresa fue su costosa casa y luego su carísimo coche. Mientras estuvieron con el fuego, las cervezas heladas y los bocadillos, Eurídice lo olvidó todo y Pano aún la impresionó mucho más. La manera tranquila y agradable en la que hablaba con sus amigos, los chistes, pero también las conversaciones serias que tenía así como el hecho de que le cayó muy bien a sus amigos, lo había elevado mucho ante sus ojos. Se sentía orgullosa de él.

Bobby, de repente interrumpió la conversación que Pano tenía con Xenia.

—Amigo, ha llegado tu momento. Empieza a calentar que tu público te espera con ansias.

Pano no lo pensó mucho, sacó su guitarra del estuche y la afinó. Las chicas aplaudían con fuerza. Mientras tanto, en estas dos últimas semanas en las que empezó a tocar la guitarra, no tuvo tiempo suficiente para aprender muchas canciones. Recordaba cómo tocar la guitarra, pero las canciones que había logrado aprender eran solamente seis o siete. Dos canciones de Pyx Lax, dos de David Bisbal, una de Scorpions, el estribillo de la canción "bésame" de los Rififi griegos, y claro, la canción que le había cantado a su Eurídice, en Ermou, ese viernes trece. Así que debía encontrar una excusa para parar de tocar, cuando su repertorio se agotara.

Empezó con la canción *"Por los amores pasados no hables"* de Pyx Lax. Eurídice lo miraba con asombro. La atmósfera no podía ser más romántica. Todo era hermoso, todo. Xenia con Bobby se habían abrazado firmemente y disfrutaban de lo bien que cantaba el artista. Cuando Pano tocó la canción *"bésame"* de los Rififi, Eurídice se fue a su lado, lo interrumpió y le dio un beso apasionado. El impulsivo Bobby empezó a burlarse de ellos y decir en voz alta:

—Ya te lo comiste vivo, devora hombres, relájate para que escuchemos la canción —dijo Bobby y todos empezaron a reír a carcajadas.

Pano les dijo que no podía seguir tocando la guitarra, porque quería quedarse abrazado con su novia. La otra pareja lo aceptó y estuvo de acuerdo sin poner ningún tipo de objeción. Así, que ahora Pano puso la guitarra en el estuche y fue a sentarse al lado de Eurídice. La temperatura empezó a descender peligrosamente y las chicas comenzaron a tener frío. Pano se quitó la cazadora que tenía puesta y cubrió a Eurídice con ella. Xenia no perdió la oportunidad y empezó a bromear con Bobby:

—¿Has visto cómo se portan los hombres? El hombre de inmediato ha tapado a su novia para que no tenga frío ¿y tú que haces para protegerme del frío?

—Pero yo no tengo chaqueta, amor, ¿cómo quieres que te tape? — dijo Bobby.

Bobby era de los típicos hombres que interpretaban el personaje de "yo no tengo frío". Afuera puede que hubiera nieve y frío intenso, pero él iba a salir solo con una camisa.

Pano fue hacia su coche. Abrió la puerta del copiloto y tomó algo de la silla. Se acercó a Xenia y se lo dio. Era una manta isotérmica. Xenia se asombró. Empezó a bromear otra vez con Bobby, pero esta vez con más intensidad:

—¿Has visto ahora cómo se trata a una mujer? Él es un hombre.

Eurídice también se sorprendió muchísimo de la previsión de Pano y ahora estaba aún más orgullosa. ¿Pero cómo iba a saber que un agente como Pano tenía la habilidad de preverlo casi todo? ¿Cómo era posible no predecir que la temperatura iba a descender a las nueve de la noche?

Las cervezas se habían acabado y lo mismo había pasado con los bocadillos de pavo. Lo pasaron muy bien hoy. Recogieron todas sus cosas de la playa y se dirigieron hacia sus coches. Se despidieron con un caluroso abrazo. Bobby vio que era hora de irse y gritó a Pano fuertemente:

—Pano, no te olvides que me debes una vuelta con el Camaro, tenlo en cuenta.

Pano le respondió:

—Cuando quieras amigo—Bobby le cayó muy bien.

Eurídice y su novio entraron en su nueva adquisición. Era la primera vez que entraba en un automóvil superdeportivo. Observaba el interior del coche. Quizás a otra mujer le impresionara muchísimo, pero ella en concreto, considera a los coches caroscomo trampas del capitalismo. Los despreciaba por completo. Aunque...no quería decir nada de eso a Pano todavía. Tuvieron una noche fantástica y no lo quería arruinar. Pero todo esto, era totalmente opuesto al sistema de creencias que ella defendía.

Durante el camino, Pano conducía muy lentamente. Respetaba que quizás a Eurídice no le gustaba mucho la velocidad. Entendía eso. También entendía que era probable que el Camaro le hubiera causado una mala impresión. Le preguntó con tacto si le gustaba el coche. Eurídice dudó y le dijo que no le importaban los bienes materiales. Le dijo también que no le había dicho algunas cosas importantes sobre ella y que en algún momento deberían hablar. Él sabía lo qué le quería decir Eurídice, pero no quería abrir ahora este capítulo. La única cosa que le preguntó fue si sabía el significado de la palabra "Camaro".

Le dijo que no lo sabía. Pano con un poco de ironía respondió que proviene de la palabra francesa "camarade" la cual significa "compañero". Eurídice no respondió, se mantuvo en silencio.

Mientras Pano conducía, hubo un intenso sonido. Ella se asustó. Preguntó qué era eso que escuchaba. Él cogió su móvil con la mano derecha. Ella lo miraba sin saber qué pasaba. El sonido venía del móvil, así que lo apagó.

—¿Qué era eso? —preguntó otra vez Eurídice. Había notado que Pano no sabía qué responder y estaba sorprendido. Dio una excusa, de que ese fuerte sonido era de su anciano tío que estaba en los Estados Unidos y que era un sonido de emergencia, en el caso de que surgiera algún problema. Eurídice le creyó. No tenía ninguna razón para no creerlo. ¿Cómo iba a imaginar que el yate de Jorge Sanz ya había partido del puerto de la Costa Azul?

Le aconsejó que llamara a su tío para ver si todo estaba bien. Pano le dijo que lo llamaría más tarde y que ella no debía preocuparse... porque muchas veces su tío aprieta el botón de emergencia sin querer. El agente era muy persuasivo... y así pasó la hora...

Eurídice llegando a su casa, le dijo a Pano que sería mejor dejar su carísimo coche deportivo afuera de Exarchia, porque había peligro de que lo quemaran.

Al final. lo estacionó en Kolonaki. La acompañaría hasta su casa andando. Durante el camino hacia Exarchia, Pano la preguntó, supuestamente sin mala fe...

—Pero..., ¿quiénes son esos que queman los coches de otros? ¿Los llamados anarquistas? ¿Quién les da ese derecho?

Eurídice no quería iniciar una conversación sobre ese tema... todavía no había llegado el momento indicado para hablar sobre el anarquismo. De todos modos, no estaba de acuerdo con los anarco-autónomos, ¿así que por qué defenderlos y así discutir con Pano? Esos hooligans no tenían nada que ver con el verdadero sentido del anarquismo. Le cambió de repente el tema de conversación.

—Por favor, ¿no es hora de llamar a tu tío? Puede que le haya pasado algo grave. Pano estoy preocupada.

—Sí, acaba de llegar un mensaje de mi tío, lo tenía silenciado... "*todo bien*" me dice: "*apreté el botón de emergencia, porque se rompió el tubo del fregadero en la cocina, quiero que me ayudes, no encuentro el teléfono del fontanero*" ¿no te lo dije, cariño? Todo bien... no hay ningún problema de salud, pero en temas como son las tuberías, mi tío no entiende nada. Yo me ocupaba siempre de las reparaciones de la casa. Toda una vida siendo florista, un alma noble, ¿qué va a hacer el hombre?

Pano debería ganar el Óscar del primer actor masculino. La manera en que pretendía leer el mensaje de su tío era bastante teatral. No le gustaba mentir, pero lamentablemente estaba obligado.

—Mi amor, no vamos a pasar la noche juntos, tengo que encontrar el teléfono del fontanero, lo tengo en mi casa, en la agenda... imagínate, yo desde Grecia, arreglando las cosas de mi tío que está en América... ¿pero qué voy a hacer? Es un hombre mayor. Mientras tanto, le haré una llamada para que hablemos. Seguramente se siente solo, me tiene solo a mí. Te acompañaré hasta tu casa y luego me voy. ¿Vale mi Eurídice?

EURÍDICE SE SINTIÓ muy decepcionada, quería que pasaran la noche juntos, pero, por otra parte, la ayuda a los ancianos es sagrada, no podía oponerse. Así que dio las buenas noches a su novio con un tierno beso y subió a su apartamento.

Pano hoy necesitaba tiempo para él, por eso puso tantas excusas. Estaba muy enamorado de ella, pero los hábitos de tantos años no se olvidan fácilmente. El agente cuando trabajaba en un caso necesitaba estar completamente solo. Quería que cuando se despertara por la mañana nada ni nadie lo distrajeran. El caso empezaba a desenrollarse poco a poco... y eso lo intrigaba. La notificación sonora era muy clara. El bote de Jorge Sanz había empezado a moverse, era probable que regresara a Barcelona.

FINALMENTE LLEGÓ A su casa. Entró a su apartamento. El edificio, por suerte, tenía aparcamiento, así que pudo dejar el coche allí. Entró a su apartamento apurado. Había olvidado por completo "alterar" los artefactos electrónicos de Eurídice. Debería "alterarlos" para que nadie pueda vigilarla. ¿Cómo se había olvidado de eso? ¿Cómo se le había escapado? Lo recordó dos minutos antes. Si alguien la hubiera vigilado durante todos estos días que habían estado juntos, hubiera sabido que sale con Pano Dale. Y no era absolutamente imposible que nadie la vigilara. Era ya conocida en los servicios. Así que entró en el programa Android que tenía su Smartphone y también en el programa de su tableta. En veinte minutos consiguió hacerlos inaccesibles para cualquier intruso. Ahora podría hablar con ella con toda seguridad.

Fue a su armario, en donde había escondido los papeles que representaban a los protagonistas del caso. Los sacó fuera. Los pinchó otra vez en la pared. Arrancó una hoja más de papel. Escribió allí la letra Y. Jorge Sanz aparte de haberse encontrado con Martinis y el X desconocido en Egina, probablemente se encontró con un Y desconocido en la Costa Azul. Eso lo suponía. Suponía que el español probablemente tuvo algún encuentro importante en la Costa Azul para haber ido allí. O con el Y desconocido o con los Y desconocidos.

El español probablemente llegaría a Barcelona en unas horas. Hoy al mediodía en circunstancias normales, Pano tendría acceso a sus emails, sus archivos y también a sus redes sociales. Lo esperaba con ansias.

A LAS DOCE Y TREINTA y siete el ordenador del español finalmente se abrió. Pano estaba muy contento por esto. Adelantó su silla y se colgó en la pantalla. Parecía un jockey que está a punto esperando su turno para empezar a correr. Completamente concentrado enfrente de su pantalla, por miedo a perderse algún detalle. El agente necesitó una hora y media para copiar en su ordenador todos los archivos guardados en el disco duro del ordenador de Jorge Sanz. El virus había infectado también el navegador del español, así que Pano había accedido a sus contraseñas.

Empezó a investigar su correo electrónico. Necesitaría mucho tiempo para leer todos estos emails. La mayoría contenían comentarios y críticas por los lectores del periódico. Muchos alaban a Jorge, escribiendo que admiran infinitamente su conocimiento acerca de la polémica industria marina. Pero el resto le hacían una dura crítica, acusándolo directamente de estar en un servicio reclutado por ciertas empresas poderosas.

Pano no podía entender exactamente de qué manera un columnista de ese ámbito especializado, podía promover estas empresas. Pero lo entendió muy rápido. Entendió cómo funciona este sistema entrelazado, cuando leyó los dos emails siguientes:

Remitente: Giovanni Rosso

Receptor: Jorge Sanz

No cumpliste nuestro acuerdo, traidor. Nos destruiste con tu último artículo. El ruido que se ha producido en la opinión pública española es tremendo. Twitter y Facebook es un caos, todo el mundo solicita la anulación del acuerdo entre nuestra empresa y el gobierno español. Haz algo para arreglar la situación. Sabes cuánto has ganado con nosotros. Si el contrato se anula, vamos a perder ochenta millones de euros. Nos iremos a la quiebra. Haz algo, hijo de puta... si no, lo vas a pagar. Te lo prometo.

Miracolo electronics,

Rome, Italy

Pano empezó a reír fuertemente cuando leyó la frase “hijo de puta”... le impresionó mucho esta “cortesía profesional”. El segundo email era más amable que el primero.

De: Filip Menzel

A: Jorge Sanz

Querido señor Sanz,

Nos gustaría agradecerle el analítico y objetivo artículo que publicó en el periódico. Sabe que nunca olvidamos a nuestros amigos. Me gustaría agradecerle en persona en algún momento para mostrarle efectivamente mi agradecimiento.

Con mucho honor,
Filip Menzel, CFO
Cestina electronicke systemy

Pano navegó en internet para encontrar más detalles sobre estas dos personas, que habían mandado los emails y las empresas que representaban. El primer email se refería a una conocidísima empresa italiana, "Miracolo electronics" y lo había mandado su dueño. El segundo email era de la compañía, "Cestina electronicke systemy", de intereses checos, y estaba enviado por el director financiero de la empresa. El agente luego buscó el último artículo de Jorge Sanz. Lo encontró. El artículo era una comparación entre los radares de "Miracolo electronics" y los radares de "Cestina electronicke systemy".

Jorge, realmente, fue una catapulta en el artículo sobre los radares de la primera empresa: **inutilizables, inapropiados de instalarse en fragatas españolas, carísimos**. Había escrito lo contrario de la empresa checa. Realmente la alababa de una manera única. El agente decidió investigar en las redes sociales bajo los siguientes hashtags #Miracolo_Radar y #Czech_Cestina_Radar. Era cierto que había mucho pánico en las redes sociales. Miles de españoles exigían al gobierno cortar los lazos colaborativos con "Miracolo" y hacer un contrato con la empresa checa. Llamaban estafadores a los políticos, y les acusaban de haber sido sobornados por la empresa italiana. También a muchos periódicos españoles, como a "La mañana", les había influido la opinión pública, y por eso, en sus portadas aparecía escrito en mayúsculas la palabra "ESCÁNDALO".

Pano empezó a entender cómo era el juego. Los checos probablemente habían prometido un soborno más grande a Jorge. Así que Jorge influenció a la opinión pública mediante su artículo. Luego la opinión pública presionó a los políticos. Y los políticos al final firmarán un nuevo contrato con la empresa checa. Las cuatro nuevas fragatas españolas que se manufacturan en los astilleros españoles finalmente "pondrán" los radares checos. Tan fácil con un simple artículo. Realmente Pano estaba muy sorprendido. ¿Y el soborno?... Unos millones de euros probablemente... de forma sencilla y rápida.

El agente no podía seguir examinado los emails del español. Llevaba unas unas catorce horas estancado en la pantalla. Su reloj indicaba que se acercaba a las once y media, media hora antes de la medianoche. El cuello le dolía mucho y se frotaba los ojos. Se había abstraído muchísimo. No había comido nada todo el día. Miró a su móvil. Eurídice lo había llamado dos veces. —Oh, shit —exclamó él mismo. El sonido del móvil estaba desactivado.

Se puso rápidamente el pantalón. Luego se puso los calcetines y los zapatos deportivo. Cogió el desodorante y se roció con él de arriba a abajo. Eligió una camiseta de algodón a cuadros y poniéndose su típica chaqueta marrón de cuero, se fue de su casa. Se dirigía ya hacia la casa de Eurídice. No había avisado de esto a Eurídice. Pano ya sabía su programación, sabía que tenía clases de francés hasta las nueve y media y que después de las diez y media estaría en su casa. Quería sorprenderla.

Tocó el timbre del edificio. Nadie respondió. Tocó otra vez el timbre. De nuevo ninguna respuesta. Pano ansiaba verla. *¿Dónde estaría ahora? Puede que esté con Xenia, o está durmiendo y no escuchó el timbre.* Había muchas posibilidades, demasiadas. Decepcionado, se sentó en las escaleras a la entrada del bloque. Su mirada vacía miraba hacia abajo. Sonó una voz familiar.

—Pano, ¿qué haces aquí?

Pano ni siquiera habló, la agarró y empezó a besarla como un loco. El zumo que tenía Eurídice en sus manos cayó al suelo. Acabó de ir al quiosco y por eso no estaba en ese momento en su casa. Eurídice intentaba cortar por unos segundos a Pano para abrir la puerta central del edificio. Lo consiguió. Pano la llevó en sus brazos hasta el primer piso del edificio. Eurídice no sabía qué decir... simplemente...estaba entregada a él. Entraron en el apartamento como un cuerpo, pegados el uno al otro. Él ahora la besaba por todos lados, de su cuello a su oído, de su pelo a su nariz. En paralelo la acariciaba como un salvaje, pero con suavidad también. Eurídice no podía moverse... estaba paralizada ante esta única y primitiva pasión. Estaba entregada y rendida a este crescendo romántico que nunca había vivido en su vida. Cada célula latía según los impulsos de Pano. Había conquistado su Ser. Esta lucha de sus cuerpos y la integral oscilación de sus almas, duró hasta el amanecer. Ya los dos calados hasta los huesos del sudor y del placer se fueron a dormir. Eurídice, creyendo que Pano estaba en los brazos de Morfeo, susurró:

—Te amo.

Pero Pano no se había dormido ni un minuto. Eran tan intensos sus sentimientos y el placer que había experimentado, que le era imposible dormir. Cuando Eurídice se durmió, él se vistió y dejó una nota:

"Mis ojos dulces, he tenido que irme debido a un compromiso de trabajo...

Hablaremos por la tarde. ¡Cuídate, Muchos besos!”
Tu Pano...

Revelación

NOVIEMBRE ENTRÓ CON intenciones salvajes. Extremos fenómenos climáticos arrasaban todo el país. Eurídice se había mudado a la casa de Pano el día anterior. Hoy traería sus últimas cosas de su casa anterior. Pero aún no había encontrado el momento de hablar con Pano sobre su ideología. Esto era algo que la pesaba. Quería decirle que luchaba por el anarquismo. Se sentía muy mal por esconderlo. No era que el anarquismo fuera algo malo para ella o algo que debiera avergonzar a alguien, pero ella sabía que los principales estereotipos, eran muy negativos. Pano era un hombre muy tolerante, pero pese a todo, Eurídice tenía miedo de que no lo aceptara con facilidad. Hoy cuando regresara del trabajo se lo iba a decir. Quería contárselo todo.

Pano supuestamente estaba en la empresa de informática "ACG" y trabajaba diariamente desde las ocho hasta las cinco de la tarde. Esta era la mentira que él había contado a Eurídice. ¿Qué más podía decirle? Mientras tanto, ACG era una empresa que construía programas de ordenadores electrónicos y tenía su sede central en San Stefano. El agente la había visto por casualidad en un anuncio publicitario. No tenía ninguna relación con la empresa... no tenía ningún conocido en esta empresa... el riesgo de esta mentira, era enorme. Solamente una llamada de Eurídice sería suficiente para que su mentira fuese descubierta.

Hoy era un día más de entrenamiento para sus agentes. Habían hecho un avance importante durante todo este tiempo. Con este equipo, Pano podría hackear cualquier organización del mundo. Creía mucho en las capacidades de los nueve.

Él todavía investigaba los emails de Jorge Sanz en su oficina. Pero no había encontrado algo significativo, algo que condujera el caso a algún lugar. En diez días había registrado más de dos mil de correos recibidos y enviados. Que Jorge aceptaba sobornos a cambio de promocionar empresas concretas era algo ya obvio. A Pano no le interesaba eso. Solo le interesaba su relación con Martinis. Detrás se escondía algo grande, o al menos, eso creía Pano. Su instinto nunca le había fallado. Pero empezó a decepcionarse, ya no creía que encontraría ninguna prueba en los emails. Eran las cuatro y veinticinco. En un rato el agente iba a salir del CNI. Eurídice lo esperaría en casa. Estaba ansioso por verla.

Pano hizo un último intento de búsqueda en los emails de Jorge Sanz. Buscó en los correos recibidos de junio claramente por casualidad. Simplemente para que pasara la hora hasta salir del trabajo. Vio un mensaje que le creó muchas preguntas. El email decía:

"Buenas tardes,

Debido a que me encontraré en Londres el 28 de septiembre, si quiere que hablemos por teléfono llame a 0034-3776652402 o al 0034-23 41234803".

Berlin Navy Group, Berlin, Germany

Jürgen Klinsmann, CEO

El agente movía la cabeza con desconcierto. *¿Tres meses antes le dice que debe llamarlo a estos teléfonos este día del mes?* Mientras observaba los teléfonos le parecía que los había visto en algún lado. No podía recordar dónde, pero los números eran conocidos. Se rompió la cabeza durante casi una hora. Unas fracciones de segundos eran necesarias para que Pano viera los motivos. Eran coordenadas, estaba seguro. Los cuatro dígitos 3776 los había visto cuando el yate "Barcelona" estaba en Egina. Lo recordaba, tenía una memoria fotográfica. Abrió el sobre donde tenía registrado el informe del yate de "Barcelona". Sí, sí, las coordenadas se incluían en los números telefónicos. Era una conversación codificada: **37.766524ºN, 23.412348º E.**

Pano se levantó, abrió sus manos y sacó la lengua. Quería dar un alarido indio de felicidad. Jürgen Klinsmann, uno de los hombres más poderosos del planeta, el director ejecutivo de la empresa más grande en la construcción de barcos de guerra y submarinos daba direcciones a Jorge Sanz. Y Martinis era parte de esta conspiración. Acababa de encontrar una tremenda conexión en el caso. Una conexión que conduciría el caso a otros niveles. *¿Qué pasa aquí?* pensaba.

CASI A LA MISMA HORA, Eurídice buscaba a su gata por la casa. Ayer encontró una gata callejera y decidió adoptarla. Se había metido en la habitación de Pano y no podía encontrarla. Buscó debajo de la cama, pero nada. Abrió el armario de Pano y necesitó mover la ropa a un lado para ver si se escondía allí. Sí, la gatita se había escondido detrás de la ropa dentro de una caja, sin hacer el menor ruido. Parece que le gustaba este escondite. Eurídice la agarró suevamente y le dio un abrazo. Tuvo miedo de que la gatita hubiera llenado la caja de pelo, entonces la sacó afuera para limpiarla. Sintió un poco de curiosidad sobre el contenido de la caja de cartón.

Se sentó en el borde de la cama y colocó la caja a sus pies. Empezó a limpiar los pelos de la gatita. Dentro había muchas hojas de papel aplastadas y muchas pinzas esparcidas. Eurídice estaba tentada de mirar qué escondía su interior. Sacó los primeros papeles aplastados que formaban una bola asimétrica y empezó a separarlos. Apartó la primera hoja del papel, la allanó lo más que pudo y leyó lo que estaba escrito. Un X grande estaba escrita, lo cual le provocó mucha impresión. Apartó la segunda hoja de papel... "Panagiotis Doudonis". Con torpes y bruscos movimientos apartó el tercero... "Martinis". Eurídice empezó a aturdirse con todo lo que veía. Tenía dificultad para respirar y las lágrimas empezaron a caer de sus ojos. Sacó con manos temblorosas y con sollozos la segunda bola de esos papeles aplastados. La primera hoja de papel tenía escrito "Costa Karidis"... su ex compañero anarquista de la Chispa... la segunda... "Peter Papadeas"... *qué pasa aquí,* pensaba, mientras los sollozos se volvían más intensos. Llegó el momento donde vio escrito su nombre, "Eurídice Vasiou". No aguantó más y empezó a gritar, mientras estallaba en un llanto desesperado:

—No, no... No, ¿quién eres? ¿Quién eres?

Creía que estaba viendo una película de terror, una pesadilla. No podía creer que el hombre del que se enamoró perdidamente, era falso. Todo estaba planeado. Era un farsante que lo había planeado todo. Eurídice se imaginaba a sí misma creando una familia con este hombre. Y ahora veía que él, era una criatura fría y calculadora, que lo único que le importaba era infiltrarse en su vida. Probablemente era policía, un policía encubierto... ahora todo tuvo sentido... su casa lujosa, su carísimo coche. Él no la amaba, estaba fingiendo. Sus sollozos eran impactantes, del fondo de su alma. Nadie la había engañado de esta manera.

PANO ABRIÓ LA CERRADURA de su apartamento. Estaba muy feliz hoy. Quería solamente abrazar a su amor. Avanzó hacia el interior de su casa. Apelaba el nombre de Eurídice, pero nadie respondía. Escuchaba un ruido extraño, como si alguien no pudiese respirar. Corrió rápido hacia allí. Vio un espectáculo que nunca podría olvidar. Un espectáculo que le ennegrecería el corazón como también el alma. Eurídice lloraba a gritos. Nunca había visto una mirada con tanto dolor. Sus ojos tenían una infinita tristeza y melancolía. Su cara se había arrugado de la desesperación. Lo miraba, pero no podía hablar. No podía pronunciar ni una palabra... solamente temblaba del llanto. Pero lo dijo todo con sus ojos.

Pano vio los papeles alrededor de ella. Lo entendió todo. Se acercó a ella lleno de culpa, suplicando y le decía repetidamente:

—Mi amor, déjame explicarte... déjame explicarte, te lo ruego.

No creía que nunca utilizaría esas expresiones tan clichés, pero sí las usó. Eurídice empezó a reaccionar y el llanto se convirtió en furia.

—¿Quién eres tú, hijo de puta? —gritaba—. ¿Quién eres tú, maldito mentiroso, imbécil? —y lo empujaba lejos de ella.

Pano no podía contenerla. Le suplicaba que lo escuchase solo cinco minutos. Eurídice le preguntó si era policía. Le respondió que las cosas no son exactamente así y que debería calmarse y escucharlo. Eurídice empezó a recoger sus cosas estando en un estado frenético. Lamentablemente no la podía contener más. Era en vano, hoy no se iba a calmar, necesitaba tomarse su tiempo.

Después de recoger sus cosas y cerrar su maleta, tomó la gata en su regazo. Estaba lista para irse del apartamento. Él se había acuclillado en el suelo con las palmas colocadas enfrente de su cara y no decía nada. Lo sabía, ella no podía escucharlo ahora. Lo único que susurraba era:

—Te amo, no te vayas.

Ya se había quedado solo. Qué tonto fue por no tirar estos papeles a la basura. Ni se acordaba de que los había dejado en su armario. Por otro lado, algún día debería decirle la verdad, ¿debía hacerlo ya, no? Lo que más le partía el corazón, era ver su apenada y dolida carita, nunca en su vida hubiera querido dañar a esa criatura. Y lo había logrado de la peor manera posible. Estaba desconsolado, pero un poco indignado consigo mismo. Se acercó al gran espejo que tenía en el salón. Un puño fue suficiente para llenar de vidrios y sangre el suelo. Su mano derecha se hizo cortes en diez sitios.

Eurídice había olvidado coger su móvil, cuando abandonó la casa de Pano. Eh, en ese momento, era normal. Puede que fuera un truco de su subconsciente para que regresara, ¿quién sabe? La puerta del apartamento no estaba cerrada, estaba casi abierta. Entró y vio a Pano en medio del salón, de pie, con la mano sangrando. En el suelo había un caos de sangre y vidrios. Eurídice pisó con mucho cuidado para poder ir hacia la habitación y coger su teléfono móvil. Al irse echó un ojo a Pano. Quería abrazarlo y decirle "¿qué te ha pasado mi amor?". Se había asustado al verle así, lo amaba sinceramente. Pero... este hombre era un mentiroso, la había engañado, debía ser fuerte. Le echó una mirada final de desprecio y se fue definitivamente de su casa. Mientras bajaba las escaleras del edificio, pensaba que un monstruo sin corazón no se hubiera hecho tanto daño. Pero el que hubiera roto el espejo y se hubiera cortado la mano de esa manera, mostraba fuertes sentimientos por ella. Eurídice sintió despertar en su interior una pequeña chispa de optimismo que le hizo pensar que ese hombre quizá la amaba .

Pano, durante unos minutos, estuvo completamente inmóvil. Su mirada estaba congelada y desilusionada. Su mano continuaba sangrando.

SE NECESITARON SEIS puntos al final. Tenía un corte grande que se encontraba entre su pulgar y su dedo índice y se extendía del interior de la palma hasta el lado exterior de su mano, por lo que necesitaba urgentemente suturarse. Los demás cortes eran superficiales. Por suerte, no se dañó ningún nervio, por lo que su mano derecha mantuvo su flexibilidad.

Regresó a su casa del hospital, cuando ya había oscurecido. Ni recordaba si había pagado al taxista, entrando a su casa. Todo nublado, todo automático. El salón era un caos. Pedazos de vidrio rotos del espejo y sangre, mucha sangre. Agarró la escoba y empezó a barrer con la mano izquierda. No entendía mucho. Hacía movimientos mecánicos. La escoba estaba llena de sangre y vidrios. Tomó el recogedor. Algo consiguió. Dejó casi todo limpio después de mucho esfuerzo. Encendió la televisión y se sentó en el sofá. Había una telenovela. Mostraba un actor demasiado "falso" con pelo implantado, coqueteando con una chica rubia de plástico. —Joderos, vosotros también —dijo con intensidad, y tiró el mando hacia la televisión. Estaba fuera de sus casillas. Se sentó en el sofá y miró al techo. Su mirada estaba llena de desesperación y desilusión. Su tristeza era inconcebible. Venían imágenes a su cabeza con Eurídice diciéndole que era un hijo de puta y un mentiroso. Recordaba su mirada. Nunca la había visto tan enfadada, tan... tan... tan dolida. Pensaba en que todo se acabó. Lagrimas se derramaban de sus ojos. *Vete al diablo tú también Jorge, con tus estupideces y tus estafas. Que se joda el caso y que se jodan todos.*

Pano tenía razón. Solo te enamoras una vez así en la vida. Cómo le iba a importar el caso ahora. Había perdido su amor de repente y de muy mala manera. No simplemente de mala manera, sino de la peor. Sí, se había humillado completamente...

EURÍDICE EN ESE MISMO momento se encontraba con Xenia. Lamentablemente había dejado de alquilar su casa en Exarchia, así que no tenía donde quedarse. Poco después de dejar la casa de Pano, se dirigió a la casa de Xenia. Había aparecido sin invitación en la tienda de Xenia en el momento que tatuaba un cliente. Xenia cuando la vio no lo podía creer, se asustó. La vio en una situación terrible, sus ojos estaban negros porque la sombra de ojos se había corrido por culpa del llanto, la cara muy pálida y sus expresiones eran de una crisis nerviosa. Y la gatita que acababa de adoptar ayer, la tuvo que dejar en una tienda de animales antes de irse donde Xenia. No podía tenerla... no estaba bien.

Pero ahora estaba mejor. Después de un rato largo, finalmente se había calmado y ahora podía hablar con relativa coherencia a Xenia. La pobre Xenia no entendía lo que había pasado. Le trajo una manzanilla con mucha miel. La sentó en un cómodo sillón muy grande, que podía darte a la vez un masaje mecánico en la espalda y la nuca. Eurídice lo explicó todo muy detalladamente. Xenia simplemente, no podía creérselo de ninguna manera.

—¿Ese tipo buenísimo con la guitarra, era un infiltrado al final? ¿Se inventó semejante cuento? No eres ninguna terrorista popular. ¿Con qué lógica te iba a vigilar? ¿Qué encontraría? De verdad Euri, no sé qué decir... estoy sin palabras. Y a Bobby le había caído tremendamente bien y a mí igual.

—Se lo di todo Xenia, joder. ¿Entiendes? Todo. O sea que cuando hacíamos el amor, él iría a su servicio al día siguiente y bromearía con sus compañeros. Puede que también me grabara, ¿no es posible? El mentiroso... el idiota... el policía de tres al cuarto. Y no solo eso. Es muchísimo más... joder, solo una vez sientes ese amor a primera vista... una vez. Y una vez se enamoran de ti también. Esta cosa que creía que había pasado... ese mutuo amor, era algo mágico. Y al final era planeado. Nunca en mi vida me he sentido tan mal Xenia, joder.

Mientras Xenia preparaba algo para que comiera Eurídice y se recuperara, llegó un mensaje al móvil de Eurídice. Era de Pano.

—No lo voy a leer —dijo Eurídice—. Es de este sinvergüenza.

Xenia le quitó el móvil de la mano. Le dijo: —deja que por lo menos lo lea yo, tengo curiosidad a ver qué dice.

Eurídice se lo negó pero Xenia, la ignoró y empezó a leer el mensaje de Pano. Era obvio que lo había escrito afectado por sus sentimientos. Era un mensaje de gran extensión.

«Eurídice mi amor, quiero que creas cada palabra que te escribo. Soy un agente de la CIA. Me enviaron para que entrenara un grupo de agentes en el centro nacional de inteligencia sobre temas de informática y telecomunicaciones. Pero surgió al mismo tiempo la publicación de la proclamación en contra del embajador americano por la "Chispa", y me asignaron el caso. Desde el primer momento que te vi me enamoré perdidamente de ti. No te puedes imaginar lo que verdaderamente sentí, mi amor. No te puedes imaginar lo que siento por ti. Sé que las cosas no siguieron su rumbo natural. Nuestro encuentro no fue el resultado de ninguna situación espontánea. Yo lo planeé todo. Pero lo planeé porque me enteré que te ibas a ir a Francia para siempre. Solamente por las fotos, me enamoré de ti. Nuestro encuentro y relación no tenía nada que ver con el caso. Estaba fuera del caso. Esto era y es algo mío. YO quería conocerte, yo quería enamorarme de ti. Arriesgué mi carrera para conocerte. Me puse enfrente de Ermou y cantaba a la gente, por si robaba alguna mirada tuya. Por si de alguna manera podía conocerte. En ese momento, no cantaba el agente, era yo...tu Pano. Lo que viste y lo que sentiste ese día fue real. Esto es lo que soy realmente, un músico callejero...y no un agente. Sacaste las mejores partes de mí a la superficie...me cambiaste a mejor...me hiciste una mejor persona. Las veces que te vigilé, fueron muy pocas créeme, no quería vigilarte, me sentía culpable. Te pido humildemente que me perdones, estoy avergonzado. Este es mi trabajo. Pero he salvado mucha gente a través de este trabajo. No quiero que pienses que soy un fascista insensible. Si habláramos en persona, te explicaré muchas cosas y así entenderás. A mí no me molestaría que fueras una aficionada del anarquismo. Todo lo dejé de lado por ti. Hazlo tú también mi amor y háblame. Tengo la necesidad de hablarte,

de verte....por favor. Te amo muchísimo. Lo voy a dejar todo por ti, renunciaré y empezaré una nueva vida. Créeme mi amor.

P.d. te dejo tiempo y espacio para que lo arregles todo en tu interior. Espero que en algún momento me llames para que hablemos. Te amo mi alma, te amo como nada en esta vida».

Xenia miró a Eurídice con lágrimas en los ojos y dijo: — el tipo te ama. Está loco por ti. ¿Crees a tu mejor amiga? Sabes que mi intuición femenina no se equivoca. Te adora.

LOS DÍAS HABÍAN PASADO con indiferencia. Pano se presentó en el trabajo con normalidad. Estaba muy taciturno con sus colegas y muy serio. Había perdido su sentido de humor y su vivacidad. Estaba triste todo el día. Entrenaba los agentes con una absoluta formalidad. Ya no lo importaba nada. Las cosas que le hacían feliz antes, ahora le parecían indiferentes. Ni Jorge, ni Martinis, ni Jürgen le interesaban ya. Que se fueran todos al diablo. Su vida ya se había arruinado.

Su teléfono empezó a sonar, el número que lo llamaba era desconocido.

—Sí —respondió Pano que hablaba sin tener ganas.

—Hermano... me debes una vuelta con el Camaro, no vas a liberarte tan fácil.

—Venga Bobby ¿qué pasa amigo?

—Venga amigo, mira no quiero decirte gilipolleces y no quiero hacerte perder el tiempo, sé lo que pasó con Eurídice. ¿Quieres que hablemos? ¿Que vayamos a tomar un café o lo que sea para que hablemos sobre eso? Quiero ayudarte para que se arreglen las cosas. Sois una pareja como pocas. No es bueno que os separéis así.

—Muchísimas gracias por el interés, me honras, pero no creo que la situación se pueda invertir, no lo creo.

—¿Me vas a hacer un favor? Deja de ser pesimista y ven para que hablemos, no pierdes nada, ¿no es así?

—Vale, está bien, de todos modos será bueno para mí una charla contigo.

—Monté hace dos meses, junto con dos socios míos, un local con música en vivo y todo lo que conlleva en Marousi. Te lo dije la vez pasada, cuando estábamos en la playa de Kavouri. Tocamos jazz, blues y todos los géneros cercanos... un caos. Debido a que tenemos unos problemas eléctricos, no vamos a comenzar mañana, como estaba programado, pero sí el sábado que viene, o sea en ocho días. Si quieres pasa esta noche por el local, estaré allí todo el día, estamos probando la acústica del lugar y ensayará una banda. Así me dirás también tu opinión sobre el local y si te gusta. Será una buena oportunidad para que hablemos sobre ti y Eurídice. Si no puedes esta noche, ven mañana o cuando quieras. Pasó allí todo el día. Te va a gustar mucho. ¿Qué dices?

—Sí iré amigo... necesito salir un poco. Mándame la dirección del local en un mensaje y pasaré alrededor de las diez.

—Bueno vale, eres genial... te mando el mensaje... y nos vemos por la noche. Saludos Pano.

—Ay, Bobby hasta luego, hablamos por la noche — dijo Pano, mientras se había conmovido por el apoyo que le ofreció.

POR LA NOCHE PANO ESTUVO allí. Llegó al local casi a las diez. En cuanto entró al nuevo local de Bobby se impresionó. El espacio era enorme... tenía espacio para dos mil personas. Bobby vio a Pano de lejos y fue a recibirlo. Se saludaron con mucha amabilidad. Bobby dijo al grupo que iba tomarse una hora de descanso. Se sentó con Pano en una mesa. Vio la mano vendada de Pano, pero para ser discreto no lo mencionó. Preguntó al agente si bebería una cerveza. Él respondió afirmativamente.

Bobby al comienzo de su conversación no quería referirse de inmediato al tema que le interesaba a Pano. Así que en la primera media hora de su conversación hablaron sobre el local. Pero Pano estaba muy distraído y Bobby se dio cuenta. Entonces habló del ardiente tema que le afectaba excesivamente. Su separación con Eurídice.

—Pano, amigo, debes reconquistarla, no te rindas. Escucha lo que te digo.

—Si sabes algo, dilo. ¿Eurídice os ha dicho algo importante?

—No, no sé nada, no nos ha dicho nada. Pero Xenia la conoce muy bien. Ve que te ama. Eurídice está muy angustiada, no tiene ni ganas de comer.

—¿Vive con vosotros en vuestra casa? — le preguntó angustiado.

—Sí, aunque busca nueva casa para alquilar. Nosotros claro no tenemos ningún problema, Xenia le ha dicho que puede quedarse el tiempo que quiera.

—Ay Bobby, lo lamento mucho, también os mentí a vosotros sobre quién soy.

—Venga ya, no pidas perdón... ¿sabes qué mentiras dije yo en los comienzos de mi relación con Xenia? Algo que no sabes, fui luchador de artes marciales mixtas. El conocido MMA.

—¿Luchas en jaula? ¿Qué? ¿Te estás burlando de mí?... —le dijo muy sorprendido.

—No bromeo. Xenia es una chica a la que no le gusta para nada ver sangre. Así que en los dos primeros años de nuestra relación, buscaba excusas, para ocultar que luchaba en peleas del MMA. Cada mes le decía una mentira diferente... una que me choqué con el armario de la cocina, la otra que me caí sin querer en la acera, lo que fuera. Finalmente, un día ella decidió vigilarme. En cuanto me vio entrar a la jaula, gritó desde la gradería. "Nos separamos, joder... nos separamos". Escuché una voz conocida, di la vuelta para ver quién gritaba y veo a Xenia, tío. Dándome una gran sorpresa, la vi fuera de sí. ¿Qué podía hacer en ese momento? Inevitablemente debía pelear. Pero mi mente y mi alma estaban en otro lado. Al final... mi oponente me aplastó. ¿Sabes cuánto tiempo estuve separado de Xenia? Tres meses. Cada día le mandaba flores a la tienda... cada día. Al final cayó. Las mujeres, amigo, necesitan mucho esfuerzo.

—La historia que me has contado es una verdadera locura.

—Por eso te digo, amigo, no te rindas. Inténtalo. Está muy dolida todavía, por ahora no te va a aceptar de vuelta. Pero poco a poco va a ir tranquilizándose, ya verás. Pero lamentablemente, deberás arrastrarte, amigo. Debes ser un poco indigno. ¿Aguantarás hacer eso por ella?

—Sí, Bobby. Lo que descubrió sobre mí no fue nada bueno, merece verme arrastrado.

— Te digo una última cosa que me impresionó... ¿agente de la CIA?

—Sí, agente de la CIA. Pero sobre eso hablaremos otro día, no ahora.

—Lo único que quiero de ti, antes de que te vayas, es que me prometas que el próximo fin de semana estarás presente en el estreno del local. Es muy importante para mí porque aunque te conozco muy poco, te considero un amigo.

—Me siento muy pero que muy honrado. Gracias Bobby por considerarme tu amigo. Mis sentimientos son mutuos. Quédate tranquilo que vendré al estreno.

—Ah Pano y una cosa más. Los martes y los miércoles por la mañana doy clases de paracaídas en una escuela en Megara. Si te interesa, pásate por allí. Te sentirás increíblemente bien con una caída. Te olvidarás de todo... créeme. Todo gratis, claro. Pero esto es un secreto. Xenia no sabe nada... nos separaríamos de nuevo si se entera. Qué va a hacer... mi amor, sufre por mi salud.

—Ohhh... muchos secretos se acumulan Bobby, ya has visto cómo he metido la pata yo. Dile la verdad ahora, hombre, para que te liberes. Escúchame. Acerca de los paracaídas, vendré algún día para que saltemos de los diez mil metros. He hecho en total unas diecisiete caídas... así que... que me enseñes me parece un poco difícil.

Bobby no pensó que Pano también tendría experiencia en la caída libre. Quedó muy impresionado. Así que se abrazaron como dos buenos amiguitos y se despidieron. Pano se fue del local con más confianza. Bobby lo ayudó para que recogiera sus pedazos. Iba a conquistar de nuevo a Eurídice... otra vez desde el comienzo. Lo había decidido. Uniría sus pedazos, se reencontraría él mismo de nuevo y haría que Eurídice se enamorara desde el principio. No podía perderla de esta manera. Tan injustamente.

Lo significaba todo para él.

Encuentro fatal

28 DE AGOSTO

—Euri... ¿dónde estás mi chica?

—Hola, Xenia, buenos días, ¿qué tal va todo?

—Bien, ¿tú qué haces? ¿Por qué me llamas tan temprano?

—Por la noche me voy a Samotracia, lo planeé en el último momento. Te lo digo para que no me busques porque no tendré mi móvil conmigo. Me voy a quedar tres días allí.

—¿No tendrás tu móvil? ¿Por qué? ¿Está roto? —Xenia le preguntó completamente sorprendida.

—No... jajajajajaja... simplemente me iré a Samotracia con los chicos de la escuela en la que hacemos yoga. Y decidimos dejar los móviles en casa... para hacer así una desintoxicación electromagnética. Te lo cuento para que no te vuelvas loca por la angustia, si me llamas y no te contesto.

—Vosotros los chicos de yoga estáis desquiciados, mi chica. ¿Qué te puedo decir? Menos mal que me lo dijiste porque verdaderamente me hubiera angustiado mucho. Sabes cuánto te quiero, amiga. Que lo pases genial, Eurídice.

—Yo también te quiero Xenia. Aunque estés un poco amargada a veces. Sal de lo amargo... jajajajaja.

—Ay vete de aquí cariño, anda ya... jajajajaj... yo amarga... ajajajaja.

—Ya, solo estoy bromeando contigo mi chica. Bueno tengo que cortar porque he llegado a la casa de un almirante jubilado, en Filotea. Empezaré clases de francés con su hija. Imagínate, me voy a encontrar con un ex mercenario del estado...yo. Ah, lo que tengo que soportar.

—Ya que me llamaste amargada, ahora lo vas a pagar... jajajaja... bueno amor que te diviertas mucho. Nos vemos en unos días.

—Te mando dulces besos mi Xenia, hablamos —le dijo Eurídice, bromeando con ella, dulcemente.

Eurídice colgó el teléfono y tocó muchas veces el timbre de la entrada principal del almirante. Nadie respondía. Cuando llegó la hora de irse, la puerta abrió.

—¿Qué quiere? —se oyó una voz severa.

—Sí, hola, soy la profesora de francés, tengo una clase con Marina a las diez. ¿Usted es su abuelo?

—¿Me ve como su abuelo, señorita? Soy su padre, llegó muy temprano, la clase era a las diez. En este momento son las nueve y treinta y cuatro. Debe ser más puntual en sus trabajos.

Eurídice se avergonzó ya que había supuesto que ese señor de pelo gris era el abuelo por eso dejo pasar la ira y no le devolvió su manera de hablar ofensiva y despectiva.

La pequeña Marina se encontraba todavía en la cama. Todavía era agosto, así que los niños que tenían escuela todavía disfrutaban del sueño. Hasta que la pequeña se levantara de la cama y se preparara, Eurídice la esperararía sentada en el salón.

Eurídice esperó a Marina pacientemente. Al mismo tiempo se escuchaban susurrantes diálogos del cuarto de al lado, probablemente de la cocina. No podía escuchar claramente la conversación, ni le importaba saber qué decían las dos personas que conversaban. Pero pudo escuchar algunas frases: ***"¿qué gilipolleces dices, joder?... ¿el oro en Egina, imbécil?"***. Estas frases y palabras habían salido del almirante jubilado que se las decía a su interlocutor con una voz fuerte y de una manera muy brusca. Por eso Eurídice pudo escucharlas con total claridad. *Fascista,* pensaba la profesora de francés.

Cuando la conversación terminó, el almirante salió de la habitación de al lado. Y tras unos pocos segundos de diferencia salió de la habitación el segundo señor que tenía un característico pelo largo de color rubio oscuro. Eurídice lo reconoció...era Martinis. Y Martinis la reconoció... y se sorprendió. Antes de que ella llegara a saludarle, él la alcanzó y le dijo:

—Hola, escuché que usted es la profesora de francés. En algún momento, me interesaría empezar a tomar clases. ¿Tiene alguna tarjeta profesional para darme?

Eurídice entendió que Martinis quería esconder el hecho de que se conocían, así que no lo delató. Le dio con mucha naturalidad su tarjeta, pero su mirada decía mucho. El almirante los miraba con indiferencia, sin tener ningún conocimiento de que ellos dos son compañeros en la «Chispa».

CUANDO LA CLASE TERMINÓ después de dos horas, Eurídice se fue de la casa de Kalergis, el ex almirante. Martinis la esperaba un poco más lejos. Se le acercó de inmediato cuando la vio salir.

—¿Qué trabajo tienes aquí? —le preguntó.

—¿Qué tengo que hacer yo aquí? ¿Tú qué trabajo tienes aquí? Yo doy clases de francés a los niños, eso ya lo sabes. Y sabes lo difícil que es relacionarme con todos ellos, los ricachones. Pero de alguna manera debe hacerse esa redistribución de los bienes, ¿de qué otra manera iba a sacar esos 40€ la hora? Tengo que financiar a algunas personas con este dinero. Lamentablemente, en este momento necesito a estos capitalistas de mierda.

—Si vale tienes razón ¿qué te puedo decir ahora? Hace tiempo hice un ataque con unos gases a la casa de Kalergis, del almirante, y en lugar de entregarme, me dijo que de vez en cuando debería pasar por su casa, para que charlemos. Para que me ponga en el camino correcto. Es un fiel cristiano, así que ya entiendes. Intenta salvar mi alma. ¿Qué le iba a explicar ahora? ¿Que somos compañeros? Empezaría con el sermón. ¿Escuchaste por alguna razón lo que decíamos?

—Para nada. Imagínate, ni sabía que había una segunda persona en la habitación de al lado. No escuché nada. —dijo Eurídice para tranquilizarlo.

Pero sabía que todo lo que le dijo Martinis, eran solo excusas.

Antes de conocerte

15 DE NOVIEMBRE

Pano se había subido por primera vez a un escenario de música en directo. Miraba el enorme espacio del local e imaginaba los miles de personas que irían a llenarlo, el sábado. Hoy haría la prueba en el local de Bobby.

El lunes pasado, tenía una tremenda inspiración musical. Mientras veía televisión por la tarde, espontáneamente, empezó a susurrar:

Antes de conocerte,

¿Oyes? no era fuerte...

Esas frases las vistió con unos motivos melódicos muy hermosos. Estas notas se volvieron melodía y las frases versos completos. Finalmente, escribió una canción, una canción completa... sacada del interior de su alma... inspirada en su musa... en Eurídice.

De inmediato llamó a Bobby y le pidió que le dejara interpretar esta canción en el estreno del local. Bobby al principio estaba en una situación difícil y medía sus palabras pero al final le dijo que lo esperaba el miércoles por la noche para escuchar la canción en directo. Si le gustaba, le dejaría aparecer como artista invitado.

FINALMENTE HABÍA LLEGADO el día de la prueba. Bobby le dio la señal:

—Pano, empezamos.

Pano empezó a cantar muy nervioso durante los primeros segundos de la canción. Pero rápidamente, consiguió controlar su ansiedad y desplegar su talento. Los músicos, los socios y Bobby también, se sorprendieron muchísimo con la increíble voz de Pano, su presencia escénica y la balada que escribió.

Cuando terminó su interpretación, recibió un aplauso lleno de admiración. Bobby se acercó y le dio la mano. Le dijo:

—Amigo tienes una enorme estrella sobre ti. Realmente casi lloré con tu canción. Claro que tendrás una aparición en el estreno y será un honor. Me pregunto... ¿Cómo que no me había fijado en ti cuando nos cantaste en la Playa de Kavouri?

Aún era miércoles así que tenía muchos días para ensayar su canción. Pano se dirigía hacia su casa en su coche favorito. Se preguntaba durante el camino cómo... cómo había encontrado la valentía de pedirle a Bobby cantar en el estreno de su local. Porque no era de estas personas que buscaban exponerse. Desde que conoció a Eurídice tenía una dinámica diferente. Habían regresado todos sus sueños juveniles y se imaginaba a sí mismo cantando y tocando la guitarra en conciertos. Eurídice había sacado a la luz partes de su carácter que reprimió durante décadas enteras. Tenía muchas ganas de presentarse ante miles de personas el sábado. Le gustaba muchísimo la idea. Su amor estaría allí. Debería darle una sorpresa bonita, por si cambiaba algo... cualquier cosa.

UNA MULTITUD DE GENTE estaba esperando pacientemente que abrieran las puertas del «Jazz n Keys». Bobby estaba bastante nervioso, quería que todo saliera perfecto en el estreno de su nuevo local. Recibía a la gente... con una grande sonrisa. Eurídice y Xenia no habían llegado todavía. Pano ya se encontraba en el camerino del grupo Jazz que llenaría con música las noches de los sábados. Los chicos abrirán el programa musical con un muy buen sonido de jazz moderno con algunos elementos mixtos de blues y a continuación, Pano haría su única participación con su canción.

Durante toda la semana pensó que no sería difícil cantar enfrente de tanta gente, pero este momento parecía algo imposible de afrontar. El grupo del local acababa de abrir el programa. Pano se encontraba detrás del escenario en el lugar del editor del sonido y miraba a los dos mil clientes que estaban abajo. Necesitaba una bebida de inmediato para relajarse. Recordaba que en el camerino de los chicos había dos botellas de whiskey. Así que lo visitó. Puso doble cantidad en su vaso y mucho hielo. En ese momento, Bobby entró en el camerino.

—¿Dónde estás, campeón? Te estaba buscando. En cuarenta minutos sales, ¿estás listo?

Pano no quería decepcionarlo. Le dio la señal de que ya estaba listo. Pero cuando Bobby le informó de que Eurídice y Xenia ya estaban allí, Pano se alteró muchísimo más. Bebió el trago de golpe. Después de dos tragos dobles, se sentía más relajado. La vergüenza se había ido.

—Buenas tardes señores y señoras, hoy es una ocasión especial, con la aparición de un artista invitado. Un talento excepcional, un amigo que nos presentará su nueva canción. Pano Dale... Que lo disfruten.

Pano empezó a cantar con una distintiva autoconfianza, como si fuera profesional. Había visto a Eurídice abajo. Quería dedicárselo en cuerpo y alma.

Antes de conocerte,
¿Oyes? No era fuerte
Antes de conocerte,
No sabía del amor...

Eurídice estaba en shock. Nunca esperó que Pano cantara en Jazz n Keys para ella.

La canción era increíble, una melódica balada romántica, la letra llena de significado... él estaba guapísimo... como estaba esa primera vez que lo vió y escuchó. Tanto esfuerzo para olvidarse de él y ahora todos sus sentimientos por él habían regresado. Se quedó completamente inmóvil y solo lo miraba, sin poder contener las lágrimas. Él mientras cantaba, la miraba a los ojos.

Eurídice no soportaría escuchar la segunda estrofa. Ya tenía un torrente de lágrimas y por eso salió del local para tomar un poco de aire puro. Lo necesitaba mucho.

Pano la buscaba desesperadamente con sus ojos, mientras interpretaba el epílogo de la canción. Pero ella no estaba allí, enfrente de él. Él terminó la interpretación de la canción, sin ningún sentimiento, ya que ella no estaba delante de él.

En cuanto bajó del escenario lo esperaba Bobby. Le dijo que fue estupendo. Y la audiencia todavía lo aplaudía. Pano no se lo esperaba. Escuchaba comentarios muy positivos, como... estabas increíble... maravillosa voz... una canción buenísima. Se alegró muchísimo con esa reacción tan positiva.

Bobby lo condujo hacia su mesa, Xenia también estaba allí. Ella, abrazó a Pano muy amablemente y le dijo: —no tengas miedo de nada, os vais a reconciliar, aunque el mundo se termine mañana. ¿Ahora que encontramos nuestra compañía con Bobby, la vamos a perder? No tenemos ni una pareja con la que quedar... solo os teníamos a vosotros y os volveremos a recuperar. Créeme.

Pano se conmovió muchísimo con el apoyo de los chicos, no lo podía esconder. Insistían en que se sentara en su mesa para hacerles compañía. Pano estaba bastante indeciso por Eurídice, pero al final le convencieron para que se sentara. Eurídice todavía estaba fuera del local e intentaba recuperarse de sus lágrimas.

No pasaron unos minutos cuando Eurídice volvió dentro. Dirigiéndose hacia la mesa de Bobby y Xenia, observó a Pano. Se acercó a su silla sin darle importancia a Pano y cogió su bolso. Pano estaba en una situación muy incómoda. Le lanzó una mirada y ella muy rápido la desvió. Ella le dijo a Xenia que se iba a sentar con un conocido dos mesas más adelante. Y así lo hizo. Xenia con Bobby miraron a Pano haciendo una característica expresión con su boca, como si se entendieran mutuamente, la cual significaba: "¿y qué podemos hacer ahora?"

Pano miró al tipo que hablaba con Eurídice en la mesa cercana. Lo conocía de algún sitio. Sí, era un tipo que se llamaba Giorgo Basis. Le había tirado la caña en Samotracia. Pano recordaba toda la conversación telefónica que tuvo Xenia con Eurídice sobre este tipo. Después de este diálogo, Pano había buscado todo sobre este tipo, Basis. Sus fotografías eran muy características. La misma cara cuadrada que tienen todos los chicos corpulentos del gimnasio. Entonces, Eurídice había dicho a Xenia que no le interesaba para nada. *¿Pero ahora por qué hablan? ¿Por qué Eurídice lo toca tanto? ¿Por qué le sonríe tanto y se ha girado hacia él?*

La noche continuaba bajo los sonidos mágicos del grupo. Pano había bebido bastante alcohol. Estaba inmóvil y observaba a Eurídice hablar con el fornido chico. Quería ir hacia allí y decirle "no toques a mi amor maricón, te voy a partir en pedazos". Eurídice, mientras veía que Pano los miraba, se volvía más afectuosa con Basis. Como si quisiera poner a Pano celoso. Basis, de repente, muy bruscamente y con un movimiento muy violento, intentó besarla. Eurídice retrocedió de repente y lo rechazó molesta. Pano lo observaba todo, listo para intervenir en cualquier momento. Basis agarró la cara de Eurídice con las manos y la atrajo hacia él por la fuerza. Pero Eurídice se resistía y le decía algo en un tono muy alto.

Pano se levantó de su asiento en una fracción de segundo. Fue enfrente de Basis y le dijo que la dejara en paz. Pero Eurídice miró a Pano y le dijo que se fuera. Basis se levantó, dando un golpe directo a la cara de Pano sin ningún aviso. Bobby todavía no había entendido qué pasaba. Corrió a prevenir el combate. Casi lo hizo, pero Pano respondió con un golpe bajo y un crochet a la mandíbula de Basis, que hizo que éste cayera desmayado al suelo.

Justo ayer le habían quitado los puntos de la mano derecha por lo que no debía forzarla. Lamentablemente la herida volvió a abrirse. En este momento, el local era un caos. Se escuchaban gritos de los clientes, mientras la seguridad del local intervino y llevó a Pano fuera del local. Bobby los detuvo. Le llevó otra vez dentro y le condujo a un camerino para que se calmara. Pano le pidió perdón y le dijo que no quería arruinarle el estreno. Bobby le calmó y le dijo que no había problema. Por suerte nadie llamó a la policía.

Eurídice y Xenia se fueron después del incidente. Eurídice se fue a su nueva casa que había alquilado hacía unos días. Antes de dormir fue a su espejo y se miró durante unos minutos. Se formó una sonrisa en su cara. Se tocó los labios. Le gustó muchísimo que Pano la protegiera de esa manera. Nadie, nunca se había metido en líos por ella. Esto era una conquista sin precedente para ella. Sintió un temblor en su interior, recordando como él peleó con todas sus fuerzas para protegerla.

EL AGENTE SE DESPERTÓ muy mal al mediodía. La cabeza le dolía mucho mientras que su mano ardía. Por suerte la herida se había curado y no necesitaría puntos de nuevo. Se dio cuenta de lo que había pasado hacía unas horas. Estaba muy avergonzado. Sentía vergüenza por como actúo ante Bobby que lo había tratado tan bien. Le había destrozado el estreno. Le mandó un mensaje de texto disculpándose por lo que pasó ayer. Pero Bobby lo tranquilizo, respondiéndole de inmediato:

"Pano, no pasa nada de verdad. Xenia me contó exactamente lo que pasó y se lo explicó Eurídice. Nadie se mete con nuestras chica, amigo.

Cualquier tipo que se meta con nuestras chicas sufrirá las consecuencias. Y poco le hiciste. No me has visto a mí en acción. Hiciste muy bien"

Ahora Pano, realmente se sintió aliviado. *¡Bobby era un tipo genial!* Pensaba. Le había caído muy bien.

PANO PASÓ CASI TODO el domingo en la cama. Se aburría muchísimo al salir de casa. Toda esta situación con Eurídice, lo había desilusionado por completo. Ya no creía que podían estar juntos otra vez. Ayer, una vez más, ella le dijo que desapareciera de su vista. Ya estaba decidido, se habían separado para siempre. Esto le dolía muchísimo. ¿Cuándo se iba a enamorar tan intensamente de nuevo? *Esas cosas solo ocurren una vez*, pensaba, *una vez, joder.*

No intentaría conquistarla de nuevo... sería una pérdida de tiempo. Se había esforzado mucho hasta ahora. De aquí en adelante, intentaría resolver el caso de la Chispa y a principios de diciembre regresaría a América. De nuevo a su rutina.

Pero la última cosa que quería hacer antes de irse, era despedirse de ella. Aunque Eurídice no aceptara verlo. No quería verlo ni en pintura, estaba más claro que el agua. Sin embargo, él la podría ver. Se iba a despedir de ella a su manera, diariamente. No era lo más correcto, pero en el punto al que habían llegado las cosas, no existía lo bueno y lo malo. Quería verla, escucharla. Mirar su cara en la pantalla. Empezaría a vigilarla de nuevo, sin ella saberlo. No podía salir de su vida, tan de repente. Solo durante unos días, entraría en su vida así, sin invitación... para despedirse a su propia manera. Era una necesidad absoluta.

Esta noche abrió la cámara del ordenador de ella. Eurídice estaba muy guapa, como si esperara que alguien la observara de lejos. Todo el tiempo escuchó canciones de desamor. Lo raro fue que estaba parada exactamente en el centro de la cámara como si posara. Puede que ella también quisiera que Pano entrara a su vida, inesperadamente. Como si le suplicara que la vigilara. De vez en cuando, ella lagrimeaba y miraba hacia la cámara. Como si mirara a alguien.

Esto continúo las siguientes noches. El agente la vigilaba por la cámara de su ordenador y ella allí se encontraba cada noche, bellísima, triste e incalculablemente descorazonada. Como si los dos concertaran una cita.

Decidió mandarle un mensaje, quería ver su reacción. Pero había cambiado su número de teléfono. Bobby le dio el nuevo número en secreto. Pano le escribió: "*no voy a amar a otra mujer en mi vida. Antes de que me vaya a América, me gustaría que lo supieras. Eres el amor de mi vida. Pano*".

Eurídice leyendo este mensaje empezó a llorar y a susurrar:

—Mi amor... mi amor... mi amor.

Pano no podría creer lo que veía y lo que escuchaba. *Todavía me ama*, pensaba. Quería salir a su balcón y gritarlo al mundo: "me ama joderrrrr".

En ese mismo momento, oyó un ruido fuerte desde la habitación de Eurídice. Pano la vio girar la cabeza con perplejidad, intentando entender de dónde venía el ruido. Alguien intentaba forzar su puerta. Eurídice empezó a pedir ayuda.

Pano se había congelado por completo, no sabía qué hacer, no entendía qué pasaba exactamente. Se asustó por su amor. ¿Quién intentaba invadir su casa? Se levantó y pegó su puño en la frente, mientras respiraba a un ritmo frenético.

Dos personas con máscaras de silicona habían conseguido entrar en casa de Eurídice. Colocaron un pañuelo en su boca por la fuerza y se quedó inconsciente. Probablemente era cloroformo. Pano observaba la escena en total espanto mientras gritaba:

—Eurídice... mi Eurídice... —no podía salvarla de ellos, era incapaz—. Mi amor — decía y lloraba como nunca lloró en su vida. Cayó al suelo de rodillas y gritó. Los dos intrusos la enrollaron con una manta y la sacaron de casa. Eran las dos de la madrugada. Su móvil seguía allí.

Pano debía espabilarse. Secó sus lágrimas y volvió hacia atrás el video. Intentaba encontrar alguna pista que lo condujera hacia los secuestradores. Algo encontró: el uno había dicho al otro "*ten cuidado en no hacer daño a la chica, Martinis dijo que no podemos toquetearla todavía*". Era esto. En su angustia no escuchó esto antes. Martinis estaba atrás de esto. Debía encontrarlo lo antes posible. Pano haría todo lo necesario para encontrar a su amor, a Eurídice. Se metería con dioses y demonios.

Se puso un pantalón negro y una chaqueta negra sobre su camiseta. Preparó su mochila. Cogió su pistola, una Colt de 45 calibre. Nunca la había llevado con él hasta ahora. Pero era el momento de empezar la guerra. Se puso su oscuro gorro en la cabeza y bajó las escaleras corriendo.

No sabía en dónde podría estar Martinis a esa hora. Buscaría en todos lados. Primero iría a la guarida de la Chispa. Era muy probable que estuviera allí. La mitad de la semana la pasaba allí.

Llegó en unos quince minutos a Exarchia, en Dervenion, afuera de la guarida. No entendía qué pasaba, tenía solo un objetivo, encontrar a su Eurídice. Pelearía con todo el mundo por ella. Su adrenalina había llegado a un punto extremo. Muy pocas personas se encontraban alrededor de la zona a estas horas. Pano estuvo fuera de la guarida. La puerta rara estaba cerrada bajo tres candados. Actualmente no era una puerta, pero era una pesada construcción de hierro, probablemente improvisada. Pano sacó la pistola, puso el silenciador y disparó a los candados. Se rompieron los tres de golpe y entró con la pistola en la mano. Martinis estaba sentado en un colchón con los audífonos en los oídos. No había visto a Pano.

—Levántate, arriba, quédate quieto. Servicios secretos, Centro Nacional de Inteligencia... quédate quieto —decía y lo apuntaba con la pistola.

Martinis asustado y sorprendido, se levantó. Temblaba y suplicaba al hombre que lo apuntaba que no le hiciera daño.

Pano le dijo que se sentara en el suelo con las manos arriba.

—La policía griega te espera afuera para arrestarte en cuanto salgas de aquí. Hay unos cientos de agentes secretos fuera del edificio. Si haces lo que te diga, vas a evitar el arresto —dijo, intentado parecer convincente. Intentando sacar información, engañándolo. Su voz era muy intensa y altisonante.

—¿Hombre, qué detención?, ¿quién eres tú? No he hecho nada, estoy limpio — decía Martinis mientras seguía temblando.

—¿Te dice algo el nombre de Jorge Sanz? ¿Te dice algo el bote en el que hacían viajes de recreo en Egina? Lo sé todo, lo sabemos todos, así que deja las tonterías.

Martinis ahora entendió que las cosas eran serias y el tipo que había irrumpido así, sabía mucho y decía la verdad. Tenían pruebas contra él. ¿De qué otra manera iba a saber tantos detalles? No aguantaría ir otra vez a la cárcel, haría cualquier cosa para evitar su detención y consecuentemente un futuro encarcelamiento.

—Dime que tengo que hacer para evitar ser arrestado. Dime, maldita sea. ¿Esa puta... Eurídice Vasiou me delató? Lo sabía, lo había escuchado todo, lo sabía... y le dije al almirante que no hablara tan fuerte... joder —dijo Martinis con una voz crispada.

—No, no te delató Eurídice Vasiou. La gilipollez que hiciste al acosar al embajador americano en la proclamación, te delató. Desde entonces te estamos vigilando. Bueno, escúchame bien... en primer lugar me dirás dónde llevaron a Eurídice, quiénes la secuestraron y dónde la tienen. La necesito para poder hablar con mis superiores y así poder ofrecerte un acuerdo, donde vas a evitar ser encarcelado, para que puedas empezar una nueva vida. Tú no nos interesas, solo nos interesan tus jefes. Por eso he venido hasta aquí, para que no te arresten los policías. Sería un desastre para el CNI, si fueras arrestado. Nosotros queremos a los peces gordos, no a los compinches. ¿Tenemos un trato? Vendrás mañana al mediodía a darnos información sobre tus jefes y no tendrás prisión. Te encontrarás conmigo... me llamo Pano Dale. Si no, quedarás detenido por secuestro, intento de homicidio y establecimiento de una organización criminal. Pero en el caso de que tu gente toque un pelo a Eurídice, nuestro trato se cancela e irás a la cárcel con cadena perpetua, te lo garantizo.

El engaño de Pano era magistral. Martinis se lo creyó todo. Cómo iba a saber que no existía ninguna prueba contra él, solo del secuestro y esto tampoco era concluyente.

Suplicando y terriblemente nervioso, Martinis ahora intentaba racionalizar la situación:

—Un momento, una por una... vamos a empezar desde el principio. Yo no escribí la proclamación. Este hijo de puta, Doudonis, tiene la culpa. Yo no tenía la menor idea de sus acciones. Tomó la iniciativa de redactar y sacar a la luz la proclamación, el gran revolucionario. La ironía estaba en que creía que iba a alegrarme. Que me impresionaría. Cuando me enteré, me volví loco, intentaba mantener un perfil bajo para no involucrar a las agencias en el caso y él nos jodió. Por suerte, los americanos no se involucraron. Eso me dijeron mis jefes. Qué suerte, a pesar de la gilipollez de Doudonis, escapamos y no nos iban a investigar. ¿Pero cómo iba a imaginar que seríamos investigados por el CNI? Me dijeron que el CNI nunca se iba a ocupar de una partida de anarquistas. Y me cuidaba, maldita sea. Nunca hablaba en mi móvil, comprobaba si alguien me vigilaba... lo había planeado todo... acabaríamos con Doko y después me iría a alguna isla del pacífico con dos millones en los bolsillos. Yo... la colectividad... la construí bajo las órdenes de otros... solo para que acabar con Dokos, la organización es una fachada. ¿Qué sería mejor fachada que una colectividad anárquica? Todos dirían que lo eliminaron por culpa de la furia de las clases sociales. El caso se cerró. Ni porque fuera liquidado, ni muchos análisis e investigaciones. Implantaría algunas pruebas de ADN de algunos de mis compañeros y los pillarían. ¿Por qué querían eliminar a Dokos? no lo sabía, ni me importaba. Imagínate la ironía, no me delató Eurídice, pero me jodió el gilipollas de Doudonis. Por su gilipollez de meterse con los americanos... ¿pero por qué estás tan interesado en salvar a Eurídice? ¿Y cómo sabes que está secuestrada?

—El CNI vigila a todos los miembros de la Chispa. Vimos en vivo su secuestro. Hombre, nosotros salvamos gente, este es nuestro trabajo. Tenemos que encontrarla y salvarla, si quieres que avance nuestro trato. Si no, llamaré a los policías para que te arresten. ¿Quieres eso?

—No, no por favor te lo diré todo. En los últimos días me enteré de que Eurídice se había mudado de Exarchia. En combinación con salir de la «Chispa» y por haber dicho a dos de nuestros miembros en los últimos días que algo no andaba bien conmigo, consideré que tenía preparada alguna denuncia. No tenía confianza en ella... no tuvo nunca... nunca tuvo el fuego del anárquico.

— ¿Denuncia sobre qué? Ya que los trabajos los hacías solo, el resto no sabía nada.

—En agosto me había escuchado hablando con el almirante. ¿Cómo demonios iba a saber que la hija de puta daba francés a su hija?

Pano fingió que conocía al almirante. No quería provocar ninguna sospecha en Martinis sobre su magistral engaño.

Martinis continuó:

—Ahora que me has dicho que Eurídice no me delató, me siento realmente mal. Asigné a dos matones para que la secuestraran y la llevaran a la vieja fábrica de azúcar en Inofita. Les dije que no la tocaran. Amigo, simplemente quería que la presionaran un poco para que nos dijera qué sabía exactamente sobre mi conversación con el almirante y si me delató en alguna autoridad estatal. Los llamaré ahora mismo y les diré que la liberen. No quiero arruinar mi acuerdo con el CNI. No puedo ir otra vez a la cárcel. Te lo suplico.

La agonía de Pano mientras Martinis llamaba a los secuestradores, era enorme. El teléfono sonaba, pero nadie respondía. Después de muchas llamadas finalmente nadie respondió. Pano no aguantó más. Levantó la pistola y la atascó en la cabeza de Martinis.

—¿Me estás tomando el pelo imbécil, te burlas de mí? ¿Oye bastardo, me estás mintiendo?

—No, no, te digo la verdad, la llevaron a Inofita, a la fábrica abandonada. Manda a algún agente para que lo compruebe.

Martinis lloraba con intensidad y estaba tan aterrado que Pano estaba seguro de que decía la verdad. Pano debía irse en este momento, debía dirigirse a Inofita de inmediato para salvar a su amor.

Miles de escenarios pasaban por su cabeza: ¿puede que abusaran sexualmente de ella? ¿O sucedió algún accidente y estaba gravemente herida... tal vez... tal vez?

Había estado muy cerca de resolver el caso joder... saber sobre el almirante, sobre Jorge, sobre Jürgen, por los viajes en Egina. Martinis estaba a punto de revelarlo todo. Tan miedoso e ingenuo. Pero lamentablemente, Pano no tenía tiempo... debía correr para encontrar al amor de su vida.

Cuando Pano se estaba yendo de la guarida, Martinis le preguntó:

—¿Y por qué confías en mí? ¿Y si mañana no voy al CNI y me escapo?

—Simple, si mañana no vienes, o sea hoy a las dos, daré la orden para que vengan a arrestarte exactamente a las dos y un minuto. No puedes escaparte, alrededor de ti tienes una emboscada invisible y no lo sabes.

Pano era tan persuasivo que Martinis entendió que no tenía otra opción. Debía entregar a sus jefes para seguir libre. Luego se iría lejos y empezaría una nueva vida.

EL CAMARO CORRÍA A 260 kilómetros por hora. En 28 minutos había llegado a las afueras de Inofita. Curiosamente, Pano no sentía ni un ápice de nerviosismo. Al contrario, estaba muy sereno y tenía una claridad total. Se había convencido de que era el mejor, el más fuerte, el más inteligente y el más competente. Esta es la psicología que usan los boxeadores en el ring. Cada pensamiento negativo o fóbico puede hacerlos presos de las intenciones del oponente. El agente no debía permitir nunca que le ganaran los oponentes. Esta noche iba a vencerles.

En un kilómetro y medio se encontraría fuera de la vieja fábrica de azúcar, tal como mostraba su GPS. Apagó las luces de su coche e iría muy despacio. El ruido estruendoso del Camaro lo traicionaría en otro caso. Finalmente decidió dejar el coche bastante lejos de la fábrica, a unos 600 metros de distancia. Llevó con él los binoculares nocturnos y empezó a caminar muy despacio e inalterable con la pistola en la mano. El espacio exterior de la fábrica estaba limpio. No había nadie allí.

Se encontraba exactamente fuera de la vieja entrada de la fábrica. Había una sólida puerta corrediza de hierro, de unos 10 metros de largo, y de unos dos y medio de alto. Por suerte la dejaron abierta. Se dirigió con mucho cuidado hacia adelante. Oscuridad absoluta. Caminaba de puntillas. Sus suelas de goma eran adecuadas para no hacer ruido.

Miraba hacia todos los lados. Observó algo. Se movió diez metros hacia su derecha. Había una figura humana que estaba sentada. No podía distinguir si era hombre o mujer. Caminó unos diez metros más, sin hacer ningún ruido. Vio a Eurídice que estaba totalmente inmóvil. Estaba atada con las manos en la espalda como le mostraban los binoculares nocturnos. Sintió alivio al haberla encontrado. Se encontraba a unos veinte metros de ella. Pero no podía decirle nada para que no lo oyeran los secuestradores.

En ese momento oyó unas fuertes pisadas en el techo. Probablemente, los secuestradores se encontraban en el entresuelo. Ahora oía la escalera chirriar. Alguien bajaba. Dos tipos enormes pisaban con fuerza los peldaños. Llevaban una linterna en sus manos. Pano, rápidamente, se escondió detrás de una maquina abandonada de empaque.

Los dos crueles tipos se dirigían hacia Eurídice. Gritaban para que se despertara. El cloroformo como era evidente, había surtido efecto. Eurídice se despertó tras unos segundos y empezó a gritar

—¿Dónde estoy? ¿Dónde estoy? ¿Qué me han hecho? Ayudaaaa... ayudaaaa.

En esos momentos, dos lágrimas cayeron de los ojos de Pano. No podría creer que su pequeña, sufriera tanto. *Ten paciencia mi alma*, pensaba, *ya voy a ayudarte*.

Dio algunos pasos hacia los dos tipos y les dijo en voz alta.

—Quedaros quietos cabrones, porque os voy a disparar. Quietos.

Los matones arrojaron la luz hacia Pano y se quedaron congelados ya que fueron pillados por sorpresa. Le dijeron a Pano que se calmara y que harían todo lo él que les dijera.

—Dejad las linternas en el mostrador y luego levantad las manos. Ahora. —la voz de Pano en estos momentos era sincera, tremendamente fuerte y altisonante. Debería hacer que se asustaran.

Al mismo tiempo, Eurídice reconoció la voz de Pano y empezó a gritar con desesperación.

—¿Pano? ¿Pano? ¿Qué pasa? ¿Dónde estoy? —estaba perdida. De la calidez y la calma de su casa, se había encontrado en un lugar oscuro, atada y drogada con dos hombres totalmente desconocidos gritándole.

—Levantad las manos, ahora —gritaba Pano. Los matones habían dejado las linternas en el mostrador de al lado iluminando al espacio horizontalmente y a trozos. Al final levantaron las manos, sin dudar. Al mismo tiempo, Pano le decía a Eurídice que se calmara y que todo saldría bien. Eurídice ya se había relajado y se sentía segura.

Pano se acercó a los secuestradores. Con la mano izquierda buscaba si escondían algún arma mientras con la mano derecha los apuntaba con su pistola a muy poca distancia. Este fue su error. Se había acercado muchísimo. Uno de ellos le dio un codazo muy fuerte en la sien. Así que la pistola del agente cayó al suelo y se disparó. Eurídice se asustó muchísimo y empezó a gritar de nuevo.

—Panoooo... Panoooo... —mientras lloraba y se revolvía.

Ya había perdido la esperanza.

Veía desarrollarse frente a ella una lucha despiadada. Oscuridad, luz, todas las imágenes eran confusas. No podía distinguir qué pasaba. Patadas y puñetazos emergían desde la oscuridad a la luz, mientras unos gritos feroces hacían las chapas vibrar y sonar como si hubiera un terremoto.

La lucha duró unos minutos. Ahora todo estaba en un profundo silencia. Solamente se oía a alguien respirar con dificultad por el cansancio. Eurídice estaba completamente aterrada, no hablaba y lo único que pensaba era si Pano estaría bien: *¿dónde está mi Pano? ¿Le han matado? ¿Lo han matado?* Y lloraba a gritos. Se oyeron pasos, alguien se acercaba. Pero ella empezó a gritar otra vez diciendo:

—Déjame... déjameee... qué le habéis hecho... ¿qué habéis hecho a mi amor? Mi amor...

—¿Estás bien mi niña? —dijo una cálida voz familiar.

—Panoooo... Panoooo... estás vivo —dijo ella y luego repetía— mi amor... mi amor —mostrándose aliviada.

Él le desató las manos y la abrazó. Eurídice le dio un abrazo tan apretado y tan apasionado, que a él le costaba respirar.

—Cálmate mi niña, me duele —dijo con voz atenuada.

Ella tomó la linterna del mostrador de al lado y cubrió a Pano con la luz. Su cara estaba llena de sangre. Su nariz estaba magullada, su ojo izquierdo rasgado y sus labios estaban amoratados e hinchados. Sintió mucha pena al verle así. Terriblemente conmovida lo abrazó de nuevo, diciéndole—: Perdón...perdón...perdón.

Pano no respondía, solamente lloraba por haber salvado a su niña. Después de un enorme abrazo, recogió su pistola del suelo y maniató a los inconscientes matones, con la misma cuerda con la que habían atado a Eurídice.

Pero tenían que irse rápidamente de este lugar. Y eso hicieron. En pocos minutos llegaron corriendo al Camaro. Eurídice lo miraba arrepentida, con una mirada que emitía amor y compasión.

—Eres el hombre de mi vida, mi único amor —dijo y le tocó la mano, con asombrosa ternura.

ERAN LAS 5 DE LA MAÑANA. Eurídice no quería quedarse sola así que había implorado a Pano que se quedara con ella esta noche. Ya se encontraban en su habitación. Ella le quitó la camisa para limpiarle las heridas. Aparte de su cara ensangrentada, sus costados, sus hombros, sus manos y su cuello estaban llenos de cortes, abrasiones y moratones. ¿Qué lucha hizo Pano esta noche por ella? ¿Qué prueba de adoración era esta?

No hicieron el amor, simplemente se quedaron abrazados en la cama hasta las 7 de la mañana. Hablaron durante horas. El agente se lo explicó todo. Ella se quedó con la boca abierta por lo que descubrió sobre Martinis y la Chispa. Pero también Pano se enteró de algo más, como quién era en realidad el almirante y algunas palabras clave como "el oro" y "Egina".

Jo Staliano

25 AÑOS ANTES... SEPTIEMBRE

Era el primer día de Pano Dale en la escuela y tenía doce años. Los cambios en su vida fueron devastadores. Había perdido sus amigos, su barrio, su casa, sus aficiones. Y lo más importante de todo, sus padres. Ahora estaba completamente solo, en un continente inhóspito, en un país inhóspito. Así le parecía América y los Estados Unidos. Antes cada día reía con sus padres, cada día era una fiesta y ahora vivía con un hombre misterioso, rígido y bastante malhumorado, en una ciudad nublada.

Pano era un chico muy introvertido. No había llorado por sus padres todo lo que hubiera querido. Su tío claramente le presionaba: "los hombres no lloran" decía. Esto tuvo como consecuencia que el chico guardara todo esto en su interior.

EL AÑO ESCOLAR EMPEZABA. Su tío le dejó completamente solo en la puerta de la escuela. Le dijo que fuera y que encontrara su clase solo. Pano tenía miedo, no sabía a dónde ir. Una profesora muy dulce le vio perdido y le preguntó su nombre. Ese chico de doce años le dijo que se llamaba Pano. Todavía su nivel de inglés era bajo. ¿Cuánto conocimiento iba a obtener un chico de doce años en un centro de lenguas extranjeras en Grecia? Por suerte, la escuela era para estudiantes griego americanos. Así que la mayoría de las asignaturas se realizaban en griego. Pero confrontaría muchos problemas con sus compañeros de clase.

Ya desde el primer día sufrió un tremendo acoso. El grupo popular de la primera clase había empezado a burlarse del acento cortado de Pano en clase, en las pocas asignaturas que se daban en inglés. Le tiraban papelitos, se reían de él, colocaban insectos en su mochila. En los recreos, lo hacían tropezar y se burlaban de su tímido aspecto. Lo llamaban chicken, o sea gallina. Realmente Pano era un chico muy tímido y lo demostraba. Además, después de todo lo que pasó en dos últimos meses, se había vuelto más cobarde. No podía levantar su mirada, mirarlos y refutarlos. Siempre miraba hacia abajo. Y cuando los cobardes veían su miedo, aún más se aprovechaban. Y el acoso se incrementaba.

DURANTE DOS MESES, su tío no se dio cuenta de nada. Además, era un hombre que estaba fuera todo el tiempo. Una tarde que regresó a casa después de un largo viaje a Brasil, se enteró de todo. El ojo izquierdo de su sobrino estaba negro, mientras que su cuerpo estaba lleno de moretones.

—Ven aquí —le dijo—. ¿Qué es todo esto? ¿quién te lo ha hecho?

El chico no respondía, tenía mucho miedo. Clavó su mirada en el suelo. Además, sentía vergüenza por su niñera.

— ¿No hablas, joven? Te he preguntado algo, ¿quién te ha hecho todo esto?

Pano estaba desesperado. Entrecruzaba los dedos de su mano izquierda con los dedos de su mano derecha. No sabía qué decir a su tío. Tenía miedo de los chicos que le habían pegado. Eran tres.

Su tío empezó a hablar con las deidades.

—Nuestra señora, por favor dame fuerza para mantenerme tranquilo, porque si encuentro a los padres de los que pegaron a mi sobrino, les mato.

No quería presionar más a su sobrino. Le dolía mucho, a pesar de que no podía demostrarlo.

—Mañana por la tarde, te llevaré con un amigo, te enseñará boxeo. ¿Sabes qué es el boxeo?

El pequeño asintió.

Durante siete meses enteros, Pano estuvo aprendiendo a boxear. Su tío lo inscribió en la escuela de Jo Staliano, un italoamericano campeón de boxeo. Allí, Pano conoció a muchos adolescentes y logró hacer nuevos amigos.

Sus manos se hicieron más fuertes, al igual que su estado emocional. Miraba de frente y a cualquiera con confianza.

Hoy era el último día antes de las vacaciones de Pascua. El ultimo recreo del día. Los tres matones que siempre habían sido un problema, una vez más le acosaron. Le rodearon en el pasillo de la escuela y empezaron a tirarle y empujarle como si fuera una pelota. Toda la escuela se arremolinó alrededor y miraba. Pero nadie intervenía, simplemente miraban. Los profesores ni siquiera se dieron cuenta.

Pano recordó las clases de boxeo. Era el momento de usarlas. Se sentía muy fuerte. Un golpe recto en la cara del rubito, fue suficiente para noquearle. Quedaban los otros dos. Al alto de su derecha lo neutralizó con un tremendo y tortuoso crochet izquierdo, mientras que al que estaba a su izquierda, lo noqueó con un gancho.

Los demás estudiantes se quedaron con la boca abierta. Empezaron a aplaudir y repetían con un tono rítmico su nombre. Nadie se había atrevido a meterse con estos tres. Por primera vez, después de tanto tiempo, se había sentido feliz, se sentía orgulloso de sí mismo. Esto se lo debía a su tío, que le había vuelto fuerte. Desde ese momento empezó a amarle.

La directora hizo una seria llamada al tío de Pano y solicitó la expulsión del chico de la escuela. ¿Pero cómo iba a saber que se había metido con uno de los agentes más importantes de las "operaciones negras"? La nación americana necesitaba al tío de Pano. Por esta razón, la directora se fue de la escuela y también los tres cobardes. El pequeño ya era una estrella. Las chicas lo adoraban.

Vete...

PANO TENÍA QUE LLAMAR a su supervisor de la CIA para informarle sobre el inesperado rumbo que había tenido el caso. Eurídice acababa de dormirse. Martinis, si todo salía bien, en siete horas, pisaría las puertas del Centro Nacional de Inteligencia de Grecia. En los Estados Unidos ya había pasado la medianoche.

—George... buenos días, no creo haberte despertado —dijo Pano vacilando un poco. Por un lado, no sabía cómo explicarle el inesperado giro del caso, y por otro lado, llevaba tanto tiempo sin hablar inglés que era como si lo hubiera olvidado.

—Venga Pano ¿qué pasa? No acostumbras llamar a estas horas —dijo George claramente preocupado.

—No sé por dónde empezar. Primero, el caso de la «Chispa» es mucho más profundo de lo que parecía. Involucra a personas de reputación y reconocimiento mundial. Directores y ejecutivos de empresas destacadas en los sistemas de armas.

George lo interrumpió.

—No puedo creerlo, de verdad. ¿Estás seguro de lo que dices?

—Cien por cien. No se trata solo de un caso sobre un grupo anarquista. Ni del embajador americano, después de todo no es su objetivo. El colectivo anarquista es una fachada. La construyó Martinis, un viejo anárquico junto a unas piezas claves. La usaría como fachada para asesinar a un importante naviero griego. Los autores intelectuales, como te dije antes, son europeos, personas libres de toda sospecha y de gran prestigio. Martinis trabaja para ellos. Por esta razón te llamé tan tarde. He acordado verbalmente con ese Martinis, el líder de los anarquistas de la «Chispa» que el CNI le ofrecerá un trato, en el caso de que lo confiese todo. Yo no puedo persuadir al comandante del CNI para que ofrezca un trato a Martinis. Solo puedes tú... ¿me vas a ayudar?

—No es algo tan simple. Claro que quiero ayudar, pero primero deberías mandarme un informe escrito detallado con todas las pruebas del caso. Maldita sea, a ver si entendí algo de todo lo que me has dicho.

—No podía mandar un informe escrito porque el tiempo me presionaba. He concertado una cita con Martinis, hoy a las dos al mediodía en el CNI, para que haga su confesión. Le prometí que el acuerdo se cumpliría al 100%. El caso no es sobre ningún objetivo americano al final, así que la nación griega tiene que ofrecerle un acuerdo. El caso ya está fuera de ningún interés americano.

—Ahhhh Pano, ¿cómo lo hiciste así? De todos modos, llamaré al comandante del CNI en un rato para hablarle. Le diré que contacte contigo para que le expliques con más detalle. Insistiré en que acepte lo que vas a sugerir.

—Muchísimas gracias George. Te lo agradezco —hizo una pausa de unos segundos, tomó una profunda respiración y continuó—. Quiero decirte algo más, algo informal, algo personal.

—Ohhh, dilo.

—Mira, una vez que termine el caso, me gustaría renunciar a la CIA.

—¿Qué dices Pano, qué me dices? Al punto al que has llegado, ¿cómo es posible que renuncies? Llegarás muy alto en unos años, no hagas eso. Aparte de esto eres una inversión para la patria, para los Estados Unidos de América.

—George por favor, lo he pensado muy bien, no hay manera de que me hagas cambiar de opinión. Te lo ruego.

—Ah, cuánto me entristece. Ah te conozco, sé que cuando decides algo, no te cambia nadie. No hay forma de hacer que cambies de opinión, lo sé y eso me da pena. Por otro lado, nadie te puede obligar a hacer algo que no quieres. Solo una pregunta, antes de que colguemos el teléfono. ¿Cómo se llama?

George era un agente brillante, que se había dado cuenta de inmediato de lo que pasaba.

—Muchas gracias George, muchas gracias por la comprensión. Sabes que eres como un padre para mí. Su nombre es Eurídice. Fue un objetivo de vigilancia.

—Ohhhh Pano, ohhh Pano. Bueno, ni una palabra sobre las últimas cosas que has dicho. Nadie debe saberlo. Pero nada. Me pondré en contacto con el comandante del CNI para que hable contigo y le presionaré para que acepte firmar el acuerdo que quieres con Martinis. Pero necesita la aprobación de un fiscal griego... a ver si podemos hacerlo. Acerca de la renuncia hablaremos en los próximos días, con más detalle. Pero ni una palabra de esta chica, Eurídice. ¿Por lo menos es bella?

—Como un hada.

ERAN LAS 8:12. EL TELÉFONO de Pano sonó. Era el comandante del CNI.

—Buenos días, señor comandante.

—Buenos días muchacho. Me llamó George y me dijo que me vas a contar algo muy importante acerca del caso de la Chispa. Háblame.

— ¿No le explicó nada más sobre el caso?

—No absolutamente nada. Toda mi atención está puesta en ti.

—Bueno, en este momento no puedo explicarle el rumbo del caso, con exactitud y detalladamente. Lo único que puedo hacer por usted es presentarle una breve pero significante imagen de esta. Para ser más preciso... ofrecí a Martinis un acuerdo, como única oportunidad para que venga al CNI a confesar.

—¿Confesar qué? Pero ya no vigilamos a la «Chispa». Pensé que no habías encontrado nada incriminatorio.

—Comandante, escúcheme. No hay tiempo para que se lo explique todo. Pero tiene toda la razón en enfadarse. Después de la confesión de Martinis, lo entenderá todo. El caso es tremendo. Se involucran personas destacadas profesionalmente y no solo eso.

— ¿Personas destacadas con una partida de anarquistas? ¿Estás seguro? ¿Tienes pruebas?

—No, no tengo, pero conseguí hacer a Martinis creer que las tengo. Por eso lo dirá todo. Como le dije, no tengo tiempo para explicarlo todo. Martinis vendrá a las dos en punto al CNI. Le dije que preguntara por Pano Dale cuando pasara las puertas del servicio. Le prometí que si confesaba todo y nos da información que inculpe a sus jefes, lo liberaremos de cualquier posible futura acusación. Yo estaré allí un poco antes de las dos. Lamentablemente tuve un accidente y por eso no pude ir todavía al servicio. Es muy importante ofrecerle un acuerdo, comandante, créame, el caso es tremendo. Si no le ofrecemos el acuerdo, no va a confesar nada. El caso se perderá completamente.

—Pano, aunque debería tener una imagen más completa del caso, te creo. Deberías informarme más temprano, pero qué va. Es muy difícil que para dentro de unas horas encontremos un fiscal que nos ofrezca un acuerdo tan rápido. Lo haré lo mejor posible. Te espero un poco antes de las dos aquí. Veamos qué nos va a contar ese Martinis. Siempre y cuando aparezca. ¿Estás seguro que aparecerá? ¿Está algún hombre tuyo con él?

PANO LLEGÓ AL CNI A las 13:30. El comandante lo llamó de inmediato a su oficina. Durante los pocos minutos que faltaban para que apareciera Martinis, Pano le mostró todas las pruebas conocidas del caso. Le explicó cuál era la función de la Chispa, cuál era su principal objetivo y quiénes, como era evidente, eran los peces gordos que lo controlaban todo. El comandante entró en shock cuando escuchó el nombre del almirante condecorado, Kalergis. No se lo esperaba. Lo conocía solamente de vista, pero se había formado una buena imagen de él. El comandante felicitó a Pano por casi resolver el caso. Verdaderamente, la profundidad era enorme.

Un poco antes de las dos el comandante bajó a la recepción del servicio. Esperaría en persona a Martinis. No quería que nada saliera mal. Además, la fiscal había aprobado el acuerdo y en cualquier momento estaría allí.

Pano había ido a su oficina. No podía presentarse con el comandante a la entrada de la agencia, se suponía que era simplemente un entrenador de informática. No tenía idea de lo que pasaba en la entrada. Su inquietud era enorme, tenía mucha curiosidad por saber quiénes estaban involucrados en el caso. Y lo más importante de todo era que con la resolución del caso, tenía todo el tiempo disponible para él y su Eurídice.

LOS MINUTOS PASABAN peligrosamente y Martinis no estaba por ningún lado. El comandante estaba muy nervioso. Había movilizado un mecanismo completo para asegurar ese deseado acuerdo... se expondría irreparablemente, si el anárquico no apareciera. Había confiado totalmente en Pano.

Ya habían pasado cuarenta y tres minutos y Martinis todavía no había aparecido. La fiscal, severamente, le dijo al comandante que solo podía esperar a Martinis hasta las tres. El comandante se sonrojó. Estaba de muy mal humor por el descuidado trabajo de Pano, pero al mismo tiempo, se sentía muy avergonzado por estar tan expuesto con la fiscal.

Eran exactamente las tres. Martinis no había aparecido. La fiscal se fue claramente irritada. Ya era seguro que Martinis no iba a venir.

Al mismo tiempo, Pano no tenía ni la menor idea de lo que pasaba. Toda esta hora estuvo en su oficina y jugaba con su pelo, inquieto. Muchas cuestiones lo angustiaban: *¿El anarquista ya está aquí? ¿Quizás está confesando ahora mismo?*

La puerta de la oficina de Pano se abrió bruscamente. El agente se asustó. Era el comandante y estaba obviamente molesto... su mirada soltaba chispas. El comandante le dijo que Martinis no apareció y lo expuso muchísimo con su descuido.

—Pano, creo que aquí termina el caso. Hablaré con George también para decirle que decidí terminar con nuestra colaboración por culpa de esto... no olvides que necesitamos nuestros nueve agentes... no pueden perder su tiempo en un "entrenamiento" de dudosa calidad. Puedes marcharte hoy mismo si quieres. Además, tu cara está bastante herida. Que no te moleste más.

—No, no señor comandante cometí un grave error con el caso, pero al entrenamiento todavía le queda un mes. No lo terminemos tan de repente.

—Por favor, la decisión está tomada —dijo el comandante en tono grave. Con pocas palabras le decía que recogiese sus cosas y se fuera.

¿Cómo la cagó así Pano por no haber asegurado la llegada de Martinis? Pero como lo vio tan asustado, consideró que vendría para llegar a un buen acuerdo y no ir a la cárcel. Como sea, fue un trabajo a medias por parte de Pano.

Pano sabía que no había ninguna esperanza de cambiar esta situación. Debía respetar su decisión. También tenía que acelerar su renuncia a la CIA.

A partir de ahora quería concentrarse en su relación. Lo era todo para él. Ser agente no le interesaba más. Pero por lo menos, por razones éticas, le gustaría resolver este caso. Ahora se iría con la cabeza baja después de un fracaso. Pasó lo que temía. El fracaso. Y ni siquiera tenía pruebas que pudieran componer el caso. Todas las evidencias de Pano, en una corte se interpretarían como suposiciones del agente. Joder, no pudo ni grabar a Martinis hacía unas horas. Lo había descuidado por culpa de su preocupación por Eurídice.

Se fue de la agencia muy decepcionado y desanimado. Ese gilipollas finalmente no vino. Como mínimo, todo había llegado a su fin. El caso no iba a preocuparlo más. Iba a dedicarse de ahora en adelante, solamente a Eurídice.

Así lo creía y quería.

24 DE NOVIEMBRE

Dos días habían pasado como la seda. Pano había superado lo que pasó por lo de Martinis. No había pisado el CNI ni para saludar a sus "aprendices", a sus agentes. Pero quería saludarles. Pasaron juntos casi tres meses. Luego llamaría a Dino Melisas para que reuniera al resto de grupo e ir todos a tomar unas cervezas por la noche. Algo así como una fiesta de despedida.

La renuncia de Pano acababa de ser aceptada por su supervisor, por George, solo necesitaba ser aceptada también por la dirección central de la CIA, lo típico. La única dificultad era que debía regresar unos días a América para realizar todos los trámites burocráticos necesarios. Se iría el domingo. El miércoles al mediodía, estaría otra vez en Grecia y con su amada.

Pero esta noche, esta noche de viernes, deseaba pasarla despidiéndose de sus agentes. Buscó sus contactos en su móvil, Melisas Dino, aquí está, lo encontró...

—Sí —dijo Dino que se oía acomplejado.

—Venga, Dino —era la primera vez que Pano hablaba así, con tanta familiaridad—. ¿Qué tal?

—¡Señor Pano! ¿Qué pasa? Ehh... me alegro de escucharlo.

—Dinoooo...Ya corta las formalidades. Soy solo yo.

—Vale, me alegro de escucharte. El comandante nos informó que el entrenamiento termina por razones de fuerza mayor. Me imagino que tendrás mucho trabajo en América.

—Algo así Dino, algo así...no importa, además estáis preparados, no necesitáis más entrenamiento. Sois de los equipos más potentes... sois unos de los programadores más talentosos.

—Gracias, ehhh... te lo agradecemos Pano.

—Te he llamado porque quiero que organicemos una fiesta de despedida. Llama a los otros y pregúntales si pueden salir hoy por la noche para la ocasión y si no tienen ningún compromiso.

—Pano lamentablemente yo no puedo esta noche. Tengo un compromiso familiar que no puedo dejar, imagínate... por la mañana me fui del trabajo antes. Pero mañana... definitivamente sí puedo.

—Dino, Dino está bien pero mañana lamentablemente yo no voy a poder. Tranquilo, además estaré el resto del tiempo en Atenas. Quedamos la próxima semana.

—Aaah, pensé que te quedarías para siempre en los Estados Unidos.

—Vale, te voy a explicar, no es así. Bueno, ¿lo dejamos para el próximo viernes?

—Sí, me apunto. Creo que los demás estarán disponibles.

—Vale, vale. Entonces el próximo viernes. Cuídate.

—Adiós Pano, un saludo.

Como la fiesta de despedida se pospuso, Pano pensó en recoger a Eurídice por la noche para pasar por el local de Bobby. Ahora Eurídice estaba en la escuela de baile, terminaría en dos o tres horas. Pano tenía un montón de tiempo para vaguear.

Pero no llegó a vaguear ni un momento. Su teléfono sonó. Era el comandante del CNI. Él se alteró un poco.

—Hola mi comandante.

—Pano, pasó algo muy serio. Tiene relación contigo también.

Él se asustó muchísimo. Pensó que algo malo le había pasado a Eurídice.

—Dígame qué pasó —dijo abruptamente.

—Encontraron el cuerpo de Martinis. Lo habían tirado en una ladera en la Montaña de Hymettus. Lo encontró un pastor.

—Ay, ay por eso no vino. No puedo creerlo...

—Escucha, el tema, lamentablemente, no es ese. El caso se quedó a cargo del departamento de homicidios de la policía griega. Hace media hora encontraron su cuerpo. Tus huellas están en su ropa y en sus cosas. Están haciendo una investigación del ADN que hay debajo de sus uñas porque parece que peleó con su asesino.

Pano estaba perdido, no sabía qué decir.

—¿Huellas mías en su ropa? La última vez que le vi fue el lunes pasado. Pocas horas después de mi encuentro con Martinis hablé por teléfono con usted, mi comandante, acerca del acuerdo. No lo he tocado. No le toqué, se lo juro... no puede ser.

—Pano tranquilízate... cálmate. Tengo mucha experiencia y por eso puedo ver cuando alguien es inocente. Eso es lo que pienso de ti, que eres inocente. Pero ese no es nuestro tema. A mí, como un comandante que soy del CNI, me interesa que no se involucre el CNI en este escándalo. ¿Entiendes? Todo era extraoficial. El entrenamiento de nuestros agentes, la vigilancia de la «Chispa», todo era extraoficial. Nuestro contrato trimestral está clasificado. No te conozco, no me conoces. Si por alguna razón algo se revela en los medios, voy a negar cualquier colaboración del servicio contigo. No existes para nosotros. ¿Entiendes a qué me refiero...?

—Sí, sí comandante, evidentemente negaré cualquier relación con el servicio. Soy un desempleado griego americano que busca trabajo en Grecia. He entendido perfectamente a qué te refieres. No tengas miedo por eso. ¿Cuándo descubrieron el cadáver?

—Hace media hora. Nos acaba de informar la policía griega. Habíamos pedido pruebas del antiterrorismo de Martinis cuando se publicó la proclamación contra el embajador americano. Así que la policía griega consideró que debía informarnos de inmediato. Yo me hice el ignorante. Tienen tus huellas, te han identificado. Para los Estados Unidos parece que trabajas para Computer Farm. Encontrarán rápidamente dónde vives. Van a arrestarte, te aviso. Es cuestión de horas.

Pano estaba perdido, no sabía qué pasaba. Ahora que estaba en la mejor fase de su vida, llegaba este terrible golpe. ¿¿¿Acusado de asesinato??? Esto era una pesadilla. El agente lo combinó todo en su cabeza. ¿De dónde salieron sus huellas en la ropa de Martinis? Alguien lo había atrapado. Primero quitaron a Martinis del medio y ahora intentaban hacerlo también con Pano.

¿Puede que Martinis en lugar de ir al CNI, ese día informara a sus jefes, sobre su eminente encuentro con Pano y ellos decidieron matarlo? ¿O puede que la culpa estuviera en que Pano habló con muchas personas sobre este caso? A George y al comandante del CNI. Que George tuviera relación con el asesinato sería imposible. ¿Pero el comandante, Serafim? De ahora en adelante, no debería confiar en nadie. Había muchísimos más involucrados de los que pensaba Pano. *¿Joder, cómo me han enredado así? No puedo dejar que me arresten, no puedo. Debo estar libre, para investigar lo ocurrido, para demostrar mi inocencia.*

En primer lugar, debería irse de su casa urgentemente. Debía avisar también a Eurídice sobre lo que pasaba. Se había mudado a su casa hacía unos días y todas sus cosas estaban allí. Sacó dos pequeñas maletas del armario y empezó a llenarlas de cosas con rapidez. Una la llenó con sus cosas y la otra con cosas de ella. Bajó las escaleras resollando, ya que llevaba las dos maletas. Las colocó con mucha dificultad en el Camaro. Su espacio era bastante limitado.

Arrancó el coche y fue hacia Exarchia. Evidentemente, no lo estacionaría en Exarchia, sería muy peligroso. Un coche tan caro en la ciudad de los anarquistas, no podría mantenerse entero e intacto durante mucho tiempo. Probablemente lo quemarían o lo romperían.

Pudo estacionarse en Kolonaki, a una calle de Skoufa. A partir de ahora caminaría hasta la escuela de baile de Eurídice. Su paso era ligero y angustiante. No hacía buen tiempo, caía nieve y lamentablemente Pano estaba vestido con poca ropa. Cuando llegó a la escuela de baile, se había congelado.

Abrió la puerta de la escuela de golpe. Eurídice y los demás bailarines seguían bailando con normalidad. Lo único que hizo su amor, fue lanzarle una significativa sonrisa. Creyó que simplemente fue allí para darle una sorpresa. Él hizo un gesto con su mano, indicándole que se detuviera y se acercara a él. Su expresión era dramática. Ella entendió que algo pasaba. Pidió perdón a los demás bailarines, porque estropeó su coreografía compartida y se detuvo.

Él le dijo que debía seguirle. Ahora debían irse. Ella ni siquiera se paró a pensarlo. Confiaba plenamente en él. Cogío su mochila del vestuario y se fueron.

En el coche se lo explicó todo. Eurídice lo iba a seguir sin pensarlo dos veces. Aparte de amarlo inmensamente, era algo más. Pano en este momento era un perseguido del estado. Era un fugitivo. ¿Qué sería más anárquico que lo que pasaba? Sería imposible no apoyarlo. Al contrario, lo apoyaría con todas sus fuerzas.

No podían ir a casa de Bobby y Xenia, porque era probable, que los que manejaban los hilos de la conspiración, ya lo supieran todo. Debían ir a algún hotel barato durante unos días para planear su estrategia y hasta que el agente pudiera resolver la situación con calma.

EL HOTEL ERA HORRIBLE. Posiblemente no era un hotel normal, parecía más como una vivienda semi residencial. Un hombre decadente de sesenta años con una barriga gigante los recibió en la recepción. Le había sorprendido que pagaran por adelantado las tres noches de estancia. Por eso les miraba de reojo. Pano nunca había visto en su vida una mirada tan maliciosa. Le hubiera gustado decirle algo duramente, pero la ocasión no lo permitía.

La habitación estaba bastante sucia. En la alfombra raída que estaba en el suelo, había mucho polvo y manchas negras, mientras en los rincones se podía observar el negro moho. Las paredes también habían perdido su color blanco y habían vuelto a ser amarillentas. El amarillento de la mugre y la suciedad.

Dejaron las maletas abajo y se recostaron temporalmente en la cama. Además, no había espacio para que se sentaran en otro lado. Eurídice estaba muy cansada a causa de las muchas horas del baile, mientras que Pano estaba cansado del estrés. No hablaron ni un poco, simplemente se miraban el uno al otro, mientras estaban abrazados y enroscados. No se querían dar ni una ducha, aunque deberían. Solamente querían relajarse así como estaban, abrazados, acariciándose dulcemente, el uno sobre la cabeza del otro.

Eurídice después de muchas horas, rompió el silencio.

—¿Qué harás mi amor? ¿Cómo vas a probar tu inocencia?

—Mi Eurídice, no sé qué hacer. Por ahora quiero limpiar mi mente, para entender qué pasa. Lo único que sé, es que debo seguir libre para poder investigar los hechos. Si me arrestan, todo terminará. Parece que quieren meterme entre rejas. Nunca voy a poder comprobar que soy inocente si me meten dentro. Gracias por apoyarme y por venir conmigo. Aunque no quiero que te angusties.

—¿Eres tonto? Juntos hasta el final. No lo vuelvas a decir —le dijo dándole un beso tibio en los labios.

En este tiempo sonaba el teléfono de Pano. Era George, lo llamaba mediante un canal codificado de comunicación que habían construido solamente para ellos.

—Venga George, me he metido en un lío tremendo.

—Pano, no tengo mucho tiempo... escúchame con mucha atención. Fuera de mi casa se encuentran unos matones. Los veo mediante el circuito cerrado. No saben que los he visto. Son por lo menos cuatro personas... parecen miembros de una banda. No puedo llamar ni a la policía, ni a nuestro servicio. Solamente queda libre el canal de comunicación que hemos construido para nosotros. Lo han hackeado todo. Esto es trabajo de algún servicio secreto... no es casual que todo esto pase después de que hemos hablado sobre el caso y la relación con este griego anarquista. Lo que sea que pase, quiero que sepas que te quise como a un hijo, Pano. Debes irte, te encontrarán también... veteeee.

—George... George... George, háblame... George.

El teléfono se apagó de repente. Pano intentó llamar a George, pero el intento fue en vano. Su canal de comunicación ya no existía.

Pano estaba en ascuas. No podía concebir en su mente lo que había pasado. ¿Ejecutores fuera de la casa de George? Su agonía había aumentado. Estaba preocupado por George. ¿Era posible que lo hubieran matado? No... no... no. En este momento debería tranquilizarse y pensar en positivo.

Eurídice preguntaba perpleja y totalmente sorprendida, qué demonios estaba pasando. Había visto la oscuridad y la desesperación en su cara. Pano ni le respondió. Estaba perdido en sus pensamientos. Su mente estaba con George.

Abrió la puerta de la habitación y bajó las escaleras de los dos pisos como un tornado. Fue hacia el recepcionista grosero y le preguntó si tenía algún cigarrillo para fumar. El recepcionista le dio un cigarrillo barato. Pano dejó de fumar hacía ya catorce años. Pero ahora, lamentablemente, tenía la necesidad de fumar otra vez. Salió del motel y encendió el cigarrillo. Era un tabaco muy fuerte y pesado. Se mareó un poco. En su interior sabía que las cosas eran muy difíciles para George.

Se sentó en el césped que había en el jardín, al exterior del hotel. Con la mano izquierda secó las lágrimas ardientes de sus ojos y con la mano derecha llevaba el cigarrillo a su boca. La incandescente brasa brillaba en la oscuridad, como un faro que brilla en el océano. Como un faro solitario del islote, como el famoso faro del islote de "Fastnet Rock"... que tiene el característico nombre: "La Lágrima de Irlanda".

DURANTE TRECE HORAS no supo nada de George. Intentó varias veces llamar a su teléfono, pero era inútil. Todo estaba apagado.

Pensaba en los hijos de George. No sabían nada sobre su padre. Los dos estaban casados y vivían en Virginia. George aparte de ser padre era también abuelo. *Qué hombre tan bueno...* pensaba Pano. Lo quería muchísimo. Lo había apoyado como a un padre. Era mejor que el apoyo de su tío. Joder...

Eurídice se acababa de despertar. El reloj señalaba las nueve y veinticuatro. Dio un afectuoso buenos día a Pano y acarició su brazo. Pano no durmió casi nada, pensando en el asunto de George. Todavía no reveló a Eurídice lo que había pasado. No quería cargarla con más problemas. Al final, ¿qué culpa tenía ella?

El motel se encontraba en la ruta nacional de Atenas - Lamia. No había ninguna tienda cerca a la que pudieran ir a desayunar. Pano quería llevarla a algún sitio para que pudieran beber su café y comer algo, aunque era peligroso. No podían estar todo el día en este decadente motel.

Así que entraron en el coche y se dirigieron hacia Kifisia. Encontraron un pequeño, pero muy bonito café. No tenía mesitas, pero había mostradores y taburetes. Pano tomó su típico dulce expreso, mientras Eurídice pidió un zumo natural. Normalmente, ella casi nunca bebía café.

Activó el Wi-fi de su móvil. Le llegaron las notificaciones importantes de las portadas de todos los periódicos americanos que era subscritor. Todas se centraban en el mismo tema.

Agente ahorcado de la CIA

Se encontró ahorcado en su salón al director de comunicaciones de Computer Farm. Se dice que trabajaba allí por parte de la CIA. En la carta que dejó explica las razones por las cuales se suicidó.

Su agente subalterno, quien llegó a Grecia por razones desconocidas, asesinó al líder de un grupo anarquista llamado «Chispa» por culpa de una rivalidad amorosa. El agente se enamoró de la anarquista Eurídice Vasiou durante su estancia en Atenas. Se inició al anarquismo y asesinó, después de una brutal paliza, al líder del colectivo anarquista, y después tiró su cuerpo a un barranco.

El director de la CIA explica en su carta que no soportó la vergüenza y la culpa por este crimen que cometió su subalterno.

El nombre del agente – asesino, todavía no ha salido a la luz. La CIA dará en los próximos días una rueda de prensa donde revelará su identidad.

Pano enloqueció. El café se le cayó de las manos y se mareó por un momento. Eurídice lo sostuvo para que no se cayera del taburete.

—¿Qué ha pasado?

—Vamos, vamos de regreso —le dijo. ¿Qué le iba a explicar primero?

Durante todo el camino, Pano se mostró afectado por George. *Lo mataron como a un perro,* pensaba. Pero ya no podía llorar más. Estaba muy cansado y muy estresado. Ahora, debía concentrarse para salvarse y salvar a su amor. Empezó a salir el instinto de supervivencia.

Al llegar al hotel ya le había explicado todo a Eurídice. Estaba bastante impactada. Nunca imaginó que este caso tomaría una dimensión así. Que una simple colectividad anárquica sería la tapadera de personas poderosísimas. *¿Dónde nos hemos metido?* Pensaba. Fue la primera vez que tenía tanto miedo. Además, en los últimos días sufrió situaciones que nunca pensó que viviría.

Entraron en la habitación. Pano estaba muy nervioso. Era la primera vez que Eurídice lo veía así. Intentó calmarlo a su manera.

—Mi amor, debes irte lejos de mí, estás en peligro, te lo suplico. Al principio pensé que solo teníamos que ver con la policía griega. Pero al final tenemos que ver con servicios tremendamente peligrosos. Vete lejos de mí, por favor.

—No, no voy a hacer eso... no te voy a dejar —le decía Eurídice mientras le abrazaba.

—Por favor, te lo pido como un favor. No puedo permitir que te pase nada.

—Juntos hasta el final. No me voy a ningún lado... a ninguna parte mi amor. Te amo muchísimo.

Pano no podía insistir más. Además, en lo profundo de su ser, la quería con él, la necesitaba. Colapsaría si Eurídice lo dejaba solo ahora. Él, ahora estaba pasando por situaciones impensables y necesitaba apoyo.

—Bueno Eurídice, tenemos que destruir nuestros móviles. Por lo que parece, está involucrado un servicio secreto muy poderoso. No sé a qué altura llega este caso y qué secretos esconde, pero tenemos que ser electrónicamente invisibles. He puesto una red de protección en nuestros móviles, pero en cuestión de horas la atravesarán también. Nos encontrarán, nos encontrarán de inmediato.

Sin ninguna duda, Eurídice se lo dio. Pano lo rompió en mil pedazos. Lo tiró en el inodoro. Hizo lo mismo con su móvil. Ahora solo quedaba su portátil y la tablet de Eurídice.

Pano pensó en su tío. Recordó la carta que le había dado unos meses antes, antes de irse de los Estados Unidos. La carta la tenía todavía en su maleta, en una funda. No hizo caso de ella. Su tío le dijo que la guardara bien y que la leyera solamente en el caso de que algo tomara un rumbo inesperado en Grecia. Así que la sacó y la leyó. Lo que escribía era que en caso de emergencia llamara a un número y dijera la clave "el novio de la felicidad" a quien respondiera a la llamada. Pano siempre se burlaba de las paranoias de su tío, pero al final se dio cuenta de que llevaba razón en muchas cosas. Pero ahora el problema era que no disponía de ningún teléfono.

Bajo a ver al recepcionista y le dijo que quería hacer una llamada al extranjero. El recepcionista le dijo que eso le saldría caro. Pano sacó un billete nuevo de cincuenta euros y se lo metió en el bolsillo de la camisa. El tipo olía a cerdo.

El teléfono sonó tres veces. Una voz desconocida respondió con un característico acento texano.

—Organización de bodas Jim Jones. ¿Cómo podemos ayudarlo?

—Novio de la felicidad... soy el novio.

—Sí señor, la carta que tiene, colóquela enfrente de una "luz negra". Adiós, por ahora.

El recepcionista miraba fijamente a Pano, no le quitaba los ojos de encima. Pano bastante irritado le preguntó si tenía algún problema. El hombre inclinó la cabeza de forma negativa. Así que cuando colgó el teléfono, subió rápidamente las escaleras y entró a la habitación. Cogió la carta en sus manos. Preguntó a Eurídice si tenía alguna idea de cómo encontrar alguna luz negra. Por suerte, Eurídice tenía colgada en su llavero una pequeña lámpara que emitía luz negra.

Las letras estaban bastante claras.

'Existe un buen sastre al comienzo de la calle Patision. Te va a coser el mejor traje de novio. Se encuentra al lado del estudio fotográfico con las estrellas. No te olvides de pedir el traje de la felicidad'.

Informaron al recepcionista que dejarían libre la habitación más temprano. Él no respondió.

PANO APARCÓ EL COCHE cerca de la estación Larissis. En la avenida Patision nunca encontraría un estacionamiento libre. Tenían quince minutos de caminata por delante. Pano llevaba puesto un gorro que casi le cubría toda la cara. La excusa era el penetrante frío que hacía. Pero la realidad era que debía mantener su cara cubierta. Seguramente la policía repartió su fotografía a todos los policías. Era cuestión de horas que llegara al público.

Caminaba abrazado a Eurídice. A pesar de la locura que prevalecía, ahora estaban distraídos. Solo existían ellos dos. Unidos, pegados. Una pareja enamorada, que simplemente daba un paseo.

Rápidamente la realidad los desilusionó. Al principio de Patision había una tienda de fotos con el nombre de "Star Photos". Justo al lado había una sastrería. No tenía ningún nombre, pero se podía ver que en la fachada había muchos trajes expuestos en maniquies.

Pano entró. Fue recibido por un señor mayor, muy amable. Pano pidió el traje de la felicidad. El amable señor de inmediato se puso serio, frunció el ceño y se dirigió hacia el espacio escondido en el interior de la tienda. Pano lo siguió. El señor buscaba entre diferentes disfraces. Encontró una sotana de cura. ¿Qué otra cosa sería mejor? Venía como anillo al dedo para Pano con esa barba que tenía. Pano le explicó que no estaba solo. La persona mayor lo miró con fiereza.

—Va, dile que pase —le dijo.

Pano llamó a Eurídice para que entrara. Por suerte, encontró un traje de monja para Eurídice. Sin hablar a la pareja, el sastre, dio a Pano un sobre y los condujo hacia una puerta que los sacaba a un callejón vertical de Patision. La pareja se fue.

Durante su recorrido hacia el coche, una mujer quiso besar la mano del supuesto cura.

—¿Padre, puedo besarle la mano? — le preguntó y se inclinó para realizar su deseo.

Eurídice por poco no aguanta la risa. Quería echarse a reír. Igual que él. Durante el resto del recorrido bromearon mucho con este suceso. El uno molestaba al otro. Necesitaban liberar todo este intolerable estrés de los últimos días.

Pano un poco antes de llegar al coche, se arrepintió. Pensó que sería mejor no moverse con él. La policía sabría a quién pertenecía el coche.

Entró a un café y se dirigió al baño. Eurídice lo esperaba fuera. En el baño sacó el papelito doblado del sobre. Lo desdobló con cuidado.

"Palaio Faliro, Aristomenous 63, trae el regalo de cumpleaños"

Rompió el papelito en mil pedazos y lo tiró dentro del inodoro. Tiró de la cadena y solamente se fue cuando se aseguró de que ningún, pero ningún rastro, quedaba en la superficie.

El taxi los dejó un kilómetro lejos de la dirección escrita. Pano debía ser muy meticuloso. Caminaron durante unos minutos y llegaron a un edificio grandioso. Una típica casa de dos pisos con un jardín bastante grande. Eurídice estaba muy nerviosa, igual que él. Tocaron el timbre. Un señor anciano con abundante pelo gris se dirigió con precaución hacia ellos. No abría la puerta. Como si esperase algo. Pano lo había olvidado por completo.

—Traigo el regalo por su cumpleaños —le dijo.

—Jajajajajaja... qué cumpleaños a esta edad. Pase, pase —les dijo, abriendo toda la puerta.

Sin tener ni la menor idea de dónde estaban, siguieron al señor al interior de la casa. Les indicó que se sentaran en el salón. La mujer del anfitrión estaba allí. Una señora muy aristocrática, desgarbada. Preguntó a la pareja si querían beber algo. Eurídice respondió que quería un té caliente, mientras que Pano no quiso nada. El hombre mayor preguntó a Pano si era el novio de Eurídice. Respondió de manera positiva.

El viejo espía les pidió que le contaran qué había pasado. Pano durante más de media hora le explicó el historial del caso. El hombre mayor de inmediato entendió lo que pasaba y en dónde se metieron estos chicos.

—Chico, os habéis metido con hombres de armas.

—¿Con hombres de armas? —preguntó Pano que no entendió exactamente el significado de la palabra.

—Hombres de armas, los que se ocupan del tráfico de armas y los que manufacturan sistemas de armas y más concretamente sistemas de armas de la fuerza naval. El naviero que se llama Doko, hijo, es un gran personaje en la fuerza naval. Los dos últimos barcos lanzamisiles que recibió nuestra armada fueron de su propio diseño. Son incomparables. Doko, aparte de ser un gran científico, es también un tremendo patriota. Se ocupó completamente de su coste. Pero estas cosas claro que no salen a la luz pública. No le interesa para nada tener fama. Solo un estrecho círculo de personas está al tanto de todo, como el jefe de la armada, el jefe de la defensa nacional, el ministro de la defensa nacional y posiblemente el primer ministro. Te referiste a Kalergis... Kalergis era amigo de Doko. En el mundo de las informaciones clasificadas se decía que preparaban un nuevo submarino. No sé más detalles. Probablemente allí se rompió su relación. Supongo que Kalergis querría aprovecharse económicamente y venderlo de alguna manera, mientras a Doko no le interesaba eso, pero quería ofrecerlo generosamente a su patria. Además, era bastante conocido que Kalergis amaba el dinero y los sobornos. Cómo se involucró una persona como Doko con él es muy extraño. Ves... ese hombre no sabía nada sobre esto, era inocente. Ahora seguramente cuida más sus pasos.

La pareja estaba completamente absorbida por el hombre mayor. Sus palabras emitían un halo de misterio y sabiduría que les hacía no poder dejar de prestarle atención. Pano se dio cuenta de que hablaba con un espía de la vieja escuela.

El señor Demóstenes continuó, después de beber un sorbo de su café.

—Seguramente... algún arma se esconde detrás y por eso quieren quitar a Doko del medio. Los hombres de armas no perdonan la competencia. Los intereses son tremendos. La compra de armas no es un mercado de billones de euros, sino de trillones.

—¿Y para qué crearon un negocio como fachada para matarlo?

—Razonable tu pregunta, hijo. Porque harían mucho ruido si simplemente lo ejecutaran. Agencias secretas, policía, fuerza naval lo examinaría todo. Sería muy peligroso revelar el secreto, el arma maestra secreta, que probablemente diseñaba Doko. Pero si es asesinado por una organización terrorista, las preguntas se acallarán. Furia de clases, dirán. El caso se cerrará inmediatamente. Aparte de esto, existe la parte operaria. Doko, tiene una excelente seguridad alrededor de él. Nadie puede asesinarlo fácilmente. Sospecho que el golpe se realizaría con armas pesadas. Puede que con alguna bazuca desde lejos. Solamente una supuesta organización terrorista podría organizar un golpe militar como éste. ¿Quieres que hablemos de las famosas organizaciones... *brigadas rojas y 17 de noviembre,* para ver qué intereses promovieron?

—No, es mejor quedarnos en nuestro tema —Pano escuchaba al señor Demóstenes con mucho interés. Al contrario, Eurídice estaba muy decepcionada con ella misma. Todo este tiempo, ella creía estar sirviendo a algo bueno y lamentablemente servía a un oscurísimo plan de inspiración fascista.

—Bueno, vamos a regresar a nuestro tema. ¿Vimos quién es Doko, no? Y por qué probablemente quieren cerrarle la boca. Ahora hablaremos de los que te han tendido la trampa. Claro que no sé nada, pero algunas décadas en el espionaje me han hecho capaz de poder unir los puntos con mucha facilidad. Hiciste una referencia al director general del Berlin Navy Group. Jürgen es una de las personas más corruptas que existen. Es responsable de las masacres y las guerras civiles en África. Entonces era presidente del Machine gun Munich. Sacó billones de las ventas de las metralletas en África. Ahora que se ocupa con los submarinos y las naves, probablemente intentará hacer lo mismo. Las empresas de armamento pagan y sobornan a los hombres que se encuentran en posiciones cruciales en los mecanismos estatales de cada país. Agentes secretos, oficiales de la policía... militares. Cuántos se involucran en el caso, hijo, no lo sé. Por lo que parece están involucrados muchos y de posiciones superiores. Que mataron al director de Computer Farm, pero también agente de la CIA, muestra complicidad en un nivel muy alto. El consejero de la seguridad nacional del presidente de los Estados Unidos era el ex comandante de la NSA. Bastante miserable también, fue encontrado muchas veces en comilonas con menores de edad junto a Jürgen. No me daría la menor impresión si aceptara sobornos de él. Hablamos de cientos de millones de dólares para ser exactos. ¿Entiendes la dimensión de la implicación? Ellos probablemente ahora creen que sabes algo interesante de ellos e intentan difamarte para que cualquier testimonio contra ellos no tenga ningún efecto y credibilidad. Te encarcelarían y te matarían en los primeros días de prisión. Lamentablemente, eso es lo que hacen.

Eurídice escuchando todo esto, sintió su corazón tenso. No podía entender cómo estaba metida en este tremendo lío. Pero estaría allí por Pano. Lo apoyaría hasta el final. Nunca lo dejaría solo e indefenso.

El señor Demóstenes continuó con su monólogo.

—Algo me dijiste también sobre el oro y Egina. Para serte sincero, no sé cómo conectar a esos dos. ¿Puede ser algún método de transacción?

Oro...

28 DE AGOSTO, UNOS MESES antes

—Lo que te digo yo, joder...

Los interrumpió el sonido del timbre.

— ¿Quién será el gilipollas que llama a estas horas de la mañana?

El almirante retirado, el gran Panagiotis Kalergis, se dirigió hacia la puerta de su lujoso dúplex. Abriendo la puerta, vió a una mujer joven que estaba a punto de irse. Le gritó:

—¿Sí, dígame, qué quiere? —con bastante rigidez.

—Sí, hola soy la profesora de francés, tengo una clase con Marina a las diez. ¿Usted es su abuelo? — le preguntó Eurídice.

—¿Parezco su abuelo, señora? Soy su padre. Llega muy temprano, la clase es a las diez. En este momento son las nueve y treinta y cuatro. Debe ser más puntual en sus trabajos.

El almirante Kalergis se había enfadado muchísimo porque le hubiera confundido con el abuelo de Marina. *A una putita como tú la iba a tratar muy bien. Si supieras cómo folla el abuelito chiquilla...* decía dentro de él.

Hizo a Eurídice esperar en el salón, ya que la pequeña Marina no estaba preparada todavía. Él entró a la cocina cerrando la puerta beige de madera detrás de él. Martinis preguntó quién era.

—La joven profesora de francés de mi hija que ha llegado muy temprano, la estúpida. Está buenísima la chica —y guiñó significativamente el ojo.

—¿Crees que puede escuchar nuestra conversación?

—Hombre, ¿estás loco, Martinis? ¿Cómo va a entender lo que decimos y para quién? Y si escucha lo que decimos, le parecerá una estupidez. Para ella será una historia sin sentido, joder. Pero vale, ya que eres un gallina, hablaremos bajito. Me has convencido.

—Bueno Kalergis... continuemos nuestra conversación... como te decía antes, no quiero subirme al bote de Jorge Sanz. Algo me dice que no es seguro. Tengo miedo de que estos especuladores me tiren al mar. No sé por qué, pero me asustan estos tipos. Vamos a tener una cita recóndita en una cafetería. ¿Para qué me voy a subir a un bote en medio de la noche?

—¿Qué dices gilipollas? —dijo Kalergis, perdiendo la calma y subiendo el tono de su voz—. Te explicaré qué es lo que está pasando en Egina, para que no tengas dudas y preocupaciones, imbécil... allí es donde se encuentra el orooooo —dijo gritando y bajó otra vez el tono de su voz, porque entendió que sus gritos probablemente se oían. Continuó hablando, ya casi susurrando.

—Jürgen, el director ejecutivo de Berlin Group, ha encontrado una manera ingeniosa para sobornar a los que lo sirven. Se acabaron los métodos anticuados. Ya no puedes esconder dinero sucio en ningún lado. Murieron Suiza, Panamá y las islas Caimán. Hay informadores en todos lados. ¿Así que no metió la pata el secretario, ese Papavasiliou? La policía vio el movimiento del dinero sucio. Ahora el método ha cambiado. Esconden barras de oro en sitios bajo el mar, dentro de plataformas horizontales. Quedan para verse un día a una hora, y Jorge en nombre de Jürgen, del alemán, con el buzo que hay en el bote, les da el oro. O sea tú, tomarás las barras que te van a dar, vas a quedarte con una y el resto lo traerás para mí. Konstantinidis, el viejo padrino de la noche, también cogerá su parte.

—¿Ese Konstantinidis qué tiene que ver?

—Ajjj el chico es estúpido, no entiende. ¿Konstantinidis no es el que va a contratar los comandos búlgaros, para que atendamos en contra de Doko? Él ya estará en Egina... y vendrá a encontrarlos la noche con el inflable —dijo a Martinis, levantando el tono de su voz en algunas palabras particulares.

—Sí, sí, ya recuerdo.

—Estos se encargarán del golpe, nosotros de la fachada y la protección... aaah, ahora que me acuerdo, debes llevarme junto con algunos anarquistas fuera de la casa de Doko, para empezar a crear evidencias de culpabilidad a algunos de tus compañeros. Los llevarás donde hay cámaras. Las cámaras les registrarán. Cuando se dé el golpe, en cuatro meses, los policías deberán componer el caso inmediatamente. No hay mejor evidencia: "Los anarquistas vigilaron su casa durante meses y por eso son los culpables". La conclusión será... una acción terrorista. Soy un maldito gato... me desperdicio. Yo debería tener billones. Imagínate, yo lo he pensado casi todo, vale, todo no... me ayudó

"Dios"... me comprendes... me da instrucciones —Ahora Kalergis hablaba muy bajo y con calma.

—Vale, he pensado a quién vamos a incriminar primero. Llevaré a ese imbécil de Doudonis fuera de la casa de Doko con la excusa de que vamos a poner gases explosivos. Sé dónde están las cámaras. Lo haré lo primero.

—Mira, que no hagan ninguna estupidez y se involucren los servicios... unos segundos enfrente de las cámaras son suficientes. Ni la seguridad de Doko debe percibir nada. Hasta que matemos al naviero debemos ser invisibles. No como la gilipollez que hizo el imbécil con la proclamación y casi nos destruye.

—¿Los americanos no se involucraron?

— El alemán tiene una persona muy arriba en el gobierno americano. "Dios" me ha asegurado, que los servicios secretos no se van a involucrar en el caso. Creen que son tonterías anárquicas, nada peligroso. Pero nuestro americano mantiene esta postura para que no se metan en nuestras cosas... "la mitad de los griegos insultan y amenazan a los americanos"... "¿es posible vigilarlos a todos?"

—Ok, si es como lo dices, acepto. Si se involucraran los servicios americanos, seguramente sería una catástrofe. Deberíamos otra vez, trazar un nuevo plan, otra vez desde el principio. ¿Puede... que los griegos se involucraran y nos hundimos por aquí?

—¿Qué dices tonto? Te he dicho que tengo gente en todos lados. La antiterrorista no se ocupa nada de vosotros. Saben lo canalla que eres, en la policía griega... te conocen, que no te importa ni un pepino el anarquismo. No les importas, Martinis créeme. Solamente no tengo gente en el CNI, los hijos de puta. Una vez que hagan una estafa, solo una. Todos con la cruz en la mano. No Martinis, el antiterrorismo no se ocupará, ni el CNI lo hará. Principalmente se ocupa por temas de seguridad nacional. ¿A quién le va a importar el gilipollas de Martinis? Ajajajajajaja.

Martinis, en este momento, quería abofetearlo, pero cedió lugar a la ira. Además, le molestaba la manera en la que hablaba el almirante. Movía sus manos todo el tiempo y hacía unas terribles muecas con la boca, frunciendo los labios. *Déjame en paz, viejo gilipollas, qué me vas a llamar a mí imbécil, hijo de puta*, pensaba Martinis... *lo dejo pasar por los millones que cogeré cuando termine el trabajo. Lo mandaré a la mierda de aquí en adelante... idiota Kalergis.*

Kalergis se levantó y le dijo que era hora de irse. Se dirigió primero hacia la puerta de la cocina y la abrió. Martinis iba detrás de él con una diferencia de segundos. Mientras salía, observó una cara conocida. Era Eurídice. *No, joder, no, ¿qué demonios hace aquí? ¿Y si ha escuchado algo? Ay qué lío. Tengo que adelantarme para que no diga que me conoce.*

Antes de que ella pudiera saludarlo, la alcanzó y le dijo:

—Hola, escuché que es usted la profesora de francés. Me interesaría dar clases de francés en algún momento. ¿Tiene alguna tarjeta profesional para darme?

Eurídice entendió que Martinis quería esconder el hecho de que se conocían así que no le traicionó. Le tendió una tarjeta con mucha naturalidad, pero su mirada decía mucho. El almirante los miraba con indiferencia, sin sospechar que ellos son miembros de la Chispa.

Martinis la esperó durante dos horas enteras, un poco más adelante de la casa del almirante. Cuando la vio salir, la dejó alejarse unos metros y luego se acercó. La preguntó qué hacía allí. Eurídice dio unas explicaciones muy convincentes... claramente daba clases de francés en la hija de Kalergis. Pero él no sabía cómo explicar su presencia allí y por eso dio una excusa muy creativa. Ella no lo creyó mucho. Pero él no creyó que ella no escuchara absolutamente nada de su conversación con el almirante. *Algo oyó ella, algo oyó... debo tenerla de cerca.*

Quedan cuatro meses y luego me iré a Hawái con dos millones de euros en el bolsillo. Ningún imbécil me lo va a arruinar.

...Puesta a cero

LA NOCHE ERA MUY RARA y espantosa en este condominio antiguo. Sentía que estaba en otra época. El armario de la habitación central parecía estar encantado. Estaba pintado en color marrón oscuro y los pequeños pomos de sus puertas eran de color dorado. El suelo de madera también era de color marrón y chirriaba a cada paso que daban. Las paredes estaban forradas de papel pintado... también de color marrón. Lo único que se diferenciaba era la lámpara que se encontraba en la mesita de noche al lado de la cama doble. La bombilla se tapaba con una tulipa cilíndrica de tela verde que aportaba una tonalidad verdosa a este oscuro espacio de color marrón. Eurídice miraba esta rara combinación de colores y curiosamente se había relajado. Se había tumbado e intentaba dormirse.

Pano ya estaba dormido. Hablaba todo el tiempo en sueños. Eurídice extendió su mano y empezó a acariciar su mejilla con el lado interior de sus dedos. Estaba increíblemente conmovida por todo lo que había pasado por ella. Primero la salvó de sus secuestradores, luego renunció a una carrera muy prometedora en la CIA y al final probablemente la salvó de una cadena perpetua en prisión. Martinis probablemente incriminaría al resto de los miembros y a Eurídice por la inminente muerte de Doko.

Pero no se había salvado de todo. En este momento era perseguida por unas fuerzas muy poderosas, aunque esto era algo diferente. Era una lucha noble. Estaban ella y él contra los mecanismos estatales, contra la mafia estatal. Esta lucha tenía valor para ella. Tenía algo particularmente romántico. Ellos contra todo el mundo.

Pensó en Xenia. Pensó que su mejor amiga estaría muy preocupada por no localizarla en el teléfono. Mañana debía encontrar alguna manera para comunicarse con su amiga. Tranquilizarla y decirle que todo está bien. Además, en esta casa se quedarían un día más. Era solamente un refugio temporal. El señor Demóstenes les daría instrucciones, sobre cómo seguir de ahora en adelante...

27 DE NOVIEMBRE, DOMINGO

El siguiente día llegó con mucha dulzura. La mujer del señor Demóstenes le llevó a cada uno una bandeja con el desayuno. La pareja todavía estaba en la cama. Somnolientos los dos y avergonzados, dieron las gracias a la señora.

Pano tomó una medialuna de chocolate de su plato, cortó un pedacito y lo puso en la boca de Eurídice. Eurídice lo aceptó con mucho afán. Estaba tan, pero tan bueno, que lamía sus labios, después de comerlo.

Después de terminar el desayuno, se vistieron y se prepararon. Pano pensó en afeitarse pero pronto se arrepintió. El disfraz de cura era muy útil. Puede que en un futuro cercano lo necesitara de nuevo.

La señora de la casa informó a Pano que el señor Demóstenes lo esperaba en el jardín para tomar café. Sugirió a Eurídice amasar pan y brioche, dejando así a los hombres que hablaran solos. Eurídice no sabía cómo amasar pan. Pero lo intentaría. No tenía nada que perder. Sería un conocimiento más.

Pano abrió la vieja puerta de madera con mucha dificultad. El señor Demóstenes lo esperaba en una silla feudal de roble.

—Siéntate —le dijo, haciendo un característico gesto con sus manos.

Pano no habló, simplemente mordió sus labios. Se sentía como un estudiante en este momento.

—¿Sabes quiénes somos nosotros, los ancianos?

—No tengo idea, señor Demóstenes, ¿viejos espías, puede ser?

—Más o menos. Somos todos agentes jubilados, nuestra característica común es que hemos trabajado en operaciones clasificadas. Las llamadas "operaciones negras" porque los agentes de este tipo saben muchas cosas, hay veces que los quitan del medio cuando envejecen. Así que, los agentes de servicios amistosos nos hemos unido y hemos fundado esta organización informal, que nos ofrece protección a nosotros, los viejos. Griego americanos, italianos, griegos, claro, franceses y griego franceses, españoles. Todos somos hermanos y nos protegemos entre nosotros. En Grecia la clave es "los novios de la felicidad" en Italia es "la vita e bella" y así. Títulos de películas por si no lo has entendido... en cada país tenemos nuestros refugios. Pero contigo, nos sorprendimos ya que esperábamos algún perro viejo, pero rápidamente entendimos que eres el sobrino de Steve. Te pareces mucho a él. Bueno, hoy decidí hablar personalmente contigo porque las cosas, son muy difíciles y no quiero asustar a tu mujer. Los hombres toman esa responsabilidad en sus manos. Bueno... hoy tu tío me mandó algunos datos.

—¿No es peligroso intercambiar información así? La tecnología ha evolucionado y pueden interceptarlo todo.

—El método que usamos es de la vieja escuela, "old school" como decís vosotros. No nos metemos con la tecnología, hijo. El equipo es la crema y nata del espionaje y del contraespionaje. Nuestra lengua secreta no se ha descifrado en décadas. Pero no te diré más... el tema es otro. Tu tío me dijo que tienen órdenes de eliminarlos. Orden de "puesta a cero".

Pano se desconcertó. Había escuchado hablar de la "puesta a cero". Pero no sabía qué significaba exactamente. Esos eran trabajos de las operaciones clasificadas.

El señor Demóstenes miró durante unos quince segundos la pared de su derecha, intentando encontrar las palabras correctas para explicarle.

—Cuando existe una orden para un objetivo en la primera fase, "matan" su carácter y en la segunda fase rastrean los contactos más directos y estrechos, intentando reducir la filtración. Normalmente reducen y ponen a cero la filtración... eliminando los contactos estrechos del objetivo. Ellos consideran que sabes algo. Ellos, en este momento creen que lo sabes todo, que Martinis te lo ha contado todo. Entonces consideran a cada persona relacionada contigo como un posible transmisor de este conocimiento confidencial. En pocas palabras, no saben a quiénes y a cuántos les has dicho algo. Deben encontrarlos y cerrarles la boca como medio de precaución.

Pano resoplaba. Bajó la cabeza como signo de desesperación. Sus únicos amigos eran Bobby y Xenia. No soportaría saber que les pasó algo malo. ¿Qué culpa tenían ellos?

El anciano espía continúo explicándole.

—Mañana os iréis a un refugio desértico muy lejos de Atenas. Os quedaréis allí durante varios días. Ahora quiero que pienses muy bien qué personas relacionadas contigo pueden estar en peligro. Debes informarles de alguna forma para que se vayan lo antes posible. Tu tío, por ahora, ha paralizado la segunda fase... su palabra todavía tiene poder en los niveles de las operaciones clasificadas, pero no podrá sujetarlos durante mucho tiempo más. La orden, dice, viene de arriba. Así que todos debéis iros... lejos.

Pano intentaba pensar: *Los padres de Eurídice viven en Francia y enseñan a la universidad derecho internacional. Bobby tiene a su madre en Manchester, que vive con su medio hermano pequeño. De su padre no se sabe nada... un griego de Rodos que dejó embarazada un verano a su madre. Los padres de Xenia, profesores universitarios también, ex compañeros de los padres de Eurídice en la universidad de Panteio. Ellos todavía enseñan en la universidad de Panteio, el hermano mayor de Xenia está casado y vive en Holanda.*

El señor Demóstenes, que lo dejó pensar durante dos minutos, le preguntó con expresión cortés.

—¿Pensaste quiénes pueden estar en peligro? Para ser más específico... me refiero a tus contactos más estrechos, no se van a interesar por algún amigo tuyo o por algún pariente que vive fuera de Grecia... aparte de tu tío por razones comprensibles. Entiendes que no pueden mandar personas a todos lados, buscarán solamente las personas que están en contacto muy cercano.

—Señor Demo, de alguna manera, por favor, mande mi amor a mi tío... cuando se comuniquen en secreto. En nuestro tema ahora... dos amigos están seguramente en peligro. Son nuestra pareja de amigos, Bobby y Xenia. Ya que, al parecer, se involucran agentes o funcionarios de los Estados Unidos, les será muy fácil encontrar que tenía casi contacto exclusivo con ellos.

—Pano, en unos días, sino es mañana, estarás en las portadas de todos los periódicos. No sé si empezarán a inculpar también a Eurídice, pero te conocerá toda Grecia y América, y como consecuencia, todo el mundo. Por eso te digo... mañana a las seis iréis al refugio desértico. Pero hoy... — el señor Demóstenes hizo una gran pausa—. Encuentra una manera para avisar a tus amigos de que están en peligro.

Pano caminaba muy despacio a la avenida de Pireos, vestido de cura. El frío era penetrante y temblaba. Solamente llevaba puesto un suéter bajo la sotana.

Se acercó a doscientos metros de su objetivo. Caminaba aún más despacio. Dos turistas borrachos pasaron frente a él. Los detuvo y les preguntó de qué país eran. Le respondieron, mientras reían sin parar. Eran de Noruega. Empezaron a burlarse de él.

—Wow, ¿sois tan guapos los curas ortodoxos griegos? Vendré a tu parroquia padre, por favor bendígame... jajajajaja —decían con un inglés entrecortado.

Pano participaba de la broma y se reía con toda su alma. Les hizo una propuesta.

—Quiero que vayáis al local de enfrente y le deis esta carta a la chica con el pelo morado. Tomad este dinero para que os hagáis un tatuaje, parece que os gustan.

Por suerte, Pano llevaba dinero ya que hacía dos días desactivaron todas sus cuentas bancarias.

Los noruegos se volvieron locos de contento. Les encantó que un cura le tirara la caña a una chica gótica. Eso creyeron. Hicieron encantados su pedido. Además, no les venían mal unos tatuajes regalados.

Los noruegos entraron al local. Por suerte, Xenia no tenía otra cita a esta hora. Eran casi las 7:10 de la tarde. Le dieron la carta, riéndose todo el tiempo... —el cura está loco por ti—. Le dijeron y se rieron aún más fuerte, soltando algunas exclamaciones sexuales—. Ahhhh.

Xenia estaba a punto de mandarles lejos, hasta que leyó la primera línea del texto que había escrito Pano.

"Xenia... Eurídice te manda su amor. Te echa muchísimo de menos. Estamos bien en un lugar seguro. Han pasado muchas cosas, no te lo puedo explicar con mucho detalle. Estamos obligados a mantenernos escondidos. No me busques con la mirada. Estoy en frente de tu tienda, pero quiero que leas la carta sin levantar la mirada. Finge ser indiferente, no muestres ningún sentimiento. Aparenta estar viendo algún tatuaje".

Xenia casi rompe a llorar al saber que su mejor amiga está bien. Pero al leer lo que Pano había escrito, recobró la compostura muy rápido y fingió que estaba viendo algo neutro.

Continúo leyendo la carta con mucha agonía:

"la policía nos está buscando, y nos buscan otras malas personas. No deben encontrarnos. Lamentablemente, puede que vosotros también estéis en peligro. Tú y Bobby. Estoy hecho un manojo de nervios. No era mi intención meteros en ninguna situación peligrosa. Perdón... con toda mi alma, perdón. Pero las personas que nos persiguen intentarán hacer daño a nuestros amigos, a las personas cercanas. Debéis durante un tiempo dejar vuestras tiendas, casa, hábitos... e iros

hacia un destino desconocido. Si queréis, podéis venir con nosotros. Mañana por la mañana a las seis, nos iremos a un lugar seguro. No puedo explicaros mucho... perdón, otra vez. En la página de atrás os explicó cómo encontrarnos mañana a las seis, por si queréis venir con nosotros. Si no, por favor iros a un lugar desconocido, en algún destino seguro, donde nadie os pueda encontrar.

Luego lee la página de atrás, cuando estés en tu casa. Destruye los móviles y en general los móviles que están en tu casa. Cuando leas esto, lo leerás solo para ti... no puedes referirte verbalmente a este tema, solamente por escrito. Hablo en el caso que existan micrófonos ocultos dentro de tu casa. ***Atención:*** *Debes memorizar la página de atrás. Después... debes quemar esta carta. Un postdata de tu amiga..."*

"Mi Xenia amargadita, te adoro, jijijiji"

Xenia empezó a reír y al mismo tiempo lloraba mientras escondía su cara. Los noruegos se pusieron serios. No podían entender qué era lo que le había escrito ese cura ortodoxo griego, para absorberla tanto y crear tantos sentimientos. Se sentaron como unos cachorritos y la miraban.

Xenia puso la carta en su bolso, ya que primero la había doblado y con mucha tranquilidad les dijo:

—¿Quién empezará primero con su tatuaje? Hoy es vuestro día de suerte. Os voy a hacer los mejores dibujos que existen.

Los turistas regresaron a su situación normal y empezaron a celebrarlo.

—Wowwwww... wowwwww.

Acelerador...

EL MISMO DÍA... DOMINGO, Nueva York

—¿Qué demonios está pasando en Grecia? ¿Quién es este Pano Dale? ¿Sois totalmente inútiles? ¿Fuiste el ex comandante de la *agencia nacional de seguridad de los Estados Unidos y no puedes parar a este presumido? Es solamente una persona. Dios mío, qué inútiles. (* NSA: National Security Agency)

Allí donde hablaba en inglés con su característico acento alemán, Jürgen Klinnsman ahora se había vuelto más blasfemo usando su lengua materna.

—Dumme kuh —lo llamaba estúpida vaca.

Howard Bold, el ex comandante de la NSA y actual consultor en la seguridad nacional del presidente de los Estados Unidos, estaba perdido. Eran tan grandes las sumas de dinero que tomaba de Jürgen Klinnsman que no quería que se enfadara más con él. El cese de la financiación por parte del alemán, sería su ruina. Hasta el fin de la duración del actual presidente americano, quería poder obtener una fortuna colosal. Una fortuna, por lo menos que llegara a los setecientos millones de dólares. Solo así entraría en el club de los más ricos y poderosos del planeta. Quería esto por encima de todo. Adoraba el dinero.

—La situación se va a aclarar como mínimo dentro de quince días. Estamos en una situación de eliminación —dijo Howard Bold con mucha determinación.

—¿Qué coño es la situación de eliminación? No te pago para que me digas estupideces con palabras y expresiones de agentes sin sentido. Tengo muchas cosas de las qué ocuparme. No puedo preocuparme de un presumido agente de la CIA, que nadie sabe cómo se encontró en Grecia. Quiero resultados. Estoy pagando mucho dinero, para que no ocuparme personalmente de las moscas que me molestan, joder. Acaba con este fastidio. Hay que continuar el caso de Doko. Mi Fuente me informa que su arma estará lista para el año nuevo. ¿Entiendes qué significa esto? Todas las armas polémicas, las fragatas, las corbetas y los misiles se convertirán en armas inservibles. Esta industria se va a derrumbar. Hablamos de una crisis impensable para nuestra industria. La bolsa se derrumbará con su turno. La economía internacional se basa en esta industria. Aparte de esto, cambaría el equilibrio geopolítico. Cualquier país que se haga con este arma, será invencible en el mar. Hablamos de un giro violentamente inesperado en el equilibrio de poderes. No puedes imaginar lo que va a ocurrir.

—¿Está comprobado que el arma funciona, la de Doko?

—Mi Fuente nunca se equivoca. Sí, lamentablemente esta arma funciona, todavía en una fase experimental. En un tiempo funcionará. Y cuando todos vean lo que puede hacer esta arma, van a parar la compra de naves de guerra que ya serán inútiles. Será una catástrofe para la industria polémica marina. Su fin. Y aquí que decíamos que en unas semanas iríamos a terminar con Doko, ahora nos ocupamos de este miserable de Dale. Ya no hay ni un plan realista de asesinato de Doko y nos ocupamos en perseguir a este imbécil. Hemos perdido el juego. El tiempo corre en contra de nosotros. Y yo te pago docenas de millones, ¿puede que cientos de millones para que lo tengas todo bajo control? ¿Por qué preocuparme? Te pago bien, muy bien. Haz tu trabajo y tráeme resultados. Pisa el acelerador... pisa el acelerador a fondo.

"Acelerador"... esta fue la última palabra de Jürgen Klinnsman, el director ejecutivo de Berlin Navy Group, posiblemente de la empresa más grande y poderosa del mundo en la construcción de naves de guerra y de submarinos. Ya que impulsó... o, mejor dicho, ordenó a Howard Bold, el ex comandante de la NSA, a pisar el acelerador y terminar rápido con sus pendientes, se fue de inmediato de la habitación del hotel en la que tenía lugar su encuentro.

Howard se había quedado solo en su habitación. Evocaba en su memoria imágenes que mostraban la arrogante manera con la que Jürgen se había ido de la habitación hacía unos cinco minutos. Recordaba el momento en el que el alemán se miraba al espejo con una tremenda prepotencia, mientras su guardia le ayudaba a ponerse la gabardina. También la manera en la que se había colocado la bufanda alrededor del cuello, cómo se arregló su largo pelo rubio y levantó ligeramente la barbilla, eran cosas que molestaban a Howard. La palabra "snob", era una palabra que caracterizaba muy bien a este alemán arrogante.

Recordaba un documental que había visto sobre la vida de Gaibels. El mismo estilo arrogante y snob. *Basura nazi... da gracias a que necesito tu dinero.*

Howard se fue después de muchas horas, muy arreglado e irritado del hotel. La manera y el estilo de Jürgen, no le gustaban nada. Este snob nazi no le tenía ningún respeto. Ahora iba a apretar el acelerador a fondo. No quería subestimarlo otra vez. Pisaría el acelerador e iba a barrer con todo.

Se fue de inmediato a su casa. Llenó hasta el borde un vaso cristalino, con un whiskey caro que tenía y empezó a beber como un loco. Sus ojos se volvieron rojos, rojísimos... como los del diablo. Su mirada echaba llamas.

Escribió la palabra **fuego** en una página de papel, lo enviaría de inmediato a un receptor concreto. Este receptor era uno de los mejores marinos que habían pasado por el ejército americano. Ya había fundado su propio equipo de mercenarios. Esta organización se dotaba del mejor personal. De lo bueno a lo mejor. De los ejecutores más fríos.

Howard Bold... había abierto... las puertas del infierno.

El viaje

27 DE NOVIEMBRE, LUNES

—Cariño, date prisa, no vamos a llegar a tiempo.

—Por favor, ya estoy terminando, deja que recoja mis tintas, dame un minuto. Joder, es mi vida... me las llevo.

—Vale, vale Xenia, simplemente hazlo rápido, tenemos que irnos.

—Lista, vamos.

Bobby y Xenia, corrían por las escaleras, saltando los escalones. Entraron rápidamente en su jeep y arrancaron. Afuera era todavía de noche. Pero debían llegar a tiempo. Pireus no tenía nada de tráfico, las calles estaban vacías. Todavía era muy temprano. Debían dirigirse hacia un aparcamiento subterráneo, a la Plaza de Omonia.

En tres minutos habían llegado y entraban velozmente al aparcamiento. Bajaron al sótano. Salieron corriendo del coche. Buscaban una camioneta plateada con matrícula israelí. La encontraron. La carta de Pano decía que la puerta del conductor estaría abierta. Bobby intentó abrirla. Bien... estaba abierta. Se sentó en el lugar del conductor.

Arrancó el coche y empezaron. Salieron de inmediato del aparcamiento subterráneo.

—Ten cuidado —le dijo Xenia chirriando.

Bobby en el último momento frenó y paró, porque si no, iba a chocarse con el coche que estaba delante.

Bobby era un hombre de adrenalina, pero hoy tenía miedo, tenía mucho miedo.

—¿Mi amor, qué hacemos? ¿Quieres que volvamos a nuestra casa? Dimelo y ahora mismo lo hago.

—¿Que volvamos a nuestra casa para que nos encuentren estos tipos y nos planten una bala en la cabeza... quieres eso? ¿Bobby dime, eso quieres? Concéntrate y deja los miedos.

Bobby se sintió muy cobarde frente a Xenia, e intentó cambiar la situación.

—Mi amor, yo lo digo por ti. Creí que tenías miedo. A mí no me interesa nada, no entiendo de estas cosas.

Xenia movía su cabeza, como diciéndole... para ya con las tonterías.

YA HABÍAN LLEGADO AL punto del encuentro. Un cobertizo vacío y abandonado, detrás de la estación de autobuses en Kifisos. El reloj todavía no marcaba las seis. Todavía era de noche. La agonía de los chicos cada minuto que pasaba se hacía más grande. ¿Vendrían Eurídice y Pano al punto de encuentro? ¿Lo conseguirían?

Una enorme casa rodante hizo su aparición en el cobertizo. Xenia intentaba ver quién conducía. Cuando percibió que era una pareja de ancianos, se decepcionó muchísimo. —Se acabó —le dijo a Bobby—. Algo les pasó a los chicos.

El conductor de la casa rodante se los acercó y con mucho atrevimiento les pidió que entraran. Xenia se sorprendió. Igual que Bobby.

—Venga mi Xenia amargadita —le dijo el señor mayor muy serio.

Xenia se paralizó por un momento, pero entendió lo que pasaba. Ese era el "lenguaje secreto codificado" de las chicas. Así que abrió la puerta de la casa rodante y se metió dentro. Cuando vio a Eurídice flaqueó, no aguantó más. Las chicas se abrazaron durante algunos minutos. El tiempo que necesitó el señor Demóstenes para limpiar cualquier rastro de la camioneta que condujo Bobby.

—Señor tiene muy buen humor, le felicito —dijo Xenia al señor Demóstenes.

El ex destacado agente, el actual especialista en el espionaje, se quitó su boina a rayas, la agarró con su mano izquierda y se inclinó.

El viaje hacia el refugio había comenzado. Todavía tenían mucho camino por recorrer...

LAS DOS PAREJAS SE habían acostumbrado a su nueva casa rodante, conversaban, bromeaban y reían como si nada pasara. Ya llevaban dos horas de viaje muy agradables. Nadie se refirió al caso, conversaban de cosas generales e indefinidas.

El señor Demóstenes y su esposa estaban en los asientos del conductor y del acompañante, respectivamente. Él conducía imperioso, mientras su señora disfrutaba del camino. El señor Demóstenes iba a conducir todo el camino. No dejaría a ninguno de los chicos conducir. Las cámaras de la ruta nacional podrían captarlo todo.

A pesar de su edad, era un hombre fuerte y robusto. Nunca había tocado un cigarrillo. Alimentación sana, gimnasia, tranquilidad y paciencia, ese era su "lema". Realmente, su paciencia era de otro mundo.

Hacía treinta y dos años fue arrestado por la policía turca. Se encontraba allí supuestamente como turista. Le agarraron con las manos en la masa por fotografiar instalaciones militares confidenciales en Atalía. Las torturas que sufrió fueron aterradoras. Su tranquilidad y su paciencia al final lo salvaron. Los turcos - famosos por sus torturas - se sorprendieron ante la estabilidad psíquica de este hombre. Consideraron imposible que un hombre fuera capaz de fingir su inocencia después de tantas torturas. Finalmente se creyeron el cuento que les contó... que consistió en decir que supuestamente se perdió y se encontró por error en las instalaciones y le parecieron tan hermosas que las quiso capturar en una fotografía.

EL SEÑOR DEMÓSTENES empezó a gritar de repente.

—Pano, Eurídice, esconderos rápido. Y vosotros también... —el señor Demóstenes les decía que lo hicieran rápido. Un coche policial les hizo una señal para que se detuvieran. Sin poder hacer otra cosa, se detuvo al lado derecho de la vía. Uno de los policías se acercó a su ventanilla, pidiendo el carnet de conducir, licencia del coche y licencia de seguro. El anciano conductor le cedió los papeles con mucha disposición.

—No funciona la luz derecha de sus frenos señor —le dijo el policía fríamente.

—No puede ser, hijo, lo revisé todo antes de irnos. ¿Estás seguro?

—Por favor señor, ¿no me cree?

—No, no digo eso, no me malinterpretes. Vale, iré al primer taller de coches que encuentre, para arreglarlo. Ves, estoy enfermo, no sé cuándo tendré la oportunidad de hacer un viaje con mi mujer. Este viaje lo significa todo para nosotros.

Con esta historia, novecientos noventa y nueve de mil policías se mostrarían conmovidos. Pero a este policía en concreto le resultó totalmente indiferente.

—No me interesan sus historias personales, señor. Le hago un favor no poniéndole una multa. Por favor ahora, ábrame la puerta para mirar en el interior de la casa rodante.

El altísimo policía calvo llamó a su compañero para que le ayudara en la investigación. Levantaron los colchones de las camas, abrieron el fogón y la nevera. Buscaron hasta en el baño.

El señor Demóstenes durante todo el tiempo les dijo que no debían revisar a dos ancianos y que esto no era correcto. El compañero del policía indiferente empezó a sentirse afectado por las palabras del señor Demóstenes y se mostraba incómodo.

—Vámonos, estas personas parecen unos civiles ejemplares —decía el policía a su compañero calvo.

—Quiero comprobar si existen algunos escondites... es posible que lleven con ellos drogas de cualquier tipo. ¿La película de Istgud no la has visto?

El calvo servidor de la ley, empezó a golpear las paredes de la caravana, por si acaso existía una doble pared. El señor Demóstenes no podía creer haberse topado con un policía tan astuto, cínico y soberbio. ¿Quién más iba a molestar y sospechar de una pareja de ancianos?

Mientras tanto, los cuatro habían entrado en la falsa pared de la derecha. Era tremendamente difícil estar así encerrado durante mucho tiempo. Xenia no aguantaba más, quería salir. El policía ahora golpeaba con la mano la pared izquierda. Cuando llegara al lado derecho de la pared, entendería que estaba hueco y que alguien podría estar escondido allí.

El ex espía, el señor Demóstenes debía actuar de inmediato. Se echó a llorar.

—¿Es posible sospechar de tu abuelo y tu abuela hijo? Nosotros al final de nuestra vida, tenemos que sufrir esta humillación. ¿Qué somos? ¿Unos maleantes? ¿Por qué no nos respetas, hijo?

Su esposa también empezó a entrar al juego.

—Deberías avergonzarte, hijo, qué vergüenza. Haré una demanda por abuso de poder. Mañana todos los canales hablarán sobre este tema.

Su compañero no aguantó más y empezó a hablar con él.

—Vámonos ya, se acabó, vamos, no hay nada —y lo llevaba hacia afuera.

Pero el extraño policía no daba la batalla por perdida y a toda costa quería descubrir un escondite. Se dirigió hacia la pared derecha. El señor Demóstenes se metió entre la pared y el policía, diciéndole:

—Qué vergüenza, acosar a dos ancianos —y lo miraba a los ojos con determinación. El policía mantuvo su mirada con furia.

Su compañero, ablandado, no aguantó más este espectáculo, fue y lo cogió, esta vez con mucha fuerza casi sacándolo fuera.

Sus voces se oían fuertemente mientras entraban al coche policial.

—¿Qué haces imbécil? ¿Vas a descargar tus nervios con unos pobres ancianos?

Los que estaban en la caravana resoplaban. Se salvaron justo a tiempo.

LA HORA SIGUIENTE FLUYÓ con una atmosfera totalmente diferente. Los chicos se habían dado cuenta de la seriedad del momento que vivían y no hablaban tanto entre ellos. Pano intentaba sacar algún tema de conversación ligero... pero no lo conseguía. Los cuatro estaban centrados en sus pensamientos.

—Lo siento mucho chicos, Xenia, Bobby, perdonadme. Os pido humildemente perdón por meteros en esta situación —se disculpó Pano.

Eurídice se entrometió.

—Si no fuera por ti, ¿dónde estaría ahora mismo? Los secuestradores me iban a tirar en alguna zanja... ¿entiendes que me salvaste la vida? Y aunque hubiera escapado de los secuestradores, no iba a poder librarme de la cadena perpetua con las acusaciones de Martinis, por la inminente muerte de Doko. No tienes la culpa de nada... el capitalismo, la arrogancia, la enfermedad del ser humano hacia el dinero, tiene la culpa de todo. Y yo no entendí lo podrido que estaba Martinis.

Bobby y Xenia simplemente los miraban, no sabían qué decir. Además, ahora, no era el momento para atribuir responsabilidades. Lo que tenía importancia, era sobrevivir.

El señor Demóstenes estaba bastante cansado por la conducción. Era ya un hombre de 83 años. Preguntó a los chicos si les gustaría una parada de veinte minutos. No se resistieron. Estacionó la autocaravana en un baldío al lado derecho de la vía.

Pano se levantó y fue enfrente de la autocarava en donde estaba la pareja de ancianos. Tocó el hombro del señor Demóstenes suavamente y le dijo que le estaba muy agradecido. El anciano le dijo que, si no fuera por él, no hubiera vivido esta aventura con su mujer.

—Nosotros, los espías, somos adictos a este tipo de vida, Pano. Cuando nos retiramos, esta vida es insufrible. Después de muchos años, de nuevo vivimos momentos intensos. Otra vez entramos en el juego, mi esposa y yo.

Los chicos invitaron a la anciana pareja a hacerles compañía durante el resto del tiempo. La señora Antígona contó a los chicos cómo conoció al señor Demóstenes. Ella era una espía israelí de la Mossad y él, espía de la NIS, la agencia precursora del CNI. Se habían conocido en Atenas en 1983, cuando ella había ido para espiar al jefe del gobierno, Andrea Papandreou, por cuenta del estado israelí. Fue amor a primera vista. Los obstáculos con los que se habían cruzado eran insuperables. Pero lo consiguieron y están todavía juntos.

Eurídice, escuchando esta romántica historia, la comparó con su historia con Pano. Giró y lo miró con mucha dulzura y le apretó la mano como diciéndole, "nunca me dejes". El corazón de Pano palpitó con esa mirada suya.

El descanso llegaba a su fin. La señora Antígona sacó los bollos de su bolso y se los repartió a los chicos. Todos soltaron exclamaciones de admiración. Eran los mejores panes dulces que habían comido en sus vidas. La señora Antígona recordó que Eurídice también había hecho algunos con ella ayer.

Las últimas dos horas Pano no tenía a nadie con quién hablar ya que todos se habían quedado dormidos. Pano seguía despierto y los miraba. Pensaba que toda su vida había sido infeliz. Sí, había conquistado muchas mujeres... sí, tenía muchos conocidos... sí, tenía una gran carrera y mucho dinero... pero nunca había sentido lo que llamamos amistad. Hoy por primera vez en su vida, comprendía el sentido de la amistad viva y real.

—Hemos llegado —gritó con fuerza el señor Demóstenes.

Bobby se sobresaltó, asustado. Se despertó de golpe por la fuerte voz. Lo mismo les ocurrió a las chicas. Solo Pano seguía inmóvil e inalterable.

—¿A dónde? —preguntó Bobby tragando saliva.

—Llegamos a Zagorohoria, al pueblo que se llama, Mikro* Papigo. Vais a dormir allí por la noche y mañana temprano a las seis, iréis hacia el refugio de Astraka. Está a unas tres o cuatro horas de aquí... andando.(* Mikro en español significa pequeña)

Xenia no era de las personas que caminaban mucho, era perezosa y le gustaba la comodidad del coche.

—¿Estáis de broma otra vez, no? ¿Tres horas de caminata por una montaña nevada a cero grados Celsius?

—No, hija, no es un chiste. Las cosas son muy serias para vosotros. Debéis estar seguros en un lugar alejado, como lo es el refugio de Astraka.

Bobby se entrometió.

—Señor Demóstenes como sé, por amigos montañeros, al refugio de Astraka, van muchos visitantes cada año.

—En los meses de verano, hijo. Desde noviembre el refugio está cerrado para el público. El responsable del refugio es amigo mío y nuestro contacto. El invierno solamente se usa para personas como vosotros por razones conspirativas. Existen provisiones de comida para casi un mes. No aceptamos gente desconocida en el refugio.

Pano se entrometió también.

—¿Y si suben montañeros sin invitación?

—Pocas veces pasa en invierno, es cierto que alguna vez suben montañeros profesionales. No entran al refugio porque está cerrado al público, pero puede que pasen por fuera. Vosotros si eso pasara, estaréis dentro, sin dar ninguna señal de vida. Aunque como os dije, esto ocurre rara vez. Aparte de esto, los montañeros que vienen aquí, son todos amigos de Savva, el responsable del refugio. Nadie le ha informado estos días de que vendrá por montañismo. Solamente vosotros y la montaña estaríais allí arriba.

Eurídice puso su cabeza en el hombro de Pano y le susurró: —Nosotros y la montaña... será un sueño.

La siempre excéntrica Xenia, lo oyó y le dijo: —Tú no estás bien mi chica... ¿qué sueño? Esto es una pesadilla.

Todos empezaron a reír. Incluso el señor Demóstenes.

—Bueno, mis chicos, mi mujer y yo nos vamos, vosotros quedaos aquí, hay de todo. Lamentablemente, el día de hoy tenéis que pasarlo en la autocaravana. Nadie debe veros fuera. Nadie os va a molestar, Savva ha informado a la policía del pueblo y sus residentes de que la autocaravana pertenece a un amigo suyo.

Xenia se entrometió otra vez.

—¿Ustedes a dónde van?

—Mi dulce niña, hace muchos años que mi mujer y yo no nos tomamos unas vacaciones invernales. Aprovecharemos la situación. Nos vamos al Hotel & Spa.

—Oooooh... yo también quiero spa —se quejaba la permanentemente gruñona Xenia.

—Chicos, antes de que nos vayamos al spa, quiero informaros de que Savva, vuestro guía, llegará aquí alrededor de las 6 de la tarde. Os llamará a la puerta tres veces. La clave es... «Traigo pasteles».

Un sonido repetitivo se escuchó. ¿Era un golpe a la puerta de la autocaravana? Sí, probablemente sí... ahora los chicos esperaban oír la clave.

—Traigo pasteles —les dijo una voz muy suave.

Bobby abrió la puerta y recibió a ese hombre de 35 años, medio calvo y con pelo negro. Savva le entregó una bolsa llena de cosas. Bobby sacó el contenido. Había pasteles dentro. Bobby lo miró y le dijo:

— Ya, ¿en serio?

Savva respondió.

—Sí, en serio, pensé que por qué no cumplir con la clave. Además, mañana gastaréis mucha energía, tenéis que comer bien hoy.

Pano, que era un amante de los dulces, probó un bocado y empezó a repetir.

—No... no... no... No.

Todos lo miraban con perplejidad. ¿Le gustó o no?

—Es increíble, no he comido algo tan delicioso... mmm.

Dos minutos más tarde, todos los pasteles se habían desaparecido.

Savva hasta las diez les explicó los detalles técnicos acerca del montañismo. Por la noche les traería el equipamiento necesario para el montañismo y mañana a las cinco y media comenzarían a caminar hacia el refugio de Astraka.

LA ALARMA SONÓ EXACTAMENTE a las 4:45. Nadie podía despertarse. Eurídice fue la única que se levantó de inmediato. Para despertarlos por completo se puso encima de ellos y empezó a saltar durante unos tres o cuatro minutos. Al final lo consiguió.

Pano necesitaba desesperadamente un café. Un expreso. Lamentablemente el café no estaba dentro de las provisiones de la autocaravana. Pero había leche con cacao... era más o menos eso. Después de comer un bocadillo con atún, estaban listos.

Savva y el señor Demóstenes llegaron a la casa rodante a las 5:23. Savva comprobó la ropa, los zapatos para escalar y las mochilas de todos y dio la señal para que empezaran. Pano pidió un minuto, quería decir algo en privado al señor Demóstenes.

—Me siento culpable, señor Demóstenes, por no avisar al naviero, a Doko, sobre el intento de su asesinato. Desde el primer día que me enteré oficialmente por Martinis, pasaron tantas cosas que no tuve tiempo de avisarle.

—Hijo, no te preocupes, yo le avisaré. No lo conozco, pero será una gran oportunidad para conocer un benefactor del helenismo. Pano... ten cuidado, protégelos.

El señor Demóstenes quería a estos chicos como si fueran sus hijos. Nunca había tenido hijos con su mujer, la señora Antígona, y por ello, reflejaba este amor paterno.

YA LLEVABAN QUINCE minutos de caminata. Fuera todavía era de noche. El frío penetraba en sus cuerpos. Se oían respiraciones pesadas. La más pesada era la de Xenia que era la única que nunca hacía ejercicio. Incluso ya había empezado a cansarse un poco.

Eurídice sentía pena por no poder admirar el pintoresco pueblecito de Mikro Papigo. No pudo distinguir con claridad los atractivos pavimentos y las casitas construidas con piedra y madera, que ya acababa de pasar, a causa de la noche y la falta de luz. En el pasado había estado un día en el pueblo, pero no tenía ningún recuerdo de eso.

Savva, que hasta ahora caminaba sin problemas, continúo explicándoles.

—Mis compañeros de viaje, empezamos a los 960 metros que es la altura del pueblo y ahora hemos llegado favorablemente a los 1015 metros. En unos minutos vamos a encontrarnos con la fuente de Avragonios. Todavía es muy temprano para que hagamos una parada para descansar. El camino después de la fuente será muy ascendente. Os digo esto para que cuidéis vuestra respiración. Para tener una respiración estable debéis sacar todo el aire afuera. La tierra en esta altura, por suerte no está nevada, calculo que en una hora y media, encontraremos nieve suficiente.

AL COMPLETAR UNA HORA de senderismo, Savva propuso a los chicos que hicieran una parada para que descansaran. Xenia decía respirando profundamente.

—Sí, sí te lo suplico... aj qué nos pasó.... ¿Dónde está mi casita?

Bobby fue a su lado y la abrazó. Sabía que su chica en este momento estaba agotada. Quería levantarle el ánimo.

—Venga mi bomboncito... tú no le tienes miedo a nada... mi preciosidad.

Realmente lo consiguió. Xenia empezó a sentirse mejor. Ya todos se habían sentado para descansar, usando sus mochilas como asiento.

Savva empezó a explicarles donde estaban en ese momento.

—Estamos a 1200 metros. Aquí está la fuente de Adalki. Podéis percibir cómo sale el sol y la noche se va, cómo cambia el panorama y los árboles dan lugar a los arbustos. Mientras subamos, el paisaje empezará poco a poco a adquirir su forma alpina y la vegetación desaparecerá. Ya podéis ver delante de vosotros la cumbre de Astraka.

—¿Así se llama la montaña? ¿Astraka? —preguntó Bobby, bebiendo un poco de agua de su botella.

—La montaña se llama Timfi. En Timfi existen varias cimas de diferente altura. Astraka es parte de estas cimas. La más alta es Gamila. Lo característico de estas cimas, como ves, es su inclinación casi vertical. La inclinación ideal para los amantes del montañismo. ¿Bueno, vamos? Normalmente no deberíamos hacer una parada para descansar tan temprano.

Eurídice, mientras subían hacia el refugio, pensaba que estaría bien hacer este camino en circunstancias normales. En este momento los cuatro sentían como una presencia invisible les perseguía. A pesar de que no lo decían, estaban muy presionados. Sobre todo Pano, que se sentía culpable por meter en esto a Xenia y a Bobby.

XENIA, MEDIA HORA DESPUÉS de su última parada en Adalki, estaba muy cansada. Bobby se veía obligado a cargarla, literalmente.

—En treinta minutos, chicos, haremos otra parada, tened paciencia —les dijo Savva, que estaba muy preocupado por Xenia. No se veía bien. En este momento se encontraban a una altura de 1370 metros.

La nieve ya había cubierto todo en su campo óptico, todo era blanco y la vegetación había desaparecido. El paisaje blanco, rompía su dulce monotonía solo cuando miraban hacia arriba a las cimas de Astraka y de Gamila, donde sus oscuras escarpadas cuestas de caliza, impresionantes y dominantes, quitaban la gloria de la nieve aplastada.

Xenia se quejaba con Savva.

— ¿Qué es eso que se escucha? Este ruido en mis botas.

—Jajajaja... la nieve suena así cuando la pisas, porque está todavía húmeda —Savva le dijo con alegría.

Aunque todos estaban congelados por el frío, encontraron el ánimo para reír. Por suerte, tenían puestas estas capuchas de lana que les cubrían toda la cara. Si no fuera así, sus caras se habrían congelado. No podían ni siquiera hablar.

POR FIN LLEGÓ EL MOMENTO de la segunda parada. Todos se sentaron todos y prácticamente se acostaron sobre sus mochilas. El viento silbaba en sus oídos. Ya no podían oírse por el viento así que Savva se veía obligado a gritar para que lo pudieran oír.

—Estamos a 1525 metros de altura, en la fuente de Trafos. El refugio se encuentra a 1960 metros. Haremos una última parada en la fuente de Kruna a 1727 metros y finalmente nos dirigiremos hacia el refugio. Necesitaremos una hora y media más. Tened paciencia chicos. Después descansaremos, comeremos y nos calentaremos en el refugio.

La hora y media por fin pasó, pero muy dolorosamente. A los cinco les quedaban unas docenas de metros para la entrada del refugio de Astraka. Empezaron a soltar exclamaciones de felicidad. En dos minutos estaban exactamente en la entrada. Savva les dijo que entraran con el pie derecho. Y así lo hicieron.

Xenia corrió hacia el baño. Cuando salió después de muchas horas, encontró a los chicos relajándose en los mostradores de madera que había en la cocina. Bobby había puesto sus pies en un cubo lleno de agua caliente.

—¿Hombre, qué haces? —le dijo Xenia—. Este cubo es para la comida... qué guarro.

—No te imaginas lo buena que es la sensación. Mis pies hinchados se han aliviado. Venga mi amor, te haré espacio... pon tus piecitos dentro también.

Pano y Eurídice se partían de risa. No habían visto jamás a una pareja así.

Savva, al contrario, era serio y taciturno. Sabía que las cosas eran muy serias. Entendía que los chicos tenían una ignorancia parcial del peligro. Además, no tenían acceso a internet en estos días. Si lo tuvieran, sabrían que todo el mundo ya conocía sus nombres. Pero era mejor así, porque si lo supieran, su espíritu se derrumbaría.

Conferencia de prensa

28 DE NOVIEMBRE, MARTES

Por favor todos los periodistas siéntense en sus asientos y hagan silencio. La rueda de prensa del representante de la casa blanca empezará en un minuto.

—Señores y señoras, buenas tardes. La actual rueda de prensa es sobre el agente de la CIA fugitivo, Pano Dale. Como todos saben, Pano Dale desertó de la CIA hace una semana. Se había ido a Grecia desde los Estados Unidos, por una razón desconocida y sin informar al servicio. En Atenas, donde vivía, conoció a una anarquista muy famosa, Eurídice Vasiou y su conocimiento evolucionó a una apasionada relación romántica. Por una causa desconocida, suponemos por razones de rivalidad, Pano Dale asesinó al ex compañero de Vasiou, al gran anarquista, Epaminondas Martinis. Pero la acción criminal no terminó allí. Dos días más tarde, apareció muerto el dueño de un motel, en Atenas. Allí, fue donde se quedó durante una noche Pano Dale con Vasiou. Es muy probable que Vasiou también esté metida en el asesinato. Los invité a todos esta noche para anunciarles que Pano Dale está siendo buscado por las autoridades americanas. Se sospecha que revelará secretos clasificados y confidenciales de los Estados Unidos a fuerzas extranjeras y a Rusia. Pano Dale junto con Eurídice Vasiou se consideran, desde este momento, enemigos importantes del estado americano. A Pano Dale se le acusará por alta traición. Todos nuestros servicios trabajan día y noche para encontrar y arrestar en primer lugar a Pano Dale y en segundo lugar a Eurídice Vasiou. Eurídice Vasiou no es ciudadana de los Estados Unidos, pero puede que conozca secretos clasificados, y esto la convierte en enemiga de los Estados Unidos y será expulsada como una terrorista. Los periodistas pueden hacer sus preguntas, por favor.

—Hola, soy Susi Diamond de Herald Tribute. ¿Cómo es posible que un hombre tan desequilibrado como Pano Dale trabajara para la CIA durante tantos años? ¿Puede que la CIA deba examinar de nuevo los exámenes psicológicos que hace a los potenciales agentes?

—Sí, sí tiene razón, ya el cónsul de la seguridad nacional del presidente, Howard Bold, está en contacto con los servicios pertinentes para crear en el futuro cercano mejores y más eficaces exámenes psicológicos, para evitar que trabajen en nuestros servicios desequilibrados y traidores. ¿Otro periodista? Por favor usted al fondo.

—Buenas tardes, Diana Roberts de Washington Post, quería preguntarle si Pano Dale trabaja solo o si es parte de alguna organización terrorista más grande.

—Esto todavía está bajo investigación. Lo que sabemos con certeza es que Pano Dale, está por lo menos con tres personas anárquicas que tienen una hostilidad paranoica hacia los Estados Unidos. Suponemos que Vasiou lo inició en el mundo del terrorismo. De los otros dos, presentaremos pruebas en los próximos días.

El señor Demóstenes no aguantó más y apagó la televisión. Hacía veinticinco minutos que había regresado a su casa después de este largo viaje desde el Mikro Papigo. Ayer se anunció en los Estados Unidos que habría una rueda de prensa hoy sobre Pano Dale. Pero no se lo había dicho a Pano para que no se quebrara psicológicamente. El señor Demóstenes deseaba que no tuvieran televisión por satélite y que no hubieran visto esta conferencia. Se sintió muy triste. *¿Cómo te enredaste así, hijo?* Pensaba.

Lamentablemente, hoy no descansaría. Debía actuar de alguna forma. No iba a poder sentarse en su casa y esperar novedades.

Se puso su boina a rayas en la cabeza, se puso su abrigo de algodón y salió de su casa. Se dirigía hacia la casa del naviero Doko.

APENAS LLEGÓ FUERA de la altísima verja en su villa en Voula, la seguridad personal del naviero se acercó de inmediato. Le preguntaron qué necesitaba. El señor Demóstenes les pidió hablar con el naviero.

—Díganle que el Príncipe Oscuro quiere hablar con él.

Antes de poder terminar su frase, la seguridad personal de Doko recibió órdenes por el auricular para que dejaran entrar al señor a la casa.

El Príncipe oscuro se llamaba un famoso espía que trabajaba en las décadas de los '70, '80, '90 y del 2000. Nadie conocía su cara, pero era muy famoso en el mundo de los agentes secretos. Una vez en la década de los 90, se escapó de las cárceles malasias. Las cárceles más duras del mundo.

Doko nunca se había encontrado con el señor Demóstenes, pero había oído hablar sobre el apodo del príncipe oscuro, y cuando lo escuchó, dio orden a sus guardias para dejarle pasar.

—Buenas tardes, su visita significa que pasa algo muy serio... príncipe oscuro. Quiero decirle que es un honor conocerlo en persona.

—Es un honor para mí también, señor Doko. Aprecio mucho el trabajo que ha hecho hasta ahora para defender y proteger los intereses marítimos de Grecia.

—Dígame qué pasa. Soy todo oídos.

El príncipe oscuro se lo explicó todo detalladamente. El naviero claro que tenía preguntas.

—¿Cómo supieron ellos, en qué secreto clasificado estoy trabajando? Los metros de protección que estoy tomando son sin precedentes. Estoy trabajando solo, solo hago los experimentos, en un depósito secreto.

—No sé cómo se enteraron, ¿puede que su viejo amigo, Kalergis, lo supiera todo?

—Claro que no, con Kalergis soñábamos crear un submarino extraordinario, sin tripulación, hace muchos años, pero el intento era un fracaso total.

—Sí, pero Kalergis, en este tiempo, había publicado que lo estaban construyendo. Todos los agentes se habían enterado sobre esta deseada arma. ¿Puede que ahora hizo lo mismo y creó rumores que no corresponden a la realidad?

—En ese entonces, Kalergis era un almirante, tenía sus razones en ese tiempo sacar un rumor así para dar un impulso a su carrera. Pero ahora que está desmovilizado, ¿qué interés tiene en divulgar estos rumores? Y la ironía es que ahora lo estoy realizando.

—No sé, señor Doko, de verdad que el caso es tremendamente complicado. Lo que conozco es la punta del iceberg. Es lo que ya le he dicho, que el jefe de los malos, probablemente es el alemán, Jürgen Klinnsman y que Jorge

Sanz arregla los pagos, dando vueltas con el bote y repartiendo barras de oro. Kalergis seguramente está involucrando con todo eso... también parece que está involucrado un pez gordo de América, un tal Howard Bold. La persona más confiable del presidente de los Estados Unidos.

—¿Y Martinis?

—Martinis, como ya le expliqué, tenía el rol del chivo expiatorio. Justo después del golpe hacia usted, probablemente lo matarían. Todos los cargos caerían sobre él. Pero este ingenuo creía que lo iban a llenar de oro, y haría vacaciones permanentes en... Hawái, si ayudaba a su asesinato. Ni él sabía con quiénes se había metido.

—Qué traidor es Kalergis. Vale, sabía que no era una persona y un almirante honorable, pero nunca esperaba que fuera a planear una operación para desaparecerme. Esto me duele muchísimo.

—Lamentablemente.

—O sea, este joven, Pano Dale, ¿me salvó la vida?

—Claro. No sabemos cuándo y cómo va a ser el golpe, pero puede que hoy no estuviera vivo, si no fuese por este hombre. En lugar de tomar una distinción militar, se encuentra perseguido por estos animales.

—Quiero ayudar. Quiero ayudar a este joven y declararle mi gratitud.

—Desafortunadamente, por ahora no puede ayudar.

—¿Cómo que no? El actual jefe de la fuerza naval es mi amigo, puedo ayudar. Evidentemente, no sabe nada del arma que estoy construyendo. No confiaría en nadie más.

—Si el tema fuera del interior de Grecia, podría ayudar. Pero Howard Bold lamentablemente lo ha colocado como si fuera un tema americano. Pano Dale ya está siendo buscado por los americanos. Lo único que va a conseguir si intenta ayudar en esta situación, será comprometerse usted también. Yo he venido en nombre de Pano. Quería informarle, decirle que es un objetivo.

—Desde mañana pondré una red de protección a mi alrededor. No tenía la menor idea de quiénes me habían acosado ni por qué. El arma que estoy construyendo cambiará el equilibrio a favor de nuestra patria. De todas formas, debe construirse. Por favor, en cualquier momento que necesite ayuda, no dude en decírmelo. Tengo muchos medios a mi disposición. Aviones, naves, casas al exterior. Pano y los que están con él, podrían esconderse allí.

El señor Demóstenes consideró al final que era una buena idea la ayuda de Doko. Ya había empezado a diseñar el plan en su mente.

— ¿Señor Doko, existe alguna puerta trasera para que me vaya? Es posible que le estén vigilando y me hayan visto entrar aquí. No quisiera que me vigilen hasta mi casa.

—Claro, yo mismo lo conduciré. ¿Puede que le hayan sacado alguna fotografía de lejos cuando estaba entrando y descubran quién es? En caso de que me estén vigilando.

—Tomé mis medidas. La bufanda llega casi hasta los ojos y la boina tapa mis cejas. No se puede identificar a nadie de esta manera.

—Entiendo que la fama que precede el príncipe oscuro no era casual.

—No, no era... lo es.

— ¿Puedo hacerle una última pregunta antes de que se vaya? ¿Debo informar a la policía?

—Le aconsejaría que no la avise. No sé quiénes y cuántos están involucrados, pero lamentablemente algunos están. De ahora en adelante está solo.

Desde arriba

NSA, ESTADOS UNIDOS..., martes el mismo día

—Señor comandante, acabamos de observar la casa del naviero Doko, la cual nos mandó vigilar. Un hombre entró, después de ser interpelado por la seguridad de la casa. Nuestro satélite nos da imágenes muy claras y cercanas. Tiene puesto algo como un sombrero, pero no podemos distinguir alguna característica especial.

—Que vigilen la casa todo el tiempo, en algún momento saldrá y verificaremos quién es. Y el más mínimo detalle cuenta —dijo el comandante de la NSA a su subalterno.

Howard Bold, presionaba muchísimo al actual comandante de la NSA. El ex comandante de la NSA había construido una buena historia muy convincente sobre Pano. Todos creían ya que era el enemigo número uno de América.

UNA HORA MÁS TARDE, el agente de la NSA informó otra vez a su comandante.

—Señor comandante, el hombre que entró hace unos quince minutos ahora se va por otro lado de la casa, al sureste. No puedo verlo en este momento, le esconden unos árboles grandes. Lógicamente en unos segundos aparecerá, los arboles terminan a unos 20 metros.

—Bien, mantén tus ojos sobre él.

—No aparece por ningún lado. No lo entiendo. ¿Es posible que se haya quedado debajo del follaje de los arboles?

Los minutos pasaban y el hombre misterioso no daba ninguna señal óptica al satélite. Como si se lo hubiera tragado la tierra, literalmente.

El comandante dio la orden de quedarse estancados en sus pantallas. Debían descubrir quién era él. Howard Bold lo tenía claro. El naviero Doko tenía conexión con la huida de Pano Dale y relaciones estrechas con Rusia. Ahora la NSA vigilaba muy de cerca también a Doko. La historia de Howard, fue creída por todos. Era como matar dos pájaros de un tiro.

ESA MISMA TARDE, HOWARD realizó un viaje corto a Berlín. Supuestamente, conversaría con su homólogo alemán temas sobre la OTAN. Pero la verdad era que quería ver a Jürgen de cerca para hablar otra vez sobre el caso. Howard nunca hablaba de temas sensibles a través de conversaciones electrónicas, solo lo hacía en persona.

Se vieron en el hotel Haze. Los guardias de Howard tenían un aparato electrónico que emitía frecuencias de un espectro particular. El propósito de esto era desactivar cualquier aparato electrónico en el espacio. También era imposible ser registrado por ningún micrófono oculto. No dejaba nada a manos de la suerte, era muy cauteloso.

—No has conseguido nada todavía, ni siquiera hemos encontrado a sus amigos. Un grupo de estúpidos es capaces de evadir tantas agencias. Y Pano Dale no era agente de campo. Trabajaba en la oficina. ¿Y no lo pueden encontrar? Qué puedo decir, inútiles. Mientras tanto... ¿con Doko qué pasa? ¿Nos hemos olvidado de él? Él es nuestro objetivo principal, Howard, nuestra prioridad. Debe quitarlo de en medio.

—Los encontraremos a todos, ten un poco de paciencia. Ya toda la NSA trabaja para este objetivo, creen que tenemos que ver con una amenaza tremenda para la nación y para nuestro estado. He creado una historia muy convincente. Especialmente los nuevos agentes, deberías ver cómo se han obsesionado. Quieren encontrar a Pano Dale, el gran traidor de nuestra nación. Les he dicho que vende grandes secretos clasificados a Doko, y que Doko los vende a Rusia. Así que investigaremos a Doko también a través del satélite, mientras intento encontrar fallos en su seguridad, para así hacer un nuevo plan de asesinato.

—No me interesan tus promesas verbales. ¿Todavía no lo entiendes, no? Debes eliminarlos. No puedo preocuparme por ninguno de ellos. Yo me ocupo de proyectos billonarios. No me aturdas más...termina con el caso o te echo. Pero... creo que eres un inútil y que Doko se salvará. De verdad, no confió en ti. Estoy listo para asignarle el trabajo a otra persona.

—No, no se va a escapar de esto. Vamos a trazar un nuevo plan de asesinato en estos días. Contacté con el tal Kalergis que me dijiste, va a diseñar un nuevo plan para Doko. Yo simplemente, le daré información por el satélite, para ayudarlo. En unos días me mandará detalladamente su plan y su propuesta. Te haré sentir orgulloso por todo. En unos días voy a terminar con Dale y su grupito y en menos de un mes, habré quitado del medio a Doko. Confía en mí. ¿Tu Fuente es totalmente fiable? ¿Estás seguro de que Pano Dale está al tanto de todo?

—Sí. ¿Qué confusión es esta? Imbéciles... ¿cómo han hecho así las cosas?

Ya que el alemán había subestimado y ofendido una vez más a Howard Bold, se fue de la habitación del hotel. Howard se había quedado solo, con los hombres de su seguridad. En una hora y treinta y cuatro minutos tendría una cita muy importante que determinaría todos los acontecimientos.

DOS DÍAS ANTES, HABÍA tenido el primer contacto con la organización más dura de mercenarios que existe, formada por marinos veteranos, la «Hellgate». Una simple palabra era suficiente para que comenzara una colaboración entre ellos.

Cualquiera que los quisiera contratar, debería escribir la clave "fuego" en una hoja de papel, con tinta ultravioleta, el lugar, la hora de encuentro y las insignias que llevaría con él para identificarlo. Luego, debía ponerla en un sobre y mandarla a través de una empresa de mensajería urgente, a una dirección concreta en donde supuestamente vivía una señora mayor. Después del envío del sobre, los mercenarios del «Hellgate» se acercaban al lugar del encuentro en el tiempo pautado.

Hellgate era una organización fantasma. No tenía ninguna relación con estatutos y acciones legales. Era básicamente un equipo que se constituía de 224 ex marinos, y actuaba siempre en secreto. Su acción, era conocida principalmente, entre los propietarios de las empresas petroleras.

Cuando en las costas del Níger, el colosal petrolero de B&J Oil, tuvo problemas por culpa de las feroces reacciones de los habitantes nativos, el dueño de esta empresa petrolera, de inmediato contrató a Hellgate. Después de unos días, desapareció cualquier tipo de resistencia, ya que el río se tiñó de rojo.

La organización tomó prestado el nombre de Hellgate de una homónima película cinematográfica americana muy famosa de género western, del año 1952.

FUERA DE LA ENTRADA de Brandemburgo, pacientemente, Howard esperaba a algún contacto de los Hellgate, para hablar con ellos. Miraba a derecha y a izquierda, intentando adivinar quién de toda esta gente, podría pertenecer a los Hellgate. Pero no tuvo tiempo de adivinarlo.

Alguien presionó algo bajo su espalda, concretamente, en el músculo dorsal. Le dijo: —Ahora camina recto y entra en la camioneta negra —Howard obedeció de buena gana.

Nada más entrar tres personas con capuchas, le pusieron una capucha negra, le giraron boca abajo y empezaron a revisarlo. No encontraron ningún arma. Luego, lo escanearon de los pies a la cabeza con un aparato electrónico, que revelaba si existía algún micrófono oculto o algún artefacto de vigilancia. Howard estaba limpio.

De repente, sonó su teléfono. Uno de los mercenarios le pegó la pistola a la sien izquierda, diciéndole que respondiera. Lo estaba llamado su guardia. Howard respondió muy irritado.

—Te dije que no me molestaras. Por una vez quiero sentirme una persona libre sin tener seguridad alrededor mío. Te lo repetí muchas veces y te dije claramente que esta noche estaré sin mi seguridad personal.

—Pero señor Bold, si le pasa algo, la responsabilidad pesará sobre mí. Usted es el cónsul de seguridad nacional del presidente. Al principio acepté con recelo dejarlo solo, ya que lo deseó así, pero ahora siento bastante cautela sobre este tema. Por favor, dígame donde está para que vaya con el resto del grupo de protección para encontrarlo.

La pistola presionaba aún más la sien de Howard.

Howard empezó a gritar enloquecido.

—Yo doy las órdenes. ¿Estamos de acuerdo? Ahora... cuelga el teléfono y déjame tranquilo. Iré al hotel dentro de unas horas, después de dar un paseo... solo.

El mercenario tomó el móvil de Howard y lo tiró de la ventana.

—Nooo —gritó Howard—. Lo tengo todo dentro de ese móvil.

El mercenario no mostró ningún signo de emoción. Al contrario, giraron a Howard de repente a una posición supina y lo registraron otra vez. No encontraron nada, ni un arma, ni ningún artefacto de vigilancia.

El cardan de la camioneta era muy duro. En cada bache, Howard se sobresaltaba. Le dolía la espalda por los choques.

Por suerte redujeron la velocidad. Probablemente iban a parar. Lo sacaron violentamente fuera de la camioneta y lo arrastraron por el suelo. No podía ver qué pasaba. Tenía la maldita capucha negra en la cabeza. Gritaba para que se detuvieran. Ahora, realmente tenía miedo. Dudaba si estos personajes eran realmente de Hellgate.

—Díganos... ¿cómo contactó con nosotros? —le preguntaban con mucha agresividad.

—Se lo diré, se lo diré... cálmense —tomó una inhalación profunda y empezó a explicárselo—. Soy amigo de Patrick Deán, el dueño de B&J Oil. Él me ha hablado de ustedes. Soy Howard Bold, el cónsul de seguridad nacional del presidente de los Estados Unidos de América.

Los mercenarios le quitaron la capucha. Pero ellos no se quitaron las suyas. Se sentaron a su alrededor con las piernas cruzadas, creando un círculo y le pidieron que les explicara para qué los quiere usar.

El cónsul de la seguridad nacional, empezó a explicarles todo desde el principio. Pero los mercenarios tenían bastantes dudas.

—¿O sea, qué objetivo eliminaremos primero? ¿Este naviero griego, Dotcom... no me acuerdo de su nombre o del agente... Dale?

—El naviero... Doko, puede esperar. Deben quitarle del medio también, pero en una fase posterior. Van a dar prioridad a Dale, porque él conoce secretos sobre mí y mis otros afiliados. Él debe irse primero, junto con las personas que nombro en los papeles que les daré.

—¿Y por qué nos asignas el trabajo? ¿Ya que tienes bajo tu servicio tantas agencias?

—Estas agencias son buenas para las cosas formales. Para escribir algún artículo difamatorio, para alguna vigilancia electrónica y todo lo relativo a eso. Para trabajos rápidos y limpios, lamentablemente, no se ofrecen. He dado la orden de eliminación y extracción y todavía estamos esperando la aprobación de los burócratas. Aparte de esto, ellos tienen como prioridad arrestarle e interrogarle. No puedo arriesgarme y que les diga todo. Debe quitarse del medio, inmediatamente.

—¿Gente en Grecia no tienes?

—Tengo, pero son para las cosas básicas. Ya, anteayer, mataron el dueño de un motel y echaron la culpa a Dale. Ellos están para trabajos pequeños. Son todos policías, están bajo el servicio de un ex almirante, griego.

Cuando terminó con las explicaciones, les entregó los papeles de Eurídice, Xenia y Bobby.

El lago de los dragones

29 DE NOVIEMBRE, MIÉRCOLES

El primer día, las parejas en el refugio de Astraka, lo pasaron en la cama. Todos estaban exhaustos, durmieron casi todo el día.

Al día siguiente, despertaron bastante temprano y se sentaron en las encimeras de madera en la cocina para beber café. Expreso no había para Pano, pero había café griego.

—Mmmm... qué increíble sabor tiene el café griego —le dijo Pano a Savva.

—¿No bebías en América? —preguntó Savva.

—No, la verdad, he bebido café griego solamente dos o tres veces en mi vida. Pero no me gustó tanto. Aunque éste verdaderamente es muy bueno.

Savva hizo un gesto con su mano, el característico gesto del *like* en Facebook. Luego, se dirigió a todos.

—Chicos y chicas, hoy iremos al lago de los dragones, llamado Drakolimni*. Yo, desde mañana, os dejaré solos, así que hoy es una oportunidad para guiaros un poco. Entiendo que no estáis aquí por entretenimiento, pero una excursión así ayuda a mantener el espíritu arriba. Y creedme, necesitáis tener el espíritu elevado, porque vais a estar muchos días aquí. (

*drakolimni significa: Lago de los Dragones)

Xenia se entrometió e interrumpió a Savva.

—Yo no puedo, me duele todo el cuerpo, tengo los pies muy cansados. En un mes no haré otra vez una caminata así.

Eurídice intentaba convencerla de que sería maravilloso visitar ese lago de los dragones. Pero Xenia no quería escuchar nada.

—Tengo una idea, dejemos a las mujeres descansar y vayamos nosotros solos —dijo Bobby.

Eurídice dijo que no tenía problema con eso. Xenia estuvo de acuerdo. Todos estuvieron de acuerdo de que eso sería lo mejor para todos.

En media hora los hombres empezarían su recorrido hacia el lago de los dragones. Se pusieron sus particulares pantalones, sus chaquetas y sus botas de montañismo.

YA CON SUS MOCHILAS preparadas, empezaron a caminar hacia el lago de los dragones.

Savva, durante el senderismo, explicaba a Bobby y a Pano los mitos que tenía el lago de los dragones.

—Hay muchos mitos que acompañan al lago. Uno de esos dice que en el pasado vivía un dragón allí que dio su nombre al lago. De hecho, este dragón peleaba con otro dragón que se encontraba al otro lado, en un lago de más dragones en Smolikas. Se dice que estos dos dragones, se lanzaban objetos pesados el uno al otro, cuando uno de ellos iba a beber agua. Es decir, que cuando el dragón del Smolikas iba a beber agua, el dragón de Timfi le tiraba piedras. Después de eso, el dragón del Smolikas se enfadaba y él, en su turno, le tiraba al otro dragón de la Timfi, grandísimos troncos de árboles.

—Jajajajajaja... mejores amigos los dragoncitos —dijo Bobby

Savva continúo.

—Las piedras, se dice, creaban blancos carneros y los troncos de los árboles, ovejas negras. Estos dos rebaños cuando se encontraron estuvieron cerca... muy cerca... ¿entendéis? Así que las ovejas negras dieron luz a corderos, los cuales lamentablemente no sobrevivieron. Al final, a causa de esto, el dragón de la Timfi, ganó.

—Muy bien, hombre. Lo destruyó el dragón malo de Smolikas —dijo Bobby con humor. Pano reía. Savva era más reservado.

Savva miró a Bobby, con disgusto, continuó otra vez.

—Pero hay una modificación en este mismo mito. La modificación acepta que se tiraban solo piedras el uno al otro y nada de árboles. Por esta razón, existen las piedras negras a las orillas del lago de los dragones de Timfi con piedras blancas esparcidas.

—Guau... qué me dices ahora —dijo Bobby con ironía. Pano le dio un codazo, devolviéndole a la orden.

—Por supuesto existen otros mitos, pero no veo que sean tan interesantes así que mejor lo dejaremos para más tarde.

Aunque Pano tenía interés en saber más, al contrario de Bobby, que se aburría mortalmente al escuchar los mitos.

—¿Savva te puedo preguntar algo más real aparte de los mitos? Hablaste solo de los lagos de los dragones de Timfi y de Smolikas. ¿Qué fueron de Timfi y Smolikas?

—He explicado que Timfi es una montaña. Es esta montaña en la que estamos caminando. También, nuestro refugio se encuentra en esta montaña. Cada montaña tiene diferentes cimas. Así que Smolikas es una montaña diferente con rocas completamente diferentes y su proceso de creación es también diferente.

—¿Es posible que montañas que están una al lado de la otra, sean constituidas por diferentes formas de rocas?

—Claro que es posible... la montaña Timfi está compuesta por rocas sedimentarias, mientras que la montaña del Smolikas se constituye de rocas magmáticas. ¿Entiendes la diferencia, Pano?

—Vale, me imagino que las rocas magmáticas se formaron del magma... de la lava que hay en el interior de la tierra. Las sedimentarias, a decir verdad, no sé cómo se forman.

—Exactamente. Las magmáticas se formaron en el manto de la tierra a una magnitud de 100 kilómetros hace 200 millones de años. Las sedimentarias se formaron de las reservas del sedimento en las cuencas marítimas. Piensa que durante millones de años las duras cáscaras de los microorganismos que vivían en el mar, al fallecer, caían como sedimento en sus profundas aguas. Poco a poco, con el paso del tiempo, se formaron reservas inmensas de estas cáscaras en el fondo de los océanos... los sedimentos, en pocas palabras. Estos sedimentos, a causa de las presiones tectónicas de las placas terrestres, se endurecieron más debido a las presiones y se levantaron formando las montañas.

—De verdad, no tenía idea. Muy interesante todo esto. ¿Todas estas increíbles y grandes montañas, se han construido por unos microorganismos?

Esto es increíble, en serio. Una vida, montañas con rocas sedimentarias y nunca estudié sobre su creación. Cuantas cosas básicas no sabemos al final...

—Sí, así es Pano... claro que nos referimos a las rocas de caliza, como son las rocas de Timfi. Te lo expliqué con sencillez para que lo entiendas. Existen otros procedimientos que contribuyen a la formación final de estas rocas sedimentarias de las montañas. Las cosas que te dije incluyen lo más básico y conforman el núcleo de su creación.

—En serio, es muy interesante todo esto.

Pano era un hombre sediento de conocimiento.

AL MISMO TIEMPO, LAS chicas pasaban momentos de ensueño. Dada la ocasión del día soleado y del cielo azul, se habían sentado en la mesa que estaba en el patio del refugio al lado del calefactor y disfrutaban de su segundo café. La vista era impresionante.

Xenia observaba el refugio. Ayer no le había prestado atención. Estaba tan cansada después de las cuatro horas de senderismo, que no lo había visto para nada.

Ahora veía las piedras de color gris con las cuales estaba vestido el refugio. Observaba que estaba construido en diferentes niveles de altura, arriba de la ladera, y que el techo del apartamento más bajo, estaba lleno con paneles solares.

—Euri, ¿de estos paneles solares toma electricidad el refugio?

—Pues no lo había pensado. Tienes razón, no hay manera de que haya ninguna columna de la PPC aquí. Sí, de estos paneles solares obtiene electricidad. Guapa, lo sabes todo.

A Xenia le gustaban mucho los halagos.

SAVVA, PANO Y BOBBY después de cincuenta y siete minutos de senderismo, llegaron al lago de los dragones en Timfi.

Bobby estaba cautivado por el paisaje. El lago de los dragones no era grande, ya que su superficie no superaba unos acres, pero poseía algo extraterrestre y misterioso. Parecía sacado de la era gótica.

Frente a ellos y al lago de los dragones, se elevaba imperiosa la cima de Gamila. Pano recordó la catedral de la Sagrada Familia, la que tuvo el honor de ver en Barcelona, con sus cumbres altísimas que parecían unas torres gigantescas. Así y ahora, la cima de Gamila parecía una torre gigantesca que rompía (literalmente esta vez) las nubes grises. Realmente, esta torre natural, la cima de Gamila, tocaba al cielo, dando la impresión al observador de que se está en un lugar donde existen fuerzas divinas. Pano estaba emocionado.

—Estamos a 2600 kilómetros de altura. Alrededor del lago, está la llanura alpina de Timfi. El lago de los dragones se formó por el movimiento de los glaciares primitivos. Los glaciares en esta época se movían tremendamente lentos. Junto con ellos llevaban otros materiales, tal y como los lleva un torrente. Tierra, barro, piedras grandes. Todos estos materiales tallaron el terreno, como un escultor talla el mármol, y así se formó el lago. Bueno hasta aquí la lección. Ahora tenemos que ocuparnos de cosas serias.

Dijo a los chicos que se sentaran sobre sus mochilas. Su expresión se volvió más seria.

—Antes de que me vaya mañana, os mostraré los puntos secretos del refugio. Algunas criptas secretas que hemos creado, donde guardamos las armas y una cripta que se usa como habitación de protección, en caso de un ataque generalizado.

—Qué... ¿es posible que tengamos un ataque generalizado? —preguntó Bobby a Savva muy asustado.

Savva le respondió.

—Todo es posible. Estáis siendo perseguidos por los servicios más poderosos del mundo. A vuestras mujeres no quiero asustarlas, pero vosotros debéis saber toda la verdad. Puede que sea necesario protegerlas.

—Pero... creí que nadie podía encontrarnos.

—Sí, es tremendamente difícil que alguien os encuentre con las medidas que hemos tomado hasta ahora, pero no es imposible. Chicos... debéis estar alerta. Sería una irresponsabilidad por mi parte, si no os lo dijera.

Bobby empezó a hablar.

—Savva...antes de volver al refugio... me gustaría disculparme y pedirte perdón por todos los chistes de mal gusto que hice antes. Entiendo que las cosas son muy serias, no me malinterpretes, ya que soy un poco alocado, pero debemos mantener nuestro buen humor. No puede ser de otra forma. Todo se resuelve y se enfrenta con buen humor. Es la filosofía de mi vida.

—Y tienes razón, hombre... tienes razón. Yo, la verdad, lo tomo todo muy en serio y no me ha llevado a ningún lado. Tengo envidia algunas veces de personas como tú, así tan despreocupadas y alegres.

Una vez que Bobby y Savva hablaron como dos buenos amigos, tomaron el camino del regreso. No habían estado más de treinta minutos en el lago de los dragones. El frío, a pesar del día soleado que dominaba, era penetrante. Era difícil quedarse sentados e inmóviles durante mucho tiempo con este frío intenso.

XENIA VIO A LOS TRES llegar desde lejos. Empezó a quejarse a Eurídice.

—Por Dios, amiga, no nos dejaron ni un rato a solas. ¿Hace cuánto que se fueron? ¿Solamente dos o tres horas? Ahora que empezamos a hablar sobre temas sexuales femeninos, caray, nos cortaron la conversación.

Eurídice reía. A diferencia de Xenia, ella estaba ansiosa por ver a Pano. Ya lo echaba de menos, al contrario de Xenia, que no extrañaba nada a Bobby. Esto es una característica de las relaciones que llevan muchos años juntas, que contrasta con lo que caracteriza a las recién creadas y frescas parejas.

Llegando los hombres a la entrada del refugio y a la mesa, a la que se sentaban las chicas, Eurídice esperaba de pie para recibir a Pano llena de entusiasmo. Xenia estaba sentada. Cuando Bobby se acercó para darle un tierno beso, ella giró la cabeza y le dijo:

—¿Pero por qué habéis regresado tan pronto? Necesitamos quedarnos un rato a solas.

Bobby le respondió en resumidas cuentas con un «ufff» y se dirigió hacia el interior del refugio, haciendo un gesto con las manos a Pano, como diciéndole... «Qué fastidio».

Eurídice le preguntó a Pano después de darle un carnoso beso a los labios.

—¿Qué tal lo has pasado, amor?

—Fue mágico —respondió él mirándola con mucha pasión y deseo.

Eran las 11:42.

ALREDEDOR DE LAS 12 del mediodía, Savva los llamó para el almuerzo. La comida consistía en frijoles en lata, bizcochos tostados de Creta y atún en lata con aceite. Xenia una vez más se quejaba.

—¿Otra vez comeremos enlatados?

—Lamentablemente, los días que os quedéis en el refugio, debéis acostumbraros a la lata. Si quieres... hay cosas de hojaldre en el congelador —sugirió Savva.

EL DÍA HABÍA PASADO muy agradablemente. Los chicos desde la tarde hasta la noche jugaban póker de salón. Sin dinero, claro. Savva, por primera vez, se veía muy feliz. La seriedad se había ido y se había vuelto el líder del grupo. Sus chistes eran un poco fríos, pero los chicos ignoraban esto.

La medianoche había pasado hace dos horas y media. Eurídice tenía mucho sueño. Arrastraba a Pano para que se fueran a dormir. Él todavía no quería acostarse pero se vio obligado. Una mujer al final, siempre consigue lo que quiere. La pareja dio las buenas noches a los otros y se fue a la habitación.

Savva no podía quedarse solo con Xenia y Bobby. Sería un "sujetavelas"... como se dice. Así que se fue también a su habitación por lo que la pareja gruñona se quedó sola en el salón.

Xenia provocaba a Bobby de una manera romántica. Lo tocaba por todas partes y más en sus puntos sensibles. Él, le suplicaba que se detuviera.

—Mi amor, no lo hagas... nos escuchará todo el refugio. Detente ahora mismo por favor, porque llegarás a un punto en que te atacaré y no quiero. No vamos a hacer el ridículo, nos van a escuchar. Sabes que no puedo hacer sexo sin hablar fuerte. Por favor, no me desconciertes, estoy bien así, tranquilo.

Xenia continúo acariciándolo, mientras le daba besos al cuello, haciendo muy perceptible la presencia de su lengua. El peligro la excitaba en general. Esta situación, la había puesto cachonda.

Bobby ya se había derretido. Estaba listo para saltar sobre ella... pero... alguien tocó como un maniático la puerta. Xenia se asustó y empezó a gritar.

—Bobby... Bobby, nos han encontrado, llama a Pano, llámalo.

Pano y Savva escucharon las voces y bajaron en unos segundos las escaleras. Detrás de ellos iba Eurídice, nerviosa. Savva tenía en su mano derecha una pistola Remington, ya que era zurdo. Hizo un gesto a los chicos para que se calmaran e hicieran silencio.

Pero Xenia temblaba, tenía pánico.

Savva se dirigió hacia la puerta central del refugio. Alguien seguía tocando la puerta fuertemente y gritaba.

—¿Quién eres? —gritó Savva, que estaba listo para usar su pistola si era necesario.

—Open the door please, my wife is injured, please.

Pano le preguntaba a Savva de lo que pasaba.

—Se oye una voz masculina que habla en un inglés chapucero, me implora que abra la puerta. Dice que su mujer está herida. Hombre qué hago, joder, hijos de puta. Dime. ¿Y si dice la verdad? ¿Los dejamos morir como si fueran perros?

Pano estaba perdido también.

—Savva, diles que entren a la habitación de seguridad. Nos quedaremos nosotros aquí, para decidir en dos minutos qué hacer. O los metemos dentro o los dejamos fuera en el hielo.

Pano empezó a gritarle a Bobby que llevara las chicas a la habitación del pánico y que se encerraran. Savva por suerte, antes de empezar a jugar al póker, les había mostrado dónde estaba y cómo entrar.

—Pano, coge también tu revolver por si ellos están armados —dijo Savva que estaba aterrado.

Ahora Savva y Pano estaban detrás de la puerta con las pistolas en las manos. El hombre que estaba atrás de la puerta les imploraba con sollozos, que abrieran la puerta y que salvaran a su mujer. Si era verdad que estos dos alpinistas que le imploraban abrir la puerta eran inocentes, nunca podría perdonarse dejarlos desamparados.

—Savva, la responsabilidad será mía, abriré la puerta. Siéntate atrás y cúbreme. Si pasa cualquier cosa, te pido que me perdones.

Savva no hablaba. Estaba muy confundido.

Con pasos muy lentos, Pano abrió la puerta. El hombre que gritaba, ya no tenía más fuerza. Su voz se oía muy poco, sin tener ya fuerzas para hablar. Pano, con un riesgo tremendo, abrió la puerta. Se encontró enfrente de un hombre mayor, con una edad cercana a los 68 años, que tenía a su mujer en sus brazos, casi inconsciente. Su mujer, claramente parecía más joven. Su moderno corte de pelo, moreno y corto, impresionó a Pano. Más le parecía su hija y no su mujer.

El hombre mayor, con pelo abundante y teñido de un color rojizo, entró a la casa, tambaleándose a causa del agotamiento. Savva se había ocupado de la mujer. La cogió en brazos y la acostó en el sofá de tres asientos del salón. En su cabeza había un golpe en la ceja. Ya la sangre se había secado. Debió haberse golpeado hace muchas horas. Savva trajo el botiquín de primeros auxilios y limpió la herida. Por suerte, no era profunda. Pero la mujer parecía tener una conmoción cerebral. Decía cosas sin sentido en una lengua desconocida.

Pano le había dicho al señor de pelo rojo que se sentara en el mostrador de madera de la cocina. Le hablaba en inglés e intentaba tranquilizarlo, diciéndole que su mujer estaba bien. Le trajo un vaso de agua y unas galletas de avena para que comiera. El señor le agradecía tocándole las manos e inclinándose hacia Pano como signo de agradecimiento.

Explicó a Pano lo que había pasado muy angustiado. Su mujer se tropezó y se cayó de cabeza en la nieve. Debajo de la nieve, lamentablemente, había una gran piedra. Su mujer tras este golpe, estaba casi desmayada y en un estado de confusión. Le explicó que esto pasó al mediodía y todas estas horas, recorrió la montaña perdido, cargando a su mujer en su espalda. Le dijo también que se sentía muy afortunado por haberlos encontrado.

XENIA AÚN NO SE HABÍA calmado. Estaba en la habitación del pánico con su mejor amiga y su novio pero todavía temblaba y murmuraba.

—Ay, Dios mío, nos van a matar, Dios mío. Ni siquiera me he despedido de mi madre.

Bobby la abrazaba con fuerza y le decía que se calmara. Eurídice le acariciaba el pelo. Ella también estaba muy asustada. Sentía mucha angustia por su amor, por Pano.

El señor mayor, le pidió a Pano que le dejara ver a su mujer. Pano lo condujo hacia el salón. Allí estaba Savva que le tomaba la tensión. Ella todavía estaba acostada y deliraba. Savva le preguntó de dónde eran. El señor le dijo que era de Polonia y su mujer de Hungría.

Pano hizo una señal discreta hacia Savva para que fueran a hablar en privado. Se dirigieron hacia la cocina. Pano le preguntó su opinión.

—No sé Pano. Me parecen inocentes. Pero los agentes también son unos especialistas en parecerlo. De verdad me encuentro en una situación muy difícil. El Protocolo dice que no abramos a nadie. Pero, claro esto se aplica a un nivel teórico. Si oyes sollozos y suplicas fuera de tu puerta es muy difícil no escuchar a tus sentimientos.

—Savva, bueno, escucha lo que vamos a hacer. Haremos turnos. Tú, te vas a dormir, yo me quedaré despierto. Cuando te despiertes, me iré a dormir. Los acomodaré aquí en el salón, para poder controlarlos. Tendré mi pistola en la mano, en cualquier momento estaré listo.

—¿Y los otros tres?

—Déjalos en la habitación del pánico. Me dijiste que es inviolable y que nadie puede entrar. ¿Esto es cierto?

—Está rodeado de medio metro de acero. Sí, nadie puede entrar. Además, si algo nos pasa, tienen provisiones de comida que pueden durar hasta siete días. Saben que, si no aparecemos en 48 horas, apretarán como último recurso el botón que informa a Demóstenes electrónicamente. Aunque si lo aprietan, aparecerá nuestra posición, pero no podemos hacer nada más si es urgente. Mejor que venga la policía griega, que los ejecutores.

—Vale, si puedes vete a informarlos de la situación. Por favor, tranquilízalos, pero no los dejes salir. Que se queden dentro, de cualquier modo. Dile a Eurídice que la amo y que es mi vida.

—Me voy.

Savva se fue a avisar los chicos.

Xenia lloraba.

— No puedo quedarme aquí... es tan pequeña esta habitación... no soporto quedarme un día aquí.

Bobby la abrazaba, diciéndole.

—Tranquilízate mi tesoro, yo estoy aquí, no dejaré que te pase nada.

Xenia ahora culpaba a Eurídice y le decía llorando...

—Tú tienes la culpa con estas anárquicas ideas de mierda, te lo decía. ¿Qué culpa tengo yo Eurídice para pasar todo esto? Joder, tengo miedo.

Eurídice empezó a llorar también. Se sentía muy herida por estas palabras.

—Perdóname Xenia... perdóname Bobby. Yo tengo la culpa de todo.

Xenia viendo su amiga tan mal, se emocionó y lamentó las palabras que dijo.

—Ay, perdón Euri. Digo estupideces, mi niña, simplemente tengo miedo. No tienes la culpa de nada, ¿cómo íbamos a saber que esto pasaría?

PANO SE SENTÓ CON DISCRECIÓN a la entrada del salón y los observaba. Los alpinistas desconocidos estaban dormidos. Había dejado la luz de la otra habitación encendida para que iluminara un poco el salón y poder ver lo que pasaba. ¿Era posible que le sacaran alguna pistola, de repente? ¿Quién sabía?

Las horas pasaban, los ojos de Pano empezaron a pesar. Intentaba seguir despierto a toda costa. Era esta silla en la que estaba sentado, tan cómoda, lo que le daba sueño. Se levantó. Sí, ahora estaba mucho mejor. Miró su reloj. Ya habían pasado cuatro horas y media. En algún momento, vendría Savva para hacer el cambio.

Vio algo. El hombre desconocido se levantaba. Pano se puso en guardia. La pistola estaba todo el tiempo en su mano derecha. El hombre empezó a acercarse. Pano no podía distinguir mucho en este espacio casi a oscuras. Dio dos pasos atrás y le dijo en voz baja que no se acercara más. El hombre se quedó inmóvil, solo quería saber si podía ir al baño. Pano le dijo que lo conduciría hacia el baño. Aunque el riesgo de dejar sola a la mujer era muy grande. ¿Y cómo iba a saber si ella estaba fingiendo estar herida?

Acompañando al desconocido señor con el pelo rojizo hacia el baño, se encontró con Savva. Acababa de despertarse. Venía a hacer el cambio de turno.

—Buenos días Savva. Ella está sola. ¿Puedes ir rápido para que no tengamos alguna sorpresa?

—Buenos días. Claro, voy de inmediato. ¿Hay algo extraño?

—No, todo en orden, pero es mejor tener cuidado.

—Mil por ciento. Cuando termine en el baño, ve a dormir Pano. Yo lo controlo todo, de aquí en adelante. Quédate tranquilo.

—Vale Savva, estaré tranquilo. Nos vemos al mediodía.

Pero Pano no se fue a su habitación. Quería ver cómo estaba su chica, su amor. Se dirigió hacia la habitación del pánico. Fue a la chimenea que estaba en el nivel más bajo del refugio y apretó el botón secreto. Era como mandar señales morse. Lo apretó tres veces seguidas, hizo una pausa de dos segundos, otra vez tres veces, pausa, y lo apretó tres veces con repetición y rápido. La chimenea se movió. Solamente Eurídice se despertó por el ruido que hizo el movimiento de la chimenea. Pero no habló, no quería despertar a los demás. Simplemente lo miró con mucho amor, mientras él entraba en la habitación. Lo necesitaba tremendamente en este momento.

Él se acostó a su lado. Eurídice tenía su mano agarrada y lo apretaba con sus dos manos, para que no se fuera. Se quedaron dormidos.

—Pano... Pano, despierta.

Pano no había llegado a dormir ni dos horas. Bobby le pinchaba para que despertara.

—Venga Bobby... ¿qué hora es? —le preguntó Pano con una voz que se parecía a la voz de un borracho.

—Son las diez y cinco, amigo. ¿Qué paso ayer? No tenemos idea de quien llamó a la puerta y gritaba ¿Quién era al final?

Pano, realmente solo quería dormir pero debía explicarle a Bobby y a las chicas lo sucedido.

Eurídice y Xenia acababan de despertarse. Le preguntaban con insistencia qué había pasado. Les explicó todo detalladamente. Luego, se volvió hacia Bobby y le dijo bromeando.

—Bobby, ¿nos harás un café? Ya me aburrí de hacer cafés griegos.

Bobby aceptó con mucho gusto. También se los sirvió. La habitación del pánico, al final, tenía todas las comodidades.

Preguntó a Pano dónde estaba Savva con la pareja desconocida.

—Posiblemente están en el salón. Por lo menos los dejé ayer por la noche. Espera, iré a ver qué pasa, un momento. Nunca sabes qué puede pasar.

Xenia le pidió que si podían salir de la habitación del pánico.

—Mi Xenia, deja que controle primero a ver qué pasa, y en unos minutos, si todo está bien, te prometo que vais a salir —dijo Pano con mucha cautela.

Diez minutos más tarde regresó a la habitación del pánico. Todos esperaban sus noticias. Querían por fin salir de esa monótona habitación. Cuatro personas en treinta metros cuadrados, acostadas en sacos de dormir en el suelo, no era lo mejor. Solamente la pequeña cocina, robaba unos cinco metros cuadrados.

—Vengan, vamos fuera. Vi a Savva con los alpinistas. Están en la cocina y beben café. Ríen... hablan, todo está bien. La mujer no está en el mismo estado que ayer. Se ha recuperado.

EN MENOS DE MEDIA HORA, todos eran una gran compañía. Ya los siete estaban en la cocina. Los desconocidos les contaron a los chicos la historia de su primer encuentro. Dan, el hombre con el pelo rojizo, tenía una oficina financiera en Polonia, y conoció a Lora cuando ella fue a su oficina por el puesto de secretaria.

—Desde el primer momento que la vi, me volví loco —les explicó el señor.

Xenia con Eurídice estaban felices con estas dos personas. Oían sus historias con un enorme interés. Los dos eran unas personas muy sonrientes, sociables y felices. Y resultaban muy simpáticos.

Pano, en su intento de servir los pasteles de queso calientes que acababan de salir del horno, hizo un movimiento torpe y tiró la taza de Lora por la mesa. Pero Lora, en un acto reflejo espontáneo y muy rápido con su mano, cogió la taza, un poco antes de que cayera al piso.

Pano la miró aturdido y asombrado durante unos segundos. Su cara se ensombreció. Su mirada se enredó en el lazo de la desesperación. El tiempo se congeló. De pronto entendió...

Todo

29 DE NOVIEMBRE

El naviero Doko hacía ejercicio en su gimnasio personal. No tenía nada que envidiar a las cadenas de gimnasios privados. Así, no tenía que moverse vanamente. Treinta segundos de caminata por su jardín era lo que necesitaba para llegar allí. Quedaba a sesenta metros de su casa. Era la vieja habitación de invitados que el año pasado convirtió en gimnasio, con las máquinas de ejercicio más caras que había.

Justo cuando estaba listo para empezar los ejercicios de bíceps con las pesas de diez kilos, llegó un hombre de su seguridad personal, para informarle que el mismo anciano que le buscaba ayer, otra vez quería hablar con él. Doko dijo a su guardaespaldas que lo dejaran entrar de inmediato y que lo llevaran al salón. Y que se portaran cortesmente.

El naviero agarró su toalla azul y se quitó el sudor de la cabeza y de la parte superior del cuerpo. Lamentablemente, no tuvo tiempo para lavarse. Tenía puesto un chándal negro y por arriba estaba desnudo. Se puso su camiseta naranja de algodón y se dirigió hacia el salón.

En el interior de sus edificios, hacía mucho calor. Pero estos treinta segundos que necesitaba para atravesar el jardín y llegar de su gimnasio al salón, en los meses del invierno, era difícil. El frío era muy intenso, y había empezado a llover muchísimo.

—Buenos días amigo, ¿cómo está? Es una sorpresa muy agradable su visita —le dijo al señor Demóstenes y le dio un cálido apretón de manos.

—Gracias señor Doko, es usted muy amable. Y los chicos de su seguridad también fueron muy amables. Me impresionaron sus buenas maneras.

—Claro, escojo a personas con moral y aptitud. Y sobre todo con un alma noble.

Hizo un gesto al señor Demóstenes para que se sentara, mostrándole discretamente el sofá. Cuando se sentó el ex espía, Doko se sentó también.

El señor Demóstenes estaba impresionado por la estatura del naviero. Era muy corpulento para su edad. Nunca había visto un hombre de setenta años con una envergadura así. Tenía cuerpo de un hombre de treinta años.

—Veo que hace ejercicio, señor Doko.

—Eh, sí, sí, cuando puedo. Como ya ve, soy fiel al dicho de los antiguos griegos... Mente sana en un cuerpo sano.

Doko rascó su cuello y continúo.

—Para que haya vuelto otra vez aquí, probablemente tendrá alguna razón.

—Sí, la hay. Es sobre Pano Dale y su gente.

—Le he dicho que por Dale haré todo. TODO... con letras mayúsculas. Este hombre me salvó la vida. Se lo debo todo. Si no fuera por él, probablemente estaría muerto ya. Mi intento de asesinato se estropeó gracias a Dale, ¿no? Aparte de esto, he duplicado mi seguridad y he tomado mis medidas. Para que me maten, deberán bombardearme con un f-16, cosa imposible. Dígame qué tengo que hacer y lo haré.

El príncipe oscuro le dio una carta. Le dijo que la leyera cuando él se fuera. Después, debía quemarla.

Perdón

30 DE NOVIEMBRE, MARTES

Pano, durante el desayuno, mientras todos hablaban y reían, estaba muy serio y ansioso. Se había sumergido en sus pensamientos. Sabía muy bien que ninguna persona sin capacitación, podría coger la taza de esa manera. La reacción refleja de la alpinista, Lora, eran reflejos desarrollados tras un entrenamiento duro y de muchos años. O en el ejército o en algún servicio secreto. Estaba seguro de eso.

Observaba a la pareja de los alpinistas a través de un prisma diferente. Todo había cobrado sentido. Ella tenía unas manos muy musculosas. Llevaba puesta una camiseta negra elástica. Sus musculosos hombros resaltaban. Su cuello era delgado y largo, pero también esculpido. Parecía muy fuerte, con una condición física muy buena. No solamente del alpinismo...

Ahora observaba sus ojos. Parecía feliz, pero sus ojos eran totalmente fríos. Reía con los labios, pero sus ojos negros estaban impasibles, reflejaban una locura oscura. Pano ya veía todo con mucha claridad...

Fue al lado de Savva y le pidió que le ayudara a arreglar la televisión que había en el cuarto adyacente. Savva se desconcertó y le dijo:

—Pero Pano, no hay ninguna televisión, ¿estás bien?

—Aj, Savva, hay 51 camas y más de 20 habitaciones en este refugio. ¿Lo sabes todo? ¿Cómo es posible? Te digo que tenemos que arreglarla para poder sentarnos con nuestros amigos y ver alguna película.

En circunstancias normales, estas personas no sabrían griego. Pero Pano no se podía arriesgar, no sabía quiénes eran, qué conocimientos tenían, de qué servicio fueron mandados. Por eso hablaba con indirectas a Savva que por fin lo captó.

—Ajjj... sí. Tenemos la pequeña televisión en el cuarto de abajo. Vamos a conectar la antena.

Xenia los interrumpió.

—Vaya, ¿estáis bien? ¿Tenemos aquí una televisión y os acordáis ahora? ¿Tantos días aburriéndonos y ahora os acordáis?

—Xenia, hace media hora vi que hay una televisión —dijo Pano, que claramente la mentía por conveniencia—. Bueno, Savva, ¿vamos a arreglarla? La televisión...

Así que Pano con Savva se dirigieron a la habitación de al lado. El agente griego americano le susurró lo ocurrido. Pano creía que Lora y Dan no eran los que decían ser. Savva le creyó ya que confiaba en él.

Ahora los dos, caminaban con los revólveres en la mano, dirigiéndose hacia la cocina. Lamentablemente, no tenían tiempo para informar a los demás pero no se podía hacer de otro modo, debían pillar a Dan y a Lora por sorpresa.

Se encontraban exactamente fuera de la puerta de la cocina. Pano tomó una respiración profunda. Savva estaba parado detrás de él.

— ¡Quedaos quietos con las manos arriba! —gritó Pano en inglés, mientras Savva dijo a los chicos que se fueran rápidamente de la cocina y se encerraran en la habitación del pánico.

Xenia empezó otra vez a gritar a causa del miedo. Nunca había visto a hombres armados en su vida. Por suerte Bobby y Eurídice mantenían la calma.

Los chicos se fueron corriendo hacia la habitación del pánico. Ahora estaban solos, Savva, Pano, Dan y Lora. Lora empezó a llorar y a suplicar que no la mataran. Pano no la creía ni un poco. Dan estaba relativamente tranquilo y le decía que se calmara. Los apuntaban con los revólveres a una distancia de un metro. Savva a Dan y Pano a Lora.

Savva empezó a tener dudas.

—Pano, ¿es posible que sean inocentes y nos metamos en un lío? Me dan pena, los pobres.

—No dejes que te engañen Savva. Están actuando.

Pano confiaba plenamente en su instinto. Tenía uno de estos pequeños flashes que siempre eran verdaderos.

Pano les preguntaba muy serio.

—¿Quién os mandó? ¿Quién es vuestro jefe? Decidme, porque si no, voy a meteros una bala en la cabeza.

Lora comenzó a llorar, mientras Dan le decía a Pano que se calmara y que nadie los había mandado.

—Somos simplemente dos alpinistas aficionados, te lo suplico, cálmate, no sabemos por quiénes nos has tomado, nadie nos ha mandado aquí —dijo.

—¿Por qué vinisteis aquí en medio del invierno? Sabéis que el refugio no funciona.

—Mi mujer lo arregla todo, como es una alpinista experimentada, no sé qué responderte, le gusta el peligro. Hemos visitado otros lugares peligrosos. Ven... te enseñaré las fotos que tengo en mi móvil de los Alpes Austriacos.

Pano se acercó a Dan con mucho cuidado. Le mostraba fotos de su móvil. Muchísimas fotos de los Alpes Austriacos, que mostraban a Dan solamente con su mujer.

Savva ya tenía muchas dudas.

—Pano, son unos alpinistas aficionados.

—Savva, no les creas. Este es su trabajo, ser persuasivos. Tráeme la soga para atarlos. Son peligrosos.

SAVVA HABÍA ATADO LAS manos de Dan y Lora detrás de su cintura desde hacía muchos minutos. Los había sentado en sillas en la cocina. Pano también estaba sentado aquí cerca, con la cabeza encorvada y reflexionaba.

Dan de vez en cuando tiraba alguna frase con desilusión y espanto.

—Somos inocentes, créenos. No somos lo que pensáis.

Lora no hablaba nada. Sus ojos estaban cansados por el llanto.

Savva estaba parado a una distancia de tres metros de la pareja. Se apoyaba en la pared con el hombro izquierdo. Tenía muchas dudas, sobre la culpabilidad de Dan y Lora. Pano levantó su cabeza y miró a Savva. Estaba listo para decirle que fuera a ver a los demás, a Bobby, Xenia y Eurídice. Pero no llegó a decirlo.

Lora en una fracción de segundo, saltó como un felino feroz, desarmó a Savva con dos movimientos y se puso tras él. Ahora ella tenía el control absoluto. Con la mano y su hombro izquierdo, apretaba su cuello mientras que con la mano derecha tenía su pistola atascada en su sien. Empezó a hablar con rapidez y de golpe. Su voz escondía odio. Su timbre de voz se había vuelto rígido y chirriante.

—Desata a Dan, hijo de puta. Tenías razón, no somos una parejita inocente. Somos unos mensajeros de la muerte. Desátalo, si no, tu amigo morirá.

Dan vitoreaba.

—Ahora veréis el infierno, malditos bastardos. Desátame, maldito —dijo con una tremenda prepotencia a Pano.

Esta frase "malditos bastardos" no le gustaba para nada a Pano.

Así, levantó su pistola y apuntó a Lora.

—Tira tu pistola —le ordenó Pano.

—Jajajajaja... estás soñando chaval —le dijo Dan...— nosotros somos los mensajeros de la muerte, maldito bastardo.

Pano sintió un golpe demoledor en su costado. Dan en medio del desconcierto y mientras Pano apuntaba a Lora, se lanzó hacia él, dándole una patada tremendamente fuerte.

Lamentablemente, el intento de Pano y Savva, acababa de terminar. No eran agentes de campo. Nunca ates las manos de unos marinos veteranos con simples nudos. Esto era un juego para ellos.

Ahora Dan, junto a Lora, se convirtieron en los que dominaban el juego. Estaba de pie lleno de rabia y maldad, sobre Pano que se retorcía de dolor. Lo agarró por el pelo y lo arrastró unos dos metros por el suelo. Tomó la soga y lo ató de pies a cabeza con unos complicados nudos marineros. Pano estaba en el suelo, incapaz de reaccionar.

Pensaba en su Eurídice. ¿Qué le pasaría a su Eurídice, a su adoración? No le importaba lo que le pasara a él, solamente a ella... y a los demás obviamente. *Me duele en el alma porque no puedo protegerla. ¿Qué he hecho, Dios mío? He traído la muerte a sus idas.*

PANO YA LLEVABA TRECE minutos en el suelo, atado. No había nadie más con él. No sabía qué pasaba. Tenía miedo de que encontraran la manera de entrar en la habitación del pánico. Se oían pasos. Alguien venía. Eran ellos. Dan entró primero, Lora segunda, sujetando a Savva con una cadena. Lo tenía atado como a un perro. Él estaba a cuatro patas. Era obvio que había sido torturado. Sus ojos estaban hinchados por los golpes y su nariz probablemente estaba rota. Fluía sangre al suelo.

—Tu amiguito no nos confesó la manera de entrar en la habitación del pánico. Es un hueso duro de roer a pesar de los golpes que ha recibido. Aunque estamos empezando, tenemos mucho camino por recorrer. No aguantaréis mucho. Viene compañía por la noche.

Pano se sorprendió aún más. *¿Qué compañía? ¿Vendrán más? ¿Quiénes? Dios sálvanos, salva a mi Eurídice, por favor.*

—¿Quiénes sois? —preguntó Pano, lleno de angustia.

Dan sacó la lengua, lamió su labio superior de manera provocativa e irónica y dijo...

—Te diré quiénes somos, normalmente es un secreto, pero ya que esta noche moriréis, está bien, te lo revelaré como un regalo.

Lora empezó a reír como un demonio, mientras estaba sentada sobre Savva, como montan los jinetes los caballos del hipódromo.

Dan continúo.

—Bueno... quiénes somos... es difícil explicártelo con exactitud. No sé por dónde empezar. Son muchas cosas... en primer lugar, somos rastreadores y exploradores. Nos contrataron para encontrar vuestros rastros a tiempo. En segundo lugar, vinimos aquí para cartografiar el espacio, cuántos sois, cuántas armas hay, si alguien os protege y todo lo relacionado. Podríais estar protegidos por un pequeño ejército. No podíamos venir como corderos que van al matadero y meternos en una batalla desigual y desconocida. Por eso, fingimos ser unos pobres desgraciados. Pero si hubiéramos sabido que solo estáis vosotros cinco aquí, hubiéramos venido a mataros inmediatamente.

—¿Quiénes son los demás? —preguntó Pano asustado.

—Vienen más... los que van a mataros. Os interrogarán primero. Lo pasarán muy bien. Seguramente violarán a las chicas. Lo pasarán bien, ya te digo.

Savva estaba mareado, la conmoción cerebral lo hacía sentir así, y no entendía lo que escuchaba. Simplemente estaba sentado de rodillas, como se sienta un perro.

Dan continuó hablando muy bajito, queriendo mostrar que sentía pena por Pano... era muy irónico.

—Como te dije, nosotros somos rastreadores. Preparamos el territorio por los demás. Venimos, os encontramos, cartografiamos el lugar y llamamos al resto. Si por ejemplo, hubiera diez hombres armados, informaría al resto del grupo para que se preparara adecuadamente. Nosotros no hemos venido a mataros. Era una broma lo que te dije antes. Nosotros no os vamos a tocar, somos los mensajeros de la muerte. Ya he informado esta mañana a los otros miembros de mi equipo. Les dije que tres ejecutores, serán bastantes para vosotros. Incluso, solamente uno, sería bastante, pero lo dije para que se diviertan. Con las muñequitas que hay aquí se lo pasarán muy bien, hombre. Déjalos que se relajen. Estas cosas las hemos hecho en África... en Kosovo... en el Medio Oriente. Es hora de hacerlas en Grecia también. Por la noche, todos estarán aquí. Ayer llegaron a Atenas. Lora y yo, sucedió que el último año ya vivíamos aquí. Hemos comprado una casa en Sunio. Así que el trabajo nos vino como anillo al dedo. Cuando resolvimos el enigma, dábamos saltos. Aprendimos un poco de griego. Así que entendimos lo de la habitación del pánico cuando les dijiste que se escondieran... qué gilipollas eres.

— ¿A qué servicio pertenecéis? —preguntó Pano, el tono de su voz delataba su tremenda preocupación.

—No pertenecemos a ningún servicio y a ningún estado. Somos una organización supranacional... nuestro Dios es el dinero. Hacemos todo por dinero. Depuraciones étnicas, genocidios... de todo. El equipo fue fundado por Steve Hoffman. Discapacitado de cintura para abajo, sufrió una emboscada de los iraquís en el 2003 en la guerra de Sadam. Entendió la explotación del estado y cómo los petroleros sacaban billones de dólares, mientras él, después de la guerra, había quedado inservible y mendigaba por un pastel de queso. ¿Has visto el *western* "Hellgate"? ¿De Charles Warren? ¿Donde el protagonista es un soldado veterano, acusado por el estado injustamente y va preso en la homónima cárcel, la Hellgate? De eso se inspiró el nombre de la organización. Así que, tomó el juego en sus manos. Empezó de inmediato a reclutar militares frustrados y marinos veteranos de todo el mundo. Tiene el don de la persuasión. ¿Sabes quiénes constituyen la Hellgate? Los mejores de los mejores. Operamos en la oscuridad. Los estados, claro está, nos necesitan, hacemos todos los trabajos sucios para ellos.

Lora interrumpió el monólogo de Dan dando un fuerte golpe en la parte trasera de la cabeza de Savva. Así, sin razón, simplemente porque le dio la gana. Savva, que ya tenía una conmoción cerebral, cayó al suelo, perdiendo el sentido. Lora se volvió hacia Pano y le dijo llena de ironía.

—Uf, fue sin querer, no quería pegarle tanto.

Pano, viendo la cara de Savva, que estaba bañada en sangre, sintió mucha pena. Un hombre más que se había enredado por su culpa.

Intentaba descubrir alguna manera de desatar las sogas y escapar. Debía salvar a las chicas y a Bobby. Pero era imposible desatar estos nudos... joder, debería ser como Houdini.

Ahora, Lora iba hacia Pano. Se paró frente a él como si fuera una reina y él su súbdito.

—Dime cómo entrar a la habitación del pánico. Los quiero a todos aquí, atados. Nadie se librará de esto... dime —le decía a Pano muy lenta y firmemente, en voz baja.

Él no respondía. Simplemente la miraba aterrado.

Una patada repentina a su cara, fue lo que le hizo cerrar los ojos. Se retorcía otra vez del dolor. Sus labios se habían desgarrado sobre sus dientes.

Ella empezó a hablar con más y más agresividad. Se inclinó encima de él, agarró su pelo y le pegó la cabeza muchas veces contra el suelo. Ahora gritaba.

—Dime —sus gritos se oían por todos lados. Pegaba a Pano en la cabeza, aún más fuerte.

Dan la sosegó. Dijo que los mercenarios que vendrían por la noche lo querían vivo, para poder interrogarlo. Intentó calmarla, pero sin resultado.

Savva acababa de recobrar el sentido. Oía las voces, pero no podía entender qué pasaba. Estaba como ido. Miró a Pano que se encontraba en frente de él, en el suelo, con la cara llena de sangre también. Le miró a los ojos. Pano le miró también, con la fuerza que le quedaba. Sus ojos pedían un gran perdón a Savva. Parecían muy tristes y decepcionados.

Ahora, Lora pegaba a Savva en la cabeza. Él estaba inclinado en una posición oblicua al suelo. No reaccionaba, solamente miraba a Pano, como diciéndole: "No estés triste amigo, no estés triste". Ya había aceptado su destino. No tenía más coraje para reaccionar.

Un fuerte ruido sordo se oyó. Los gritos de Lora, se silenciaron por completo.

El cachorro

VIRGINIA, ESTADOS UNIDOS. 29 de noviembre, 8:14, ayer por la noche

—¿Dónde está? ¿Crees que todavía duerme? —decía Brian Smith, un mercenario de Hellgate a su compañero.

Acababan de forzar la entrada de la casa del tío de Pano. Entraron con mucha cautela. Sabían que Steve Dale, había dejado su marca en las secretas y negras operaciones. Puede que ya fuera un anciano, pero era un oponente difícil.

Los dos mercenarios caminaban con sus pistolas en las manos, mientras se comunicaban con señales. Brian hizo un gesto a su compañero para que fuera a buscar el sótano, mientras él, investigaría el piso de arriba.

Brian subía con mucho cuidado la escalera interior. Dando solo un paso a la vez, consiguió llegar al primer piso. Entró en la primera habitación que estaba a su derecha. Una habitación pequeña, ordenada. No había indicios de que alguien hubiera dormido allí. Salió afuera, ahora se dirigía a la segunda habitación que estaba a su derecha. Agarró el pomo de la puerta blanca que estaba cerrada y lo giró. La puerta no se abría, estaba cerrada. Dio cuatro pasos atrás. Se impulsó y con la pierna derecha dio una patada muy fuerte a la puerta. La cerradura se rompió con facilidad. Y en esta habitación no había indicios que mostraran que alguien durmió allí recientemente. Todo estaba intacto. Última habitación... la del baño. Entró con mucho cuidado. Allí tampoco había indicios de uso reciente, ni un poco de agua fresca en la ducha o en el lavabo, nada.

—Aquí no hay nada —dijo a su compañero.

No recibió ninguna respuesta.

—Aquí no hay nada —repitió con más fuerza.

Ninguna respuesta de nuevo.

Empezó a bajar la escalera interior con pasos rápidos. Bajó a la planta baja. Empezó a llamar por el nombre a su compañero.

—Keith... Keith.

Una voz desconocida le habló.

—Ven aquí... —lo invitó—. Ven, no tengas miedo... Keith está bien.

Se dirigió hacia la voz. Entró a la cocina. El tío de Pano, tenía a Keith sentado en una silla, mientras él, estaba encima, manteniendo la pistola atascada en la parte trasera de su cabeza.

—¿Crees que me importa si muere este tipo? Somos ejecutores profesionales. Haz lo que quieras. Pero después te mataré —le dijo Brian.

Aun así, los mercenarios de Hellgate puede que fueran unos asesinos duros, pero entre ellos habían conectado. Evidentemente a Brian le importaba Keith. Durante unos 15 años, habían pasado todo juntos con tantas operaciones paramilitares. Anteriormente, Keith le había salvado la vida en Afganistán.

El tío de Pano, le respondió con mucha tranquilidad.

—Siéntate muchacho. Veo que te importa tu compañero. Yo también he hecho muchas cosas malas en mi vida, pero me preocupaba siempre por mi gente. No me mientas, te puedo leer como un libro abierto. ¿Sabes quién soy?

—Sí —respondió Brian, que se había sentado en la silla opuesta. La mesa de la cocina los separaba. En una cabecera de la mesa estaba Keith, sentado, con el tío, parado sobre de él, y en la otra cabecera, estaba Brian, que había dejado su pistola frente él, en la mesa.

—Tírame la pistola, muchacho.

Brian empujó a la pistola. Esta se deslizó sobre la mesa de vidrio como si fuera una pista de hielo. Ya había llegado al otro lado de la mesa.

El tío no se veía claramente. Detrás de él, estaba la puerta y por ella entraban rayos de sol, que cegaban parcialmente a Brian. Lo único que veía el mercenario, era una sombra y alrededor de ella, un aura luminosa. Combinado con la voz imponente del tío, a Brian le parecía algo sobrenatural. Aparte de esto, Steve Dale, era una leyenda en las operaciones secretas. Brian respetaba infinitamente a personas como él, guerreros oscuros como este.

—¿A dónde pertenecéis? —preguntó con mucha calma Steve a Brian—. De la CIA no sois..., me interrogaron hace dos días y no descubrieron nada. Así que decidme, ¿a qué servicio pertenecéis?

—Formamos parte de Hellgate. Es lo único que te puedo decir. Y te lo digo porque te respeto mucho. Pero no te puedo decir nada más. ¿Entiendes...?

—Entiendo... ¿Hellgate, uh? ¿Tanto? ¿Contrataron a Hellgate solo por mi sobrino? ¿No eran suficientes los ejecutores secretos de la CIA?

—Sabemos muy bien que alguien ha puesto la mano y han congelado todos los procedimientos que hacen falta para "liquidar" a tu sobrino. ¿Quién más puede controlara los agentes de las operaciones negras, aparte de su ex entrenador? El imbécil del chupatintas de Bold, no tiene idea. Cuando le preguntamos por qué nos contrató, ya que tiene bajo su servicio a tantos agentes, no sabía qué decirnos. Nos presentó unas estupideces acerca de la burocracia y otras tonterías. ¿Cómo iba a saber el ex comandante de la NSA como funcionan verdaderamente los agentes secretos? Todos en la NSA son unos bichos raros, unos nerds. Pero nosotros sabíamos muy bien qué ocurría realmente.

—¿Bold? ¿Ese patito feo os contrató al final? Lo imaginaba, pero no estaba seguro.

—Bold... sí, ¡esa cara fea! Pero este patito feo nos paga mucho dinero, y debemos hacer lo que nos pide. Te respeto y ojalá que nunca nos hubiéramos encontrado como oponentes, pero haré lo que vine a hacer. Que te vaya bien.

Según acababa Brian su frase, el tío recibió dos balazos en las piernas, por detrás. Los balazos pasaron por la puerta, rompiéndola. En un segundo, se había tirado al suelo, boca arriba. Debía imaginarlo. Existía un tirador fuera. Los dos mercenarios habían venido solo para tenderle una emboscada. El tercero provocaría el daño.

Keith, con mucha rapidez, le quitó la pistola de las manos. El tío estaba tirado en el suelo, entre la sangre y los vidrios.

—Sabéis que no os diré dónde se esconde mi sobrino. ¿Lo sabéis verdad? —dijo el tío de Pano con voz temblorosa.

Brian sabía que el tío no les iba a revelar nada. Solo por respeto, le dio un último disparo, mientras le agarraba la mano con compasión. Sería deshonesto torturar a una leyenda como él, la leyenda de las operaciones clasificadas y secretas de la CIA. Mejor, darle un final rápido, sin atormentarlo.

Ahora, lo único que quedaba era buscar pruebas dentro de la casa.

DESPUÉS DE UNA HORA, buscando meticulosamente en la casa, no encontraron nada. Colchones abiertos, almohadas, estantes tirados al suelo, libros rasgados, sofás destrozados... los tres mercenarios habían dejado un completo caos.

Pero antes de que se fueran, Brian vio algo en el suelo. Un libro infantil con ilustraciones... que lo habían destrozado también, por si encontraban algo en su interior. Su título era: ***Little, puppy, go...*** sin saber el qué había algo no cuadraba con Brian. Steve no tenía hijos pequeños. El mercenario agrupó todas las partes destrozadas del libro e intentó unirlas de nuevo. Sacó una fotografía de la portada, que representaba un cachorro blanco y negro, y de las otras cinco páginas. Las envió a los rastreadores de la organización de Dan y a Lora, para ver si ellos podían encontrar qué escondía este libro.

Dan y Lora no veían ningún código o símbolo escondido en él. Lo revisaron durante muchas horas. Estaban a punto de dejarlo. Un momento fue suficiente para Lora, para entender... "Mikro Papigo". Este pueblo de una belleza increíble. Sí, el juego de palabras... el código... era claro... "little puppy go"... "Mikro Papigo". Era un código evidente. Pero la genialidad era exactamente que el código era evidente. Estos son los códigos más difíciles, porque nadie les da importancia. Afortunadamente para los mercenarios, Dan y Lora el último año vivían en Grecia. En algún lugar, ella lo había escuchado y ahora lo recordó. Además, tenía como afición el alpinismo... por suerte, sabía un poco de griego.

En veinte minutos, comenzarían su recorrido hacia el pequeño Papigo, para preparar la zona para el equipo de ataque. Casi seguro, Pano y sus amigos se esconderían allí. Casi seguro, estarían en algún refugio.

La comunicación secreta de la vieja escuela y del señor Demóstenes, lamentablemente había sido descubierta. El tío de Pano debió haber quemado este libro ilustrado de cinco páginas. Afortunadamente, lo había descuidado.

Venga... Guerra afuera fuego

30 DE NOVIEMBRE

El batacazo que produjo el cuerpo de Lora, cayendo sobre la pared después del fuerte empujón, hizo a Savva abrir sus ojos con mucha angustia. Había entendido que Lora, de alguna manera, estaba neutralizada. Pero no sabía cómo. Todavía él, estaba en el suelo, con una conmoción cerebral y bastante herido. Por suerte, podría tranquilizarse durante unos minutos ya que ella estaba neutralizada.

Pano empezó a gritar.

—Bobby... Bobby, ten cuidado, detrás de ti.

Ahora Bobby debía pelear con Dan. Lora estaba en este momento inconsciente, ya que se había golpeado fuertemente en la cabeza al darse un cabezazo contra la pared. Dan medía casi dos metros de altura y era bastante delgado. A pesar de su edad, parecía bastante fuerte.

Bobby recibió un golpe directo en la cara. Era un puño bastante fuerte. *Sabe golpear...* pensaba. Bobby hacía muchos años que no peleaba en una jaula, pero se acordaba de todo. Era como montar en bicicleta. Las artes marciales mixtas nunca te dejan.

Ahora sí que estaba fuera de sus casillas. Empezó a tirarle múltiples ganchos y crochés en la mandíbula. De vez en cuando, codazos. Dan se había mareado. Se cayó al suelo inconsciente. Lora estaba inconsciente también.

Pano le gritaba.

—Bobby desátame, desátame.

Savva no tenía fuerza para hablar, solamente se reía. Finalmente se libraron de estos dementes.

Pero no por mucho. Mientras Bobby intentaba desatar los nudos de las sogas, con los cuales estaba atado Pano, Lora regresó y se encontró detrás de él, agarrándole del cuello. Él intentaba escapar, pero era en vano. Casi se había subido encima de él y lo sofocaba con las dos manos. Bobby lamentablemente no podía escapar. Tras un minuto empezaba a desmayarse.

Pano gritaba.

—Bobby... Bobby.

Un segundo batacazo se oyó, más fuerte que el otro. Lora cayó al suelo. Xenia la había golpeado con una botella de vidrio llena de agua en la cabeza. Nadie y ninguna se metería con su novio.

Después de media hora, todos estaban sentados en el salón. Eurídice ya había limpiado las heridas de Pano y de Savva. La nariz de Savva por suerte no estaba rota, pero estaba en mal estado. Ahora Dan y Lora estaban atados con candados y cadenas. Savva había aprendido muy bien la lección.

Pano hizo una observación a Bobby.

—Bobby, ¿por qué demonios saliste de la habitación del pánico? ¿No dijimos que nadie saliera de esa habitación?

Bobby lo miró con severidad.

—Pano... si no hubiera salido y si Xenia no hubiera salido después de mí, ahora estaríais probablemente muertos. No me hagas observaciones a mí.

Pano entendió que decía estupideces y pidió perdón.

Savva había empezado a recuperarse y comunicarse con su entorno.

—Chicos, lamentablemente por la noche vendrán más, como dijeron estos miserables. Ellos son rastreadores. Los que vendrán, serán asesinos. Debemos sacar cualquier arma que haya en la casa. Chicas, tenéis que ayudarnos también, es necesario enseñaros cómo se dispara —dijo Savva.

Las chicas curiosamente habían convertido su miedo... en ganas de luchar. No sentían ya miedo, estaban listas para pelear. El instinto de supervivencia había hecho su trabajo. Ahora, estaban inspiradas y llenaban de confianza a los chicos. Pano empezó a sentir la energía positiva. Su espíritu estaba alto.

Eurídice se acercó a Pano y le susurró algo al oído.

—¿Hay honor más grande para una persona, que pelear contra los fascistas? No seamos buenos solamente en la teoría, seamos también en la práctica. Ven, tenemos trabajo que hacer.

Pano le dio un beso lleno de pasión. Adoraba a esta chica.

SAVVA ENSEÑÓ A LAS chicas cómo disparar, haciendo un improvisado campo de tiro en el patio. Las armas que iban a utilizar las chicas serían dos metralletas de M16. Su trabajo sería disparar en una dirección concreta, para así crear al oponente, una sensación de fuego masivo. Lógicamente, con solo dos horas de entrenamiento, no podrían apuntar bien, pero solamente las ráfagas al viento crearían miedo al oponente. Sus posiciones estarían en las ventanas del piso de arriba. Ya se habían puesto sus chalecos antibalas.

Bobby había hecho su servicio militar en las fuerzas especiales, y por suerte, sabía sobre estas armas específicas. Tenía muy buena puntería como se notó por el tiro que hicieron en la montaña. Las botellas plásticas de agua, las penetró todas con balas desde 50 metros de distancia.

Eran las cuatro. Savva resumió.

—Bobby, nosotros estaremos juntos en el salón. Tomaremos una ventana y vamos a disparar de allí. Pano, tú irás al piso de arriba, cerca de la habitación en donde estarán las chicas. Queremos que se cree la sensación de que somos muchos.

Xenia se entrometió.

—Chicos, lo único que quiero de vosotros, es que me dejéis haceros un pequeño tatuaje que simbolizará nuestra unidad. He traído todas mis herramientas aquí, por favor. Esta noche pelearemos muy duro. Debemos seguir el ritual. Es sagrado para mí.

Todos aceptaron de inmediato. En una hora y media la letra "C" estaba escrita en su hombro. Su tamaño era muy pequeño, pero tenía un gran simbolismo. Paradójicamente, se sentían bien, se sentían fuertes. Hoy estaban preparados para pelear hasta la muerte. La "C" simbolizaba su compañerismo...

EN DOS MINUTOS SERÍAN exactamente las ocho. Fuera había una lluvia torrencial, las tormentas y los rayos iluminaban el cielo negro. Todos estaban en sus posiciones.

Savva tenía puestos sus binoculares nocturnos, miraba todo el tiempo fuera de la ventana. Supervisaba una extensa superficie con sus ojos. No podía apartar la mirada ni durante un segundo.

Una figura humana empezó a resplandecer en la ladera de la montaña. Colocó su dedo en el gatillo del M16 y su ojo en el prisma de visión nocturna. Sacó la culata del rifle ligeramente fuera de la ventana. Avisó a los otros mediante el sistema de intercomunicación que les había suministrado.

—Viene gente chicos.

Bobby se puso nervioso. Empezó a jugar con su respiración para relajarse. Todo se oía a través de la intercomunicación.

—Te amo cariño —dijo Xenia.

Mientras tanto, la lluvia se volvía cada vez más fuerte y los rayos habían aumentado mucho. El sonido de los truenos era ensordecedor. Los chicos se encontraban... en la tormenta perfecta.

LA FIGURA HUMANA SE acercaba lenta y firmemente. Estaba a unos 1200 metros del refugio. Se quedó inmóvil. Permaneció así durante casi un minuto y medio. Hizo un apresurado giro de 180º grados y ahora se dirigía otra vez hacia atrás. Savva lo observaba con el alma en vilo.

No podía entender por qué él o ella se alejaba con tanta prisa. ¿Puede ser que de alguna manera vio lo que pasaba en el refugio? ¿Puede que viera algún arma sobresalir por encima de alguna ventana?

Espera... espera... pasaron bastantes minutos así. Prevalecía un silencio absoluto. La única cosa que rompía el silencio eran las respiraciones profundas de Bobby, Pano, Eurídice, Xenia y Savva.

Hasta que algo muy fuerte sonó en sus oídos.

—Me dispararon... me dispararon, pero... estoy bien, es solo un rasguño, estoy bien —decía Pano agitado, pero al mismo tiempo aliviado.

Una bala había pasado al margen de su cabeza y se clavó a la pared.

—Cálmate Pano... que todos os calméis, no disparéis todavía. ¿Pano, estás bien? —le preguntó Savva con bastante tranquilidad.

Eurídice había dejado su posición y su arma y fue a encontrar a Pano.

—Estoy bien, estoy bien —repitió Pano aliviado—. La bala esta clavada a la pared, Savva. Tiene una dirección diagonal, me dispararon del este.

Mientras Pano hablaba, Eurídice estaba atrás de él y lo abrazaba como si no existiera un mañana. Él besaba sus manos. Lo único que le daba fuerza era ella. Haría todo por ella. La protegería con su vida.

Mientras tanto, Savva intentaba entender desde dónde los dispararon. Pero era imposible encontrar alguna pista. Fuera había tormenta y una oscuridad total. La lluvia acababa de mitigarse.

Bobby estaba realmente asombrado. Vivía situaciones impensadas. Oía a la atea de Xenia rezar.

—Mi virgencita, sálvanos y haré todo lo que quieras.

—Bueno, escuchad amigos. Hagamos algunos tiros hacia el este. No más de 5-6 balas cada uno, ¿vale? —les dijo Savva.

—Vale —respondieron todos, al unísono.

Eurídice había regresado a su posición principal.

—Bueno... al 1. Vamos 3... 2... 1... FUEGO.

El refugio se iluminó por los tiros de las metralletas. 34 balas salieron de las armas de los chicos. Xenia y Eurídice estaban en una situación de extrema adrenalina. Vivían una situación sin precedentes. Acababan de disparar a personas.

—ESTOY HERIDO, ESTOY herido... me han herido en el hombro... ay... joder esto sí que duele —decía Keith.

Era uno de los que entraron a la casa de Pano ayer.

Una bala de las 34, lo hirió al hombro, exactamente en la clavícula. Ya no podía mover ni un poco su mano. Brian se puso sobre él y le abrió la chaqueta. Rompió con su cuchillo militar, las dos camisetas isotérmicas de Keith para ver el tamaño del daño que había sufrido el hombro de Keith. La clavícula estaba totalmente destrozada.

—Dime Brian, qué sucede —le preguntaba Keith con mucha agonía.

—Tienes la clavícula destrozada Keith, joder, por ahora te lo tengo que atar.

El tercer mercenario estaba unos metros más lejos. Estos eran todos. Tres mercenarios. Estos tres que “le tendieron la trampa” al tío de Pano. Pero eran tan hábiles que podían enfrentarse solos con un ejército. Y ahora el experto

Keith estaba herido por una artista de tatuajes... por Xenia. Por casualidad claro, pero el resultado era lo que contaba.

Keith tenía la mano derecha inservible. No podía ni apretar el gatillo. Brian le ató el hombro y necesariamente lo dejó solo. Ahora Brian, con el tercer mercenario, cambiaban de lado, se movían hacia el oeste.

El tercer mercenario empezó a quejarse a Brian.

—¿Los rastreadores nos engañaron? Allí hay un ejército. ¿Qué vinimos a hacer solamente tres personas? Y ahora somos dos. Brian, las cosas no van bien.

—No sé qué decirte. No sé de verdad. Por la mañana Lora me mandó un mensaje codificado por el teléfono satelital que utiliza nuestra organización. Aunque por la tarde intenté comunicarme con ella, no pude. No sé qué ha sucedido.

—¿Y qué decía?

—Que estarían en la casa, dos bombones y tres idiotas. Dos de los cuales probablemente no tenían ningún entrenamiento en armas. Que solamente uno sería suficiente para matarlos.

—Es probable que haya más.

—Lo conseguiremos, paciencia.

SAVVA FELICITABA A todos, ya que lograron disparar. Eurídice y Xenia estallaron en exclamaciones. La adrenalina había subido tanto, que se sentían como si estuvieran borrachas.

Savva intentaba tranquilizarlas.

—Ahora debemos calmarnos. Todavía no hemos empezado. Solamente sabemos qué decía el mensaje de la demente de Lora. Ojalá sean solo tres, pero debemos tener cuidado. Ahora quiero que cambiéis habitaciones, porque probablemente, han visto el brillo de las culatas de las armas y saben nuestras posiciones. Es cuestión de tiempo que nos tiendan una emboscada.

Pano tomó la palabra.

—¿Savva, hay focos fuera del refugio? Si los encendemos y los ponemos en su contra, los podemos cegar.

—Buena idea Pano, sí... sí los hay. Cómo no lo pensé antes. Iré al panel para encenderlos todos. Los colocamos durante la renovación en el 2004. Habíamos celebrado el fin de la labor iluminando el edificio.

Eurídice se había entusiasmado con las ideas de Pano.

—Ay mi amor —le dijo. Esta frase, era una tremenda inyección de ánimo para él. Ahora Pano intentaba animar el grupo.

—Venga, vamos con ánimo. Somos los mejores. ¿Qué somos?

—Los mejores —respondieron todos al mismo tiempo.

LOS FOCOS ACABABAN de encenderse. Brian dijo al tercer mercenario que los que están en el refugio sabían sobre técnicas de guerra. Su compañero, Yuri, de ascendencia rusa, no respondió. Solamente, movió la cabeza.

Ahora los dos, estaban boca abajo, en la mezclada nieve con barro, en la ladera. La lluvia había hecho su trabajo. Habían montado sus metralletas con los trípodes.

Brian pensaba en Keith y le preocupaba. Los dos estaban muy unidos. Lamentablemente no lo podía ayudar en este momento. Debía primero neutralizar a los residentes del refugio, para luego trasladarlo allí y poder darle los primeros auxilios. Afuera en el frío, no lo podía ayudar.

—Yuri, debemos disparar a los focos. Yo tomaré la parte derecha, tú toma la izquierda.

—Vale.

—SAVVA, SAVVA, DISPARAN a los focos. Debemos responder —dijo Pano en la intercomunicación.

—Yo me ocuparé con Bobby. Bobby empieza por el oeste. Allí, allí donde te indico veo una culata brillar. Dispara ahora —le ordenó Savva.

—OHHHH, YURI, ESTUVO muy cerca. Estalló una bala a 30 centímetros de mi cabeza. Ya para ahora, les dimos objetivo, joder. Hemos neutralizado la mitad de los focos, eso es algo. Haremos una pausa y seguiremos en un rato. Debemos irnos a otra posición.

LAS PAREJAS EN EL REFUGIO habían cambiado. Ya habían cambiado sus posiciones también. Pano estaba con Xenia, y Bobby con Eurídice, en habitaciones diferentes. Savva, por ahora había ido a comprobar cómo estaban Dan y Lora. Evidentemente, todavía estaban atados. Las cadenas eran perfectas para ellos.

Habían pasado casi quince minutos. Ninguna señal de los mercenarios. Savva tomó la palabra.

—Chicos, pienso que debemos hacer un esfuerzo grupal otra vez y disparar masivamente como antes. Así, para asustarles —todos estuvieron de acuerdo. Xenia dio el impulso.

—3... 2... 1... fueeego.

Las balas caían como lluvia. Bobby empezó a obsesionarse y gritaba.

—Vamos, mierda, daleee.

Savva los detuvo.

—Vale, vale, no gastéis más munición. Además, estas armas llevan sin usarse mucho tiempo. No queremos que sufran ningún bloqueo.

Los cuatro obedecieron de inmediato.

—Tengo una idea —exclamó Bobby—. Pongamos en el perímetro del refugio fuego y crearemos humo. Además, el viento sopla opuestamente a nosotros. No verán nada enfrente de ellos. Es una buena operación psicológica. Vi bidones de petróleo en el almacén, estoy casi seguro de que están repletos, ¿no Savva?

Savva respondió.

—Me parece una buena idea. Debemos improvisar para sacarlos de sus madrigueras. Si fueran más de tres, nos atacarían masivamente. Ellos parecen que se esconden. Bobby, ve a traer los dos bidones y nos vemos en la entrada. Los demás estaréis atentos, observad muy cuidadosamente lo que pase afuera.

Bobby y Savva se encontraron en la entrada, Bobby lo besó en el frente, muy emocionado por la ayuda que Savva les prestaba de esta manera tan generosa. Savva tomó los dos pequeños bidones y se dirigió afuera. Dijo a Bobby que se sentara dentro con los demás y que lo cubriera. Salió casi corriendo por la puerta. Lo que iba a hacer era muy arriesgado.

—Chicos, cuando dé la señal, empezad a disparar para cubrirme —empezó a verter el primer bidón de petróleo—. Ahora... fuego, todos juntos.

—YURI, CORRE HACIA EL este, casi me disparan otra vez. Retrocede, retrocede.

—A mí me dieron en el chaleco antibalas, por suerte estoy bien. Me voy al sur y atrás —dijo Yuri.

—Algo hacen afuera, alguien está afuera y algo hace, no puedo distinguirlo, es como si vertiera algo... pero no puedo dispararle ya que disparan rápidamente —dijo Brian.

Brian al ir hacia el sur, se topó con Keith, tal y como lo había dejado, acostado en la nieve. La hemorragia era verdaderamente enorme, Keith ya no podía hablar. Lamentablemente, estaba herido por una segunda bala en la pierna.

Mientras tanto, había empezado a nevar.

Brian preguntaba desesperadamente a Keith.

—Keith... Keith... ¿estás bien? Ten paciencia mi buen amigo, los mataremos e iremos al refugio para que te calientes, no me dejes.

Desafortunadamente, Keith no podía aguantar más, había perdido mucha sangre.

—Mi amigo del alma, Brian, aquí en alguna parte termina nuestro viaje. Salí impune de África y en el Medio Oriente, y me mataron en Grecia una partida de principiantes... ¿Quién lo esperaba?

Brian le agarraba muy fuerte las manos y le suplicaba no morir.

—No me dejes Keith... no me dejes —gritaba Brian.

¿Quién esperaba, que un marino veterano como Brian, iba a llorar suplicando?

Keith dejó su último aliento en el abrazo de Brian. Yuri estaba alejado unas docenas de metros y no entendió lo que había sucedido.

En una situación completamente frenética, Brian empezó a insultar y a maldecir a los dioses. Levantó su fusil y empezó a disparar, mientras corría hacia el refugio. No le importaba morir. Quería vengarse por la muerte de su mejor amigo.

SAVVA HABÍA VERTIDO los dos pequeños bidones con el petróleo. Había formado un semicírculo enfrente del refugio en un alcance de veinte metros. Ahora sacó el encendedor que llevaba siempre con él y encendió el borde del semicírculo. El fuego se extendió en unos segundos, creando un semicírculo fogoso.

Los chicos que observaban desde arriba lo que pasaba, empezaron a gritar de felicidad. Mientras tanto, habían parado de disparar, porque se habían quedado sin munición, cada uno de ellos había tirado 30 balas en unos minutos, lo que cabe en un cargador. Los cargadores de las armas ya se habían vaciado. Intentaron llenar el arma con bolas de fuego.

Gritos se oían desde el auricular, era Savva que gritaba...

—Me disparan, me disparan, cubridme ahoraaa.

BRIAN SE ACERCABA AÚN más cerca del refugio... corría. Enfrente de él se extendía un anillo de fuego, no podía percibir nada. Pero disparó a ciegas.

Pano, por suerte, llenó su arma rápido. Empezó también a disparar a ciegas para cubrir a Savva. Pero vio enfrente de sus ojos suceder algo impensable. Un mercenario pasó el fuego saltando y se lanzó hacia Savva. Pano ahora no podía esperar, debía salir fuera y salvarlo.

BRIAN HABÍA VACIADO todo su cargador. Intentó disparar con su automático, pero había sufrido un bloqueo. Lo tiró en la nieve. Su única opción era pasar el fuego saltando. Solo un segundo de contacto con el fuego no le causaría ningún daño.

Saltó como un pantera. Estaba loco. Se lanzó hacia la primera persona que estaba frente a él. Empezaron a pelearse como dos perros, mientras la nieve que caía se hacía aún más densa.

Pano abrió rápido la puerta y empezó a correr hacia fuera. Fuego, humo y nieve habían creado un escenario sacado del infierno. El mercenario parecía haber apuñalado a Savva en la pierna izquierda. Él, se había arrodillado en la nieve.

Pano levantó su M16 y apuntó a Brian. Le gritó que se entregara. Pero debía haberle disparado. ¿Por qué tardó tanto? No hay que regalar ni cinco segundos a marinos tan entrenados.

Con un movimiento relámpago Brian, se agachó y lo agarró de la cintura. Pano no tuvo tiempo de reaccionar. Lo tiró abajo, boca arriba. Mientras tanto, Savva estaba todavía al suelo y no se podía levantar. La herida en su pierna era muy profunda.

Bobby, Xenia y Eurídice lo veían todo, gritando de agonía. Eurídice casi había colapsado de la angustia por su amor.

Sus armas estaban ya llenas, pero no podían disparar. Pano, con el mercenario, se habían vuelto una masa en movimiento. ¿Y si disparaban a Pano sin querer?

—Chicas, llegaremos al final... matar o morir. No podéis ayudar más. Hasta aquí. Amor, coge a Eurídice e iros a la habitación del pánico, ahora. Este es mi deseo, este sería el deseo de Pano, si estuviera aquí con nosotros. Si no regresamos en media hora, apretáis el botón de alarma. La alarma avisará al señor Demóstenes y a la policía griega.

Eurídice llorando con sollozos decía: —No puedo dejarlo... no puedo.

Xenia la abrazó y agarró dulcemente su mano. Susurró algo a su oído.

—Amiga, es posible que esté embarazada, tengo un retraso... me di cuenta ayer... por favor quiero que mi bebé conozca a su madrina, ¿vale? ¿Me harás el favor, mi amorcito?

Eurídice la miró a los ojos lagrimeando, agarró su mano y le dijo con determinación.

—Vamos... solamente por ti hago este sacrificio.

Xenia abrazó a Bobby, dándole un último beso en los labios.

—Eres mi vida —le dijo.

Bobby bajaba las escaleras como un loco. *Matar o morir,* pensaba. Abrió la puerta. Frente a él veía el infierno. Fuego, humo y nieve. Pano y el mercenario, todavía peleaban. Savva había conseguido arrastrarse unos metros hacia el refugio. El mercenario parece que había puesto a Pano en una situación muy difícil. Lo tenía debajo y le daba puñetazos en la cabeza.

Bobby cayó encima de él saltando lateralmente. Lo derribó como una torre de papel. Ahora él, tenía el control absoluto de los movimientos, era igual que en la jaula. El mercenario estaba debajo de él. Bobby había entrelazado las piernas en su cintura y lo había doblado con ellas. Con el codo izquierdo presionaba su hombro para mantenerlo acostado boca arriba y con la mano derecha daba puñetazos a su mandíbula.

LAS CHICAS ACABABAN de entrar a la habitación del pánico. Estaban agotadas por las lágrimas y la tensión. No hablaron nada, solamente se sentaron en el suelo y apoyaron la espalda en la pared. Estaban preparadas por lo peor. Eurídice abrió su bolso, sacó un "CD player" que había llevado con ella.

Había grabado en secreto a Pano cuando se habían ido los cuatro a la playa de Kavouri. Lo grabó tocando la guitarra. La grabación la había pasado a un CD. Por suerte, Pano, cuando recogía las cosas de Eurídice muy de prisa para que se fueran lejos... lo llevó con él. Metió el disco dentro. Colocó uno de los auriculares en su oído derecho y el otro lo colocó en el oído izquierdo de Xenia. Estaban la una al lado de la otra. Agarró su mano. Puso el CD. Era una adaptación de Pyx Lax... la canción titulada **Ven**.

Las dos habían cerrado los ojos y escuchaban la canción como si estuvieran rezando. No podían hacer nada más ahora... simplemente esperar lo mejor. El estribillo lo decía todo:

Ven...ven cerca de mí de nuevo,
Ven.... antes de que sea tarde
Ven... guerra afuera fuego
Ven... antes de que sea tarde

BRIAN ESTABA MUY ENTRENADO en artes marciales. Bobby se dio cuenta de eso rápidamente. Había conseguido revertir la situación y girarlo al revés. Ahora Brian estaba arriba y Bobby abajo. El mercenario intentaba pegarle, pero no podía, Bobby sabía defenderse bien y usaba sus manos como un escudo. Pano todavía estaba muy mareado. Intentó sentarse, pero no pudo. Veía a su amigo pelear como un héroe. Lo único que podía hacer ahora, era animarlo. Bobby oía a Pano que lo animaba. Cogió fuerza de eso. Fue capaz de hacer un movimiento de los más difíciles en las artes marciales mixtas. Levantó su pierna derecha y la pasó delante del cuello del mercenario. Luego, la bajó. Esto tuvo como resultado retener el cuello del oponente en sus piernas, mientras había agarrado la mano del oponente y la estiraba en una dirección opuesta al movimiento normal. El codo de Brian estaba en el pecho de Bobby ahora. Bobby presionaba la mano de Brian para romperla, mientras que con sus piernas lo ahogaba.

FLUÍAN LÁGRIMAS DE los ojos de las chicas mientras escuchaban el último estribillo de la canción. Siguieron sin hablar, tenían los ojos cerrados y se agarraban de las manos. Como cuando eran pequeñas y los padres de Eurídice empezaban a pelear. En cada situación difícil, entraban al armario y se escondían allí.

Ven... ven cerca de mí de nuevo
Ven...antes de que sea muy tarde
Ven...guerra afuera fuego
Ven... antes de que sea tarde.

El CD había terminado hacía unos minutos. Habían escuchado cinco canciones en total. Ahora debían apretar el botón de alarma. Esto significaría que los chicos no lo habían logrado. Se abrazaron y otra vez lloraban. Xenia estaba lista para apretar el botón, hasta... que escuchó que la puerta secreta... la chimenea, estaba siendo activada. Alguien estaría dentro, en cualquier momento. Su agonía era tremenda. Sus ojos estaban muy abiertos. La una apretaba fuertemente la mano de la otra.

Un hombre desconocido con un uniforme militar entró. Las chicas empezaron a gritar de nuevo. Escucharon una voz muy familiar que les decía.

—Hijas, calmaos, ahora todo terminó, ya estáis a salvo —el señor Demóstenes entró con un soldado desconocido. Las chicas querían gritar de felicidad. Finalmente estaban a salvo. Empezaron a preguntar al anciano cómo las encontró allí.

—Hijas no puedo explicaros todo ahora, no es momento de explicaciones. Basta con que estéis bien. Os quiero como a mis hijos... como a mis propios hijos —les dijo con mucha dulzura y se quitó una lágrima de los ojos.

El señor Demóstenes había llegado con un helicóptero hasta aquí. Hacía unas horas que se había enterado del asesinato de Steve y entendió que probablemente encontrarían a los chicos. El helicóptero de Aegean Hawk, había llegado en el momento justo. El momento en el que Bobby neutralizó a Brian y había ido a ayudar a Pano, entonces, hizo su aparición el tercer mercenario, Yuri. Con el arma en la mano estaba listo para matarlos a los tres. Exactamente en ese momento llegó el helicóptero. El tirador del ejército griego que estaba en el helicóptero junto con el señor Demóstenes había hecho un trabajo magnífico. Solo una bala, fue suficiente para dejar a Yuri fuera de combate.

La herida de Savva, la cuchillada en la pierna era muy profunda. Necesitó puntos. El tirador del ejército griego por suerte, tenía conocimientos médicos y los usó en Savva. Ya estaban todos en el refugio. En el helicóptero no cabían todos, por eso se fue solo con el piloto. Por la mañana llegarían dos helicópteros para llevar al resto... también a Dan y a Lora.

El señor Demóstenes ya tenía tiempo para explicarles de qué manera se encontró en Astraka, así de repente, en medio de la noche y con este tiempo, con hombres del ejército griego.

Todo estaba relacionado con Doko y la carta que le había dado ayer por la mañana el señor Demóstenes. Le había ofrecido un acuerdo justo con el estado griego y con el estado americano. Protegerían a Pano, Eurídice, Xenia y Bobby... a cambio de una transferencia de conocimiento técnico del arma secreta del naviero. El naviero, debía su vida a Pano, así que aceptó todo.

Aunque el llegar tan rápido hasta aquí, se lo debía al asesinato de su buen amigo, de Steve. Probablemente, bajo circunstancias normales, iría a verlos dos o tres días más tarde. El asesinato de Steve Dale era lo que los obligó a acelerar el rescate.

Argentina, Patagonia

24 DE DICIEMBRE

Xenia pensaba en sus padres y en su hermano con un profundo dolor. No había hablado con ellos desde hacía un mes. La consideraban muerta. La versión oficial de la policía griega fue que los cuatro, supuestamente intentando escaparse de la policía griega, fueron arrastrados por una avalancha en la montaña de Timfi. Ahora se consideraban muertos. Esto era parte del acuerdo que hizo Doko con el ejército griego y el estado griego, pero también con los Estados Unidos, a cambio de sus conocimientos técnicos para la creación de su arma maestra.

Ya nadie los buscaba. Howard Bold creía que todos estaban muertos y Jürgen también. La operación fue un éxito total. No había otros testigos para revelar la verdad... Dan y Lora fueron anulados de los servicios del ejército griego. Incluso dentro de la Hellgate, creyeron este cuento. Ellos también creyeron que los suyos murieron por culpa de una avalancha.

Los padres de Xenia, durante todo este tiempo se morían de tristeza al saber que su hija había muerto. Pero todavía no podía comunicarse con ellos, todavía no, era muy temprano. Esto le rompía el corazón.

Por otro lado, Pano estaba triste por su tío que se había ido tan injustamente de este mundo. No había llegado a decirle cuánto lo quería. Lamentablemente, en los últimos años, no se comunicaban con frecuencia.

Le dolía también que su nombre se hubiera manchado tanto. Le habían atribuido el asesinato de Martinis y la traición contra los Estados Unidos... además de la muerte del dueño del motel. Ese en el que había pasado la noche, ese miserable motel, encima de la vía nacional.

Entonces, acababan de aparecer los primeros titulares difamatorios en Grecia también sobre Pano... que había matado a Martinis. Al siguiente día, cuando Pano y Eurídice se habían ido del hotel, el dueño llamó a la policía para decirles que el día anterior los había visto enfrente de él. Cómo iba a saber que dentro del sector de homicidios estaban dos hombres de Kalergis. Lo mataron y esto fue atribuido a Pano. A estos dos policías todavía no los han arrestado. Están siendo vigilados discretamente, por el servicio secreto del ejército. Intentan encontrar pruebas en este inmenso circuito internacional, cuyo jefe parece ser Jürgen Klinnsman. Cuando encuentren pruebas y datos irrefutables, entonces las autoridades griegas y americanas limpiarán el nombre de Pano y de los demás, públicamente.

Por ahora, los cuatro debían permanecer ocultos para protegerse de sus perseguidores.

Todo fue como lo planearon. Pano, Eurídice, Xenia y Bobby vivían en la famosa Patagonia, en Argentina, concretamente en San Carlos de Bariloche, que se encontraba al lado de los Andes. San Carlos de Bariloche es un sitio campestre que tiene muy pocos habitantes fijos, pero bastantes turistas. Evidentemente, su agradable casita estaba en una ubicación desierta al lado del lago, el famoso lago ***Nahuel Huapi***. Un lago que está a 770 metros de altura.

Xenia estaba en su tercer mes de embarazo. Ya todos estaban más tranquilos. Pero el caso los había traumado y ahora se daban cuenta de lo que habían pasado. Aunque intentaban dejarlo atrás. Por otro lado, esto los había fortalecido mucho.

Pano ya casi nunca usaba aparatos electrónicos. Estaba dedicado solamente a su nueva guitarra que había comprado en Argentina. Durante el mes en el que vivían aquí, había escrito dos nuevas canciones muy buenas, suyas. No se las había enseñado todavía a Eurídice, las guardaba para dárselas como sorpresa.

Hoy había quedado en hacer montañismo con su amor en el *Cerro Campanario*, ya que Xenia no podía a causa de su embarazo, y consecuentemente Bobby tampoco. La conocidísima montaña Campanario estaba a 1050 metros de altura. La vista al lago desde arriba sería impactante. Pero Eurídice hoy no podía, estaba bastante indispuesta.

—Pano, ¿por qué no te sientas con nosotros? Vamos a hacerlo otro día. Aparte de que estoy indispuesta, no tengo un buen presentimiento. De verdad, quiero que te quedes en casa con nosotros.

—Mi amor, deja los presentimientos, debes pensar en positivo, todo está en nuestra cabeza. Bueno, mira lo que vamos a hacer. Yo, mi amor, me iré a dar un paseo para tomar un poco de aire fresco porque llevo un mes dentro de casa. Por la tarde, estaré aquí para enseñarte las dos nuevas canciones que he escrito. ¿Estamos de acuerdo, mi amor?

Ella sabía que Pano realmente quería divertirse y salir todo el día. No podía decirle que no. Además, en unas horas estaría en casa de nuevo.

—Pano, hazme un favor y cuídate. Está lleno de turistas ahí arriba, que no te reconozcan.

—Sí, mi señora, estaré a salvo —dijo bromeando, mientras se ponía su gorrita y sus gafas de sol.

Su barba había crecido mucho y combinado con el resto de los accesorios –gafas de sol, gorra– era imposible ser reconocido. Además, el caso en los Estados Unidos y en Grecia ya no se proyectaba en ningún medio. Y a pesar de que existía ese importante acuerdo entre Doko, los Estados Unidos y el estado griego, su nombre todavía no se había restituido. El mundo lo conocía como un asesino. Así fue presentado por los medios todo este tiempo.

PANO HABÍA LLEGADO a la ladera de la montaña. Aunque podía tomar el teleférico y subir hacia la cumbre en unos minutos, el prefirió ir caminando. Había encontrado el famoso camino de Bastillo, que conducía hacia el Campanario. Tenía la necesidad de caminar y liberarse. Los cambios en su vida fueron descomunales durante los últimos meses. Debería poco a poco, racionalizar la situación y asimilar todo en su interior. De ser un exitoso agente de la CIA, ahora vivía como un prófugo que se escondía de todos y de todo y vivía excluido en la Patagonia. Un lugar fantástico, pero no para vivir toda la vida. La única cosa que le daba coraje era su Eurídice. Las horas pasaron rápido. Después de 74 minutos llegó a la famosa cafetería que estaba en la cima de la montaña. Estaba llena de turistas. Por fin, bebía su café, observando esta mágica vista. Lo único que le hacía falta era su Eurídice... y sus mejores amigos, claro.

Se había sentado fuera, lo más cerca que podía del peñasco para observar la vista. Oyó una voz familiar.

—¿Pano, Pano Dale, estoy soñando? ¿Eres tú? —le dijo un joven entusiasmado.

Pano puso la mano frente a sus ojos para tapar el sol que le impedía percibir al joven.

Se volvió loco. Su desconcierto era obvio.

—Dino... ¿qué haces tú aquí? Ejjj... qué puedo decirte, así es como pasaron las cosas, siéntate para que te cuente. ¿Estás solo aquí?

Dino Melisas, su agente mimado del CNI, al que tanto quería, estaba frente a él. Nadie sabía que Pano estaba vivo. Todos creían que Pano Dale estaba muerto. Los únicos que sabían toda la verdad, eran el jefe del estado general, Giotis, el ministro de seguridad nacional, el jefe de las fuerzas especiales, el primer ministro, una fiscal del tribunal supremo, el señor Demóstenes y su mujer, Savva, los pilotos del helicóptero y Doko. Nadie más.

—He venido con mi novia para pasar las vacaciones de Navidad, pero se quedó en la habitación del hotel, estaba muy cansada. Ayer llegamos a este increíble... increíble lugar.

Melisas parecía totalmente sorprendido, parecía no creerse que hablaba con Pano Dale.

—Pano... no quiero meterte en una situación comprometida... pero creía que estabas muerto. Estoy muy impactado de verte vivo. ¿Qué sucedió? Obviamente, si me lo quieres decir, si no, estoy muy feliz por hablar contigo y me voy, sin ningún problema.

—Dino... te lo diré... te lo explicaré todo. Además, creo que puedo confiar en ti. Simplemente tomemos nuestros cafés y vayámonos de aquí a un lugar en el que no haya mucha gente para que hablemos.

Pano tomó su dulce frapuccino en la mano – el local no servía expreso frío – y se fue con Dino a un lugar desierto... bajaron unos cuantos metros del famoso camino y se pararon en un nivel horizontal, donde podían sentarse y hablar sin que nadie los escuchara.

Pano se lo explicó todo detalladamente, con el más mínimo detalle. Melisas se quedó con la boca abierta.

—Pero no es posible... ¿en serio? —le repetía todo el tiempo. Parecía que no podía creer lo que escuchaba.

Pano se sentía bien de poder compartir todo eso con alguien de su confianza. Se había desahogado. Hasta... hasta que pasó algo terrible. Algo que le hizo abrir los ojos del terror y del shock. Pano no podía creer lo que estaba pasando...no lo podía creer. Había perdido la tierra bajo sus pies. Quería empezar a llorar como un niño. *Joder, por qué...* pensaba. *¿Joder por qué esto me pasa a mí? Mi chica tenía razón, tenía un mal presentimiento, por idiota no la escuché... mi chica se va a sentir mal.*

Melisas se puso serio de repente y lo apuntaba con un arma. Pano entendió todo. Lo mataría, lo había leído en su fría expresión, no había venido de tan lejos por casualidad. Pano estaba jodido, jodido... por un demonio vestido de cordero.

—Arrodíllate y pon las manos arriba para que pueda verlas —ordenó a Pano, dura e imperiosamente—. No quería llegar hasta aquí, pero me destrozaste, verdaderamente, me destrozaste.

—Dino, razona, por favor, todo se va a arreglar, ¿amigo qué te he hecho? Dime —le decía Pano suplicando. Tenía miedo por su vida. Tenía miedo por su chica.

—¿Qué me hiciste? ¿Qué me hiciste? ¿Quieres saberlo?

—Sí, por favor, amigo, dimelo para que lo sepa. Te pido perdón si hice algo sin querer —le decía Pano casi llorando.

Dino Melisas empezó a hablarle con un tono calculador y tranquilo.

—El organizador de todo fui yo. Yo manejaba los hilos, yo lo controlaba todo. Detrás de Jürgen Klinssman estaba yo. El dinero que sacaría cuando terminara con Doko serían unas decenas de millones de dólares. Y tú te entrometiste y lo destrozaste todo. No te guardo rencor, pero tengo que quitarte del medio. Son negocios... lamentablemente.

—¿Cómo... cómo que manejabas los hilos tú? ¿Qué tienes que ver tú con el caso? ¿Dino, qué me estás diciendo? —preguntaba Pano, asombrado por lo que escuchaba.

—Todo lo hice a través de mi ordenador y mi teléfono móvil, señor Dale. El programa "intruder" que nos trajiste a la agencia, era un juego para mí. Había creado mi propio programa, el "Dominante" total... y podía infiltrarme en cualquier lugar sin dejar ningún rastro. No existía casi ninguna defensa.

Pano entendió que de alguna forma, Dino estaba involucrado con el caso. No podía quitarse esto de la cabeza. Por eso, Pano se había quedado tan tremendamente flipado. Estaba como perdido... no lo podía creer, no sabía qué preguntarle primero. Sus dudas eran demasiadas.

—¿Sabías que fui un agente desde el principio? —preguntó, mientras estaba pasmado.

—No, no sabía que eras un agente. Es usual para el CNI traer de vez en cuando, buenos científicos para el entrenamiento de los agentes. Además, el contacto americano nos había dicho que ningún agente americano se involucraría con el caso, y casi lo creí. Pero las sospechas aumentaron cuando nos pusiste a vigilar la Chispa. ¡Qué coincidencia! pensaba... pero otra vez lo estaba justificando en mi interior. Era el colectivo anarquista más reciente en Grecia, por eso lo habías elegido, casualmente... pensaba, qué coincidencia. Cuando te liaste con Eurídice, cualquier sospecha desapareció... ningún agente se liaría con una anarquista, especialmente un agente americano. Pero solo durante la primera semana de la relación, fui capaz de escucharos a través de su móvil. Después... silencio absoluto, como si alguien hubiera aplicado múltiples redes de seguridad cibernética. Al final... ¿lo hiciste tú?

—Sí, fui yo —respondió, perplejo Pano.

—Eso lo explica... y a ti, cuántas veces intenté vigilarte, era imposible. Habías escrito el mismo código por tu móvil y tus ordenadores, probablemente.

—Finalmente, ¿cuándo te diste cuenta de que era un agente?

—Esa noche que fuiste con Martinis en Exarchia, cuando secuestraron a Eurídice. A la mañana siguiente escuché su conversación. Cada día le daba teléfonos desechables, para que nadie más pudiera escuchar las conversaciones aparte de mí, se los mandaba en cajas de cartón. Por la mañana lo escuché todo. Me vino el cielo a la cabeza. Hasta ese momento, creía que eras un programador miedoso que ya vivía su amor con una anarquista y de repente te escuchaba presentar pruebas sobre Jorge Sanz y Egina. Me impacté, tuve miedo que supieras cosas sobre mí también, de alguna manera mágica. Te subestimé lamentablemente y no me ocupé nada de ti.

—¿Tú mataste a Martinis? —preguntó desconcertado.

—Sí, pero no quiero hablar de eso. Fui obligado. Como estoy obligado a matarte también. Qué suerte que tu ADN y tus huellas estaban en el servicio y te puse una trampa, colocándolo en las cosas de Martinis.

—Y... eh... ¿por qué no me mataste también? —preguntó con miedo.

—Porque no llegué.... hasta sacar a Martinis del medio, en unos días habías desaparecido. Después ni la NSA te podía encontrar. La ironía es que me habías llamado el día que tiré el cuerpo de Martinis para que te hiciéramos una fiesta de despedida del servicio con los demás agentes. ¿Recuerdas que te dije que tenía un compromiso? Estaba hecho polvo del cansancio, había subido a la montaña para deshacerme del cuerpo de Martinis. No pude ni andar el resto del día debido al cansancio. Pero te la tenía guardada para los próximos días. Ya que te inculparía con tus huellas, te mataría y haría que pareciera un suicidio. ¿Entiendes...?, te sentirías culpable por haber matado a Martinis y te quitarías la vida. Pero te perdiste, así de repente.

Dino dejó de hablar, empezó a rascar sus órganos sexuales con ironía. Después de medio minuto empezó a hablar otra vez.

—Para que cambiemos de tema... debes admitirlo, te engañé. Tú agente favorito está aquí y te está apuntando... jajajajaja... estupido Dale. Lo que me interesa ahora, es hablarte sobre mí... explicarte cómo lo organicé todo, que yo, al final, estaba detrás de todo. Tengo la necesidad de ver en tu mirada el reconocimiento, antes de matarte.

—Explícame entonces... ¿a qué esperas? —le dijo Pano.

Melisas vio a Pano con una mirada despectiva y empezó a contarle.

—Todo empezó con la red social de "Rich & Famous". Empecé a entrar allí para conocer a alguna piba. No conocía a Jürgen. Lo conocí aquí. Era famoso en "Rich & Famous". Lo observaba todos los días, estaba impresionado, veía la buena vida que tenía con todos estos viajes, las embarcaciones de recreo, sus coches, sus restaurantes de lujo, sus relojes caros. El soltero número uno del año pasado era Jürgen. Todas las pibas corrían tras él. Empecé a obsesionarme con el dinero. Así que comencé a investigar a la polémica industria. Más específicamente la Armada. Lo tenía escrito en su perfil... CEO... el jefe de Berlin Navy Group. Corrí, investigué, observé en vivo a oficiales de la Armada, almirantes griegos, actuales y retirados, me infiltré en sus vidas. Mi trabajo en el CNI era simplemente una fachada para mí ya. Utilizaba los medios del CNI para mis gustos personales.

Pano, mientras Dino hablaba, estaba totalmente decepcionado. Nunca imaginó que estaba confiando en una mente tan siniestra... no lo podía creer.

—Mi programa, el "Dominante", posee el mejor algoritmo que se ha creado hasta ahora. Así, que llegué al rastro de Kalergis. La pasada Navidad hablaba con un ex compañero sobre un arma maestra que había intentado crear Doko en el pasado. Acusaba a Doko, engreído, le decía por un lado, romántico de mierda, por el otro lado. El imbécil de Doko, quería ayudar a los griegos en lugar de vender su patente y sacar dinero. Finalmente, le explicaba a su amigo que el arma nunca funcionó y el intento fue un fracaso. Pero a mí, como entenderás, se me puso la mosca detrás de la oreja. Normalmente los que fracasan, son los que al final, construyen algo perfecto. Sabes, no se dan por vencido y continúan el intento. ¿Tú has fracasado alguna vez?

—Muchas veces —le respondió Pano, intentando aquietarlo y tranquilizarlo.

—Muy bien. Te había tomado por un engreído, para decirte la verdad... ¿dónde estábamos? Bueno... así que me entró interés por vigilar a Doko, estaba seguro de que este tipo crearía algo excepcional. Algo que me daría la oportunidad de venderlo como información. Un arma maestra real. Era muy difícil vigilar a Doko. Imagínate, había empezado a vigilarlo a principios de enero y hasta abril no tenía ni la más mínima prueba en mis manos. Ninguna prueba en su ordenador, ninguna prueba en su móvil, nada, el hombre vivía como un fantasma. Solo, una prueba, una, la cual no valía nada... que Doko estaba "obsesionado" por las camisas. Cada semana, estaba en Kolonaki para comprar camisas. Y de repente, me vino esta idea. Le mandé cinco carísimas camisas fuera de su casa con un servicio de mensajería.

Mientras tanto, Melisas hablaba con más arrogancia ya. Tenía una gran vanidad, lo que hacía creer que era único e ingenioso. Se exponía a él mismo con Pano, podía hablar horas de él mismo.

—Cinco carísimas camisas de diferente color. En la carta escribía... "de una fan". ¿Qué hay más simple que eso? Sabes... Doko era un gran mujeriego. Nunca rechazaría este regalo. En cada camisa había un botón con una nano-cámara y un nano-micrófono... invisibles al ojo humano. Estos son los milagros del CNI. Su seguridad lo escaneó todo para encontrar algún micrófono oculto, pero no encontró nada. En el CNI trabajaba un científico estrella que crea unos aparatos mágicos como este. Los cogí del laboratorio... porque supuestamente los programadores no tienen ninguna relación con estas cosas. Bueno, esperé... esperé muchos días. Y llegó el gran momento... Doko poniéndose la camisa y estando en su tanque subterráneo y haciendo experimentos con su arma secreta. Un tubo, un cilindro de doble tamaño que una lata de refresco, es su secreto. Un arma anfibia. Puede volar, puede también moverse bajo el agua. Lo vi todo a través de la cámara, era algo increíble, genial. De repente saltaba del agua, como saltan los delfines y le daba a un objetivo metálico con rayos láser... los derretía. Luego, se hundía en el agua y estallaba debajo. Te lo digo, fantástico y silencioso. Un milagro de ingeniería volátil, mecánica de los fluidos e inteligencia artificial. No sé, para serte sincero, si alguien lo controla remotamente o si funciona con autonomía y puede reconocer objetivos hostiles. Pero eso no tiene importancia. Lo importante es que obtuve la gran información.

Pano, aunque aterrado, tenía curiosidad en saber más. Le parecía increíble todo esto.

—¿El tanque dónde lo tenía? ¿En su casa? ¿Cómo se puede hacer todo esto?

— Dale, eres escéptico... no, no lo tenía en su casa. A Doko le pertenece la compañía "Poseidón" con las acuaculturas en Laurio. Iría allí con extrema discreción. Después de un tiempo, lo descubrí. Al principio no lo sabía, simplemente veía un inmenso tanque en mi pantalla. De todos modos, no te lo explicaré todo. Simplemente, quiero probarte que yo fui el organizador de todo, el gran jugador de ajedrez. ¿Seguimos?

—Sí, seguimos —dijo atenuado y con una voz temblorosa.

—Bueno... como era obvio, en los sótanos de la compañía, había construido un enorme tanque con una superficie de unos miles de metros cuadrados, donde allí, ejecutaba sus experimentos solo. Cuando tuve esta información, empecé a mandar mensajes a Jürgen a su teléfono móvil. Todos completamente encriptados y con remitente desconocido. Le escribí que poseía un gran secreto que le interesaba. Le escribí también que, si quería saber más, debía entrar a la web oscura para comunicarnos. Le había mandado la dirección pertinente. Los mensajes que le mandaba duraban dos minutos, luego desaparecían... soy un gran artista Dale, ningún rastro. Jürgen no se comunicó conmigo. Estaba claro que no iba a confiar en un remitente desconocido. Pero lo hice que se interesara. ¿Sabes qué hice?

—¿Qué? —preguntó Pano, que intentaba mantenerlo ocupado para ganar tiempo, mientras pensaba maneras para escapar de él.

—Entré a los servidores del cuartel general de la armada griega a través de un programa maligno. Lo hackeé todo, deberías verme, increíble. ¿Sabes que las naves se interconectan y así están siempre interconectadas con el Pentágono? Entonces mandé un mensaje a Jürgen de que la próxima semana la

Armada griega sufriría problemas con el entrenamiento programado que realizaría. Habían programado de verdad un entrenamiento en el mar Egeo. ¿Sabes qué sucedió durante el entrenamiento?

Melisas estaba obsesionado con él mismo, estaba más claro que el agua, comenzó a reírse solo por su megalomanía.

—Sucedió lo siguiente, mágico. Les hice creer que aceptaban un ataque de misiles, jajajaja... ¿puedes creerlo? De misiles, yo lo hice todo, como si estuviera en un videojuego. Sabes que todo esto se oye, había sido un jaleo después de eso, buscaban porque sus sistemas electrónicos y sus radares se habían vuelto locos. Esto tuvo como resultado dirigirse a la compañía de Jurgen para que se ocupara de la modernización de los sistemas electrónicos de las fragatas de la flota. Después de esto, Jurgen empezó a tomarme en serio. Teníamos un canal en la web oscura, completamente seguro. Todo fue idea mía. Le dije que debíamos matar a Doko, porque destrozaría la industria marina con su arma maestra, le dije cómo matarlo, organicé el equipo, le puse en contacto con Kalergis. Y Martinis, fue idea mía. Y la Chispa, también. Mandaba instrucciones a Martinis de cómo reclutar a los jovencitos. Había escuchado que después de la prisión, empezó a interesarse por el dinero... claro... Doudonis lo destrozó todo. No te molestarías en vigilar la Chispa, si no estuviera ese imbécil. Y no había dicho nada a Martinis, que fue vigilado por el CNI, por lo menos como parte de una simulación, de un procedimiento educativo. Creía que lo tenía todo bajo control, que no era necesario avisarle. Simplemente le decía que tuviera mucho cuidado con sus comunicaciones.

Pano lo interrumpió.

—¿Los conocías a todos de cerca?

—A nadie... nadie... jajajaja... esto es lo mágico, señor Pano, que controlaba todo el juego mediante mi ordenador. Les mandaba mensajes y los guiaba. Durante dos minutos aparecían en sus pantallas los mensajes y después desaparecían para siempre. Debían memorizarlos o anotarlos. Ellos creían que hablaban con Dios....o con el diablo. Obedecían totalmente mis órdenes, las órdenes del jefe. Te daré un ejemplo para que entiendas porque veo que estás un poco confundido... es lógico, ¿cómo puedes comprender a un genio como yo? Bueno... era mayo. Ya había empezado a hablar con Jürgen, y me respetaba por completo. Estaba de acuerdo en todo conmigo... me escribió que estaba de acuerdo con la idea de matar a Doko, o sea, que tenía la razón. De inmediato me vino la idea... ¿qué mejor que ser asesinado por una supuesta organización anárquica y terrorista? dije a Jürgen que yo lo arreglaría todo. Lo único que necesitaría de él era dinero. Me dio el ok. Así comenzó el viaje de la «Chispa». Toda esta colectividad anárquica era mi propia invención... ¿puedes creerlo? Martinis era mi peón. Lo que le decía, lo hacía. Había estudiado en las redes sociales distintos perfiles de personas que expresaban simpatía hacia el anarquismo. Cualquier persona que tenía contacto con Martinis era propuesta mía. Yo estaba detrás de todo. ¿No es pura belleza todo esto?

—¿Por qué Martinis aceptó meterse en tu juego? —preguntó Pano que se había quedado con la boca abierta.

—Martinis era un anarquista muy conocido. Especialmente por nosotros, los agentes, era muy conocido que Martinis había cambiado de bando en los últimos tiempos y tenía relaciones con el crimen organizado y con el tráfico de drogas en Exarchia. Trabajaba para Viliardos, el padrino. No había ningún peligro de ser arrestado, porque sabes que con el caballo se involucran muchos de la policía griega... el CNI no se ocupa con estas cosas. Mejor víctima que Martinis no había. ¿A quién más iba a encontrar, que tuviera un nombre así, en el espacio anárquico para formar un equipo? ¿Era posible que alguien más fuera a obedecerme de esta manera? Martinis tenía el nombre, y tenía el motivo. Todo lo hacía por dinero. Eso se oía en la calle. El único problema era Viliardos. Ejj... di una información a uno de sus oponentes y mataron en la prisión al abuelo. El camino estaba libre, Martinis estaba sin jefe. Así que escribí a Martinis: *"yo soy tu nuevo jefe, tienes dos opciones... o ir en mi contra y que te encuentren en alguna zanja o trabajar conmigo, con lo que ganarás mucho dinero. Viliardos, que fue en mi contra, ya está muerto... no sé si ya lo sabes. Te dejo dos días para que lo pienses. Cuando termine la fecha límite, me darás tu respuesta. Me pondré en contacto contigo dentro de 48 horas".*

El mensaje lo mandé el día de su cumpleaños... lo escuchaba por su móvil... su madre le cantaba el cumpleaños feliz al imbécil... jajajajaj. En 48 horas, Martinis me dio su respuesta. Me dijo que quería trabajar conmigo. Todo siguió el ritmo después. Le puse en contacto con Kalergis y el equipo estaba formado. Y el jefe era yo. Los guiaba en cada paso, ¿genial no? ¿Lo esperabas? Incluso el soborno con las barras de oro fue idea mía. Y Jürgen simplemente, aceptaba cualquier cosa que le decía.

Pano interrumpió el delirio de su grandeza, le había dado mucho asco esta mente siniestra. Mientras tanto, había dejado su miedo atrás y había empezado a enfadarse con este canalla demoníaco.

—¿Con Howard Bold tenías contacto?

—No, nunca... con el ex comandante de la NSA no se juega. Soy el mejor en mi especialidad y realmente creo que soy de los mejores del mundo, pero también en la NSA existen estrellas. Podrían localizarme. Para ser objetivos. Además, Jürgen no quería que tuviera contacto directo con ellos, ni con Bold, ni con Jorge. Ellos no saben que existo. Yo jugaba solo con Jürgen, con Kalergis y con Martinis. Jürgen me había asegurado que se comunicaba con Bold y con Jorge a través de canales seguros, pero de lo que me contaste antes, entendí las estupideces que hacían... hablo sobre los mensajes de correo con las coordenadas. Debía ocuparme de todo yo, todos son unos ineptos. Después del asesinato de Doko, mataríamos también a Martinis y a Kalergis. No existiría ningún testigo. Ya sería rico. Maldita sea... por tu culpa perdí tanto dinero, joder.

—Una última pregunta... ¿Cómo me encontraste?

—Buena pregunta... antes de morir, debes saber quién te traicionó... sin querer, claro, pero te traicionó. Bobby... antes de ayer llamó a su madre en Inglaterra. Los encontré en dos minutos. Ha comprado un móvil, probablemente lo esconde. Evidentemente, vigilaba a vuestras familias, alguno de vosotros caería en la tentación de llamar. Además, he atrapado al ministro de seguridad nacional, así que escuché sobre el acuerdo... solo que la ubicación no la había escuchado, me enteré por Bobby... al menos, fue sin querer.

Pano se levantó, ya no tenía miedo, solamente sentía pena por Melisas.

—Me das pena —le dijo—. Lo único que te pido es que no le hagas daño a Bobby, a Xenia ni a Eurídice. ¿Me das tu palabra?

—Te doy mi palabra, no les voy a hacer daño.

— ¿Me vas a disparar?

—No, un disparo causaría sospechas y haría mucho ruido. Haré las cosas limpiamente. Te tiraré de la montaña. Un simple accidente. Caso cerrado. ¿Tienes pasaporte?

—Sí... con nombre diferente.

Pano hizo un intento desesperado de quitarle el arma. No lo consiguió. Este aparentemente buen chico... lo empujó por la ladera.

Pano caía. Toda su vida pasó delante de sus ojos... sus años infantiles, los momentos felices que pasó con sus padres, su tío y lo asustado que estaba en los primeros momentos que pasó en América, su colegio, su carrera en el servicio. Y lo más importante de todo... su mujer. La mujer de su vida... su adoración... su gran amor... su amor total... su Eurídice.

Todo se apagó.

Eurídice sufría mareos desde por la mañana. Hoy estaba indispuesta, se sentía muy mal. Se había acostado en la cama. Acababa de dormir, era por la tarde.

Vio un sueño... vio a Pano, saludarla y yéndose, luminoso y bello como siempre, como un ángel. Se dirigía hacia el cielo.

—Panooooo... Panoooo.

Se despertó gritando su nombre... llorando, diciendo que algo le había pasado a Pano.

Lo había sentido.

Colapsó en las manos de su amiga.

Ángel Guardián

6 MESES DESPUÉS

Eurídice miraba fuera de la ventana. Había llegado el verano. Era mediodía y el sol hacía muy fuerte su presencia.

Pensaba en el milagro que ocurrió. Cada día lo pensaba. Pano se había salvado debido a los frondosos árboles que había en la ladera. Era una caída de unos 80 metros, pero los árboles sucesivamente fueron deteniendo la velocidad de la caída y del impacto. Los paramédicos lo encontraron 36 horas más tarde. Todavía tenía pulso.

Sus fracturas evidentemente eran muchas y graves, al igual que sus lesiones cerebrales. Durante cuatro meses estuvo en coma. Hacía dos meses que había despertado. Pero no podía comunicarse, ni hablar. Ahora estaba en un centro de rehabilitación y recuperación en Gstaad.

Pano miraba a Eurídice. Hace dos meses que simplemente la miraba.

Empezó a mover muy lentamente su mano derecha. Intentaba señalar a Eurídice el papel con el rotulador que estaba al lado de ella. Ella lo entendió, se volvió loca de felicidad. Su primera reacción después de dos meses. Le dio el papel y el rotulador rojo.

Necesitó muchas horas y lo consiguió. Aunque las letras parecían las de un niño pequeño, Eurídice las vio como las letras más bellas y mágicas que había visto en su vida.

Ángel Guardián escribió. Con el signo -A- de los anarquistas. Jugaba con ella. Esto significaba que empezaba a recordar. Eurídice lo abrazó. Sus lágrimas caían al suelo como gotas de lluvia. Pano todavía no podía hablar o reírse, pero él también había lagrimeado, aunque poco había una gota en el borde de su ojo. Una señal de que empezaba a reaccionar a los estímulos. De aquí en adelante, le iría mejor, mejoraría. Así lo esperaba Eurídice.

A partir de ahora, Pano encontró a su Ángel Guardián. La Persona que lo cuidaría para siempre, la Persona que lo amaría por completo, que nunca lo dejaría, que lo protegería para siempre.

El amor de ambos era trascedente y mágico.

Epílogo

EL NOMBRE DE PANO Y de los demás chicos ya se había restituido. Los servicios del ejército griego habían encontrado muchas pruebas que inculpaban a Kalergis. Pero hasta aquí. Nadie podía meterse con Jürgen y con Howard Bold. Kalergis se "suicidó". Ya el arma maestra del naviero Doko se había terminado. El inversor en todo esto, obligatoriamente era el ejército americano. El arma debía permanecer en secreto. Howard Bold se alejó de su posición como cónsul de la seguridad nacional del presidente de los Estados Unidos, por razones comprensibles. Pero no podía ser encarcelado, también por razones comprensibles. Jürgen mantuvo su posición como director ejecutivo en la Berlin Navy Group. Se hicieron muchos pequeños acuerdos clasificados entre las partes involucradas para que todos se beneficiaran. Así lo hacen los estados y los involucrados en estos... sobreviven y siguen.

Respecto a Dino Melisas, continúo su trabajo en el CNI. Nadie sabía sobre su acción secreta... solamente Pano. Melisas no sabía que Pano se había salvado. El señor Demóstenes había hecho otra vez sus trucos y bajo extrema discreción había trasladado a Pano a Gstaad. El señor Demóstenes nunca creyó que Pano se cayó accidentalmente. Estaba seguro que alguien lo había tirado de la ladera. Y lo investigaría.

Xenia acababa de dar a la luz a una niña. Bobby estaba radiante de felicidad.

LAS DOS ÚLTIMAS CANCIONES que Pano escribió en Argentina y que no llegó a cantárselas a Eurídice, afortunadamente fueron grabadas en una vieja grabadora. Eurídice las encontró. Durante todo este tiempo esas canciones fueron las que le hacían compañía. A través de ellas escuchaba la voz de su amado... de Pano. Era su gran consuelo.

Continúa... con la novela "Ángel Oscuro"

Email de contacto: ***nickpaccino@gmail.com***
Instagram: Nick Paccino (paccinonick)
Traductora: Anna Drossa
Correctora: Ainhoa Manzanares Villoria
Cover photo: Enrique Meseguer

Don't miss out!

Also by NICK PACCINO

Ángel

Ángel Guardián

About the Author

Nick Paccino nació en Atenas y es un griego – italiano. Mantiene títulos de post grado y de master, tanto de universidades griegas como británicas. Ha trabajado muchos años en los Estados Unidos y más específicamente en Nueva York. Adora la escritura como también la música. El libro que tiene en sus manos es su primera novela.